Der zwölfjährige Frido erzählt seiner kleinen Schwester Chiara eine aufwühlende Gutenachtgeschichte. Sie handelt von einem alten Mann, der ein Baby stiehlt. Als Chiara kurz darauf ihrer Mutter davon berichtet, reagiert diese schockiert. Im Affekt schlägt sie ihre Tochter. Ein Geheimnis, ein Tabu ist greifbar. Von diesem Moment an gerät die kleine Familie aus dem Gleichgewicht. Veronika Kelber reibt sich auf zwischen ihrem Anspruch, gleichzeitig eine gute, alleinerziehende Mutter zu sein, einen neuen Partner zu finden, die Ablehnung ihres Ex-Mannes zu ertragen und jenes Wundmal zu heilen, das sie unablässig an ihr furchtbares Versagen als Mutter, Frau und Mensch erinnert. Als sie schließlich die Kontrolle über ihr Leben verliert, reißt sie ihre drei Kinder mit in einen Strudel von Ereignissen, die alles verändern werden.
Steven Uhlys neuer Roman »Marie« ist ein meisterhaft komponiertes Drama, das an seinen Erfolgsroman »Glückskind« anknüpft. Wieder lockt Uhly den Leser auf unwiderstehliche Weise in das Labyrinth menschlicher Gefühle und lässt ihn nicht mehr los. Und doch geht er überraschend neue Wege. Mit unnachahmlichem Gespür für die unsichtbaren Wunden, die uns allen nicht fremd sind, zeichnet er Figuren in Not, mit Abgründen und Träumen, die so nachvollziehbar und klar geschildert sind, dass sie den Leser tief berühren.

Steven Uhly, 1964 in Köln geboren, studierte Literatur, leitete ein Institut in Brasilien, übersetzt Lyrik und Prosa aus dem Spanischen, Portugiesischen und Englischen. Sein Roman »Glückskind« wurde zum Bestseller und von Michael Verhoeven für die ARD und ARTE verfilmt. »Marie« ist sein fünfter Roman. Er lebt mit seiner Familie in München.

Steven Uhly bei btb

Mein Leben in Aspik. Roman (74347)
Adams Fuge. Roman (74361)
Glückskind. Roman (74612)
Königreich der Dämmerung. Roman (74613)

STEVEN UHLY

Marie

Roman

btb

Sollte diese Publikation Links auf Webseiten Dritter enthalten,
so übernehmen wir für deren Inhalte keine Haftung,
da wir uns diese nicht zu eigen machen, sondern lediglich auf
deren Stand zum Zeitpunkt der Erstveröffentlichung verweisen.

MIX
Papier aus verantwortungsvollen Quellen
FSC® C014496
FSC www.fsc.org

Verlagsgruppe Random House FSC® N001967

1. Auflage
Genehmigte Taschenbuchausgabe März 2018,
btb Verlag in der Verlagsgruppe Random House GmbH,
Neumarkter Str. 28, 81673 München

Umschlaggestaltung: Semper Smile nach einem Entwurf
von Cornelia Niere unter Verwendung
einer Illustration von Cornelia Niere
Druck und Einband: GGP Media GmbH, Pößneck
mr · Herstellung: sc
Printed in Germany
ISBN 978-3-442-71552-7

www.btb-verlag.de
www.facebook.com/btbverlag

1

HEUTE HEISST SIE MARIE. Das ist ein schöner Name. Die Mutter aber findet das nicht. Ihre Ohrfeige brennt wie ein Ausrufezeichen auf Maries Wange. Marie! Eben noch war das irgendein Name für ein harmloses Spiel. Sie stand hinter der Mutter in der Küche und sprach von der Geschichte, die Frido, ihr Bruder, ihr gestern Abend erzählt hatte. Da ging es um ein Mädchen. Sie hat der Mutter Fridos Geschichte wiedergegeben und bemerkt, wie sie am Herd plötzlich innehielt, wie sie still dastand und nur noch zuhörte. Marie ist sich ganz sicher, dass die Mutter ihr die volle Aufmerksamkeit schenkt, und das fühlt sich gut an, es geschieht selten. Damit es andauert, schmückt sie die Erzählung aus, erfindet neue Dinge, die Frido nicht gesagt hat und die nicht richtig passen, aber das ist ihr gleich, sie will, dass die Mutter ihr weiterhin zuhört. Als ihr nichts mehr einfällt, als die Stille der Mutter ihr merkwürdig vorkommt, sagt sie, Jetzt bin ich das geklaute Mädchen und du musst mich finden. Du musst mich suchen und meinen Namen rufen. Ich heiße, und dann hat sie den Namen gesagt und alles ist ganz schnell gegangen, die Mutter dreht sich um, und während sie ihr die Ohrfeige gibt, hört Marie ein leises, fast geflüstertes Nein.

Wie eine Taufe ist das, die glühende Wange, der unverwandte Blick der Mutter, nur eine Sekunde lang, aber stärker als alles, was Marie je empfunden hat. Dann wendet sich die Mutter rasch ab und kocht weiter, und Marie steht noch immer da, schaut der Mutter wieder auf den Rücken. Nicht ratlos, nicht verletzt, nicht gedemütigt. Bloß wissend, wortlos und mit Sicherheit wissend, dass sie Marie ist, und nicht wissend: Wer ist Marie?

Sie steht noch eine Weile so da, die Mutter dreht sich nicht mehr um, hantiert bloß mit den Töpfen und Kochlöffeln, rührt hier und da, es wird Gemüseeintopf geben, mit Reis, mehrere geöffnete Konservendosen stehen auf der Anrichte gleich neben der Mutter, die mehr Lärm macht als notwendig, ihre Bewegungen sind hektisch, das fällt Marie auf. Einmal fährt sie sich mit dem Handrücken über das Gesicht, die Haut glänzt dort nun nass, oder bildet Marie sich das ein? Sie denkt ihre Frage nicht, eher wird sie selbst zu einem Fragezeichen, nur ganz kurz, aber sie spürt, wie ihr Körper sich zu einer Schlangenlinie verbiegt, ihre Schultern wölben sich nach vorn, ihr Rücken wird hohl, ihre Knie geben nach. Sie, Marie, das Fragezeichen, weiß, dass sie über einem Punkt schwebt, den sie nicht sehen kann von hier oben, doch dieser Punkt gehört zu ihr, er ist sogar das Wichtigste, damit sie sein kann, was sie jetzt ist.

Marie wendet sich um und verlässt die Küche. Sie betritt den schmalen Flur. Es ist laut hier, Frido hat Freunde zu Besuch, sie spielen Computerspiele in seinem Zimmer und rufen durcheinander. Der Lärm dringt fast ungehindert durch die geschlossene Tür. Mira, ihre Schwester, sitzt gleich nebenan in ihrem gemeinsamen Zimmer und hört Musik über Kopfhörer, während sie in einer Modezeitschrift blättert und Kaugummi kaut. Marie mag jetzt nicht zu ihr gehen und sich einen der Blicke einfangen, mit denen Mira ihr klar macht, dass dieses Zimmer eigentlich ihr allein gehört und nicht auch der lästigen kleinen Schwester. Marie geht ins Wohnzimmer. Die Wange brennt kaum noch. Einen Moment lang befürchtet sie, mit dem Schmerz könne auch ihr neuer Name verblassen. Doch das geschieht nicht. Sie ist zufrieden.

»Chiara?« Sie dreht sich um. Da steht ihre Mutter, sie füllt die Tür zum Flur mit ihrer schmalen Gestalt aus. Der neue Name ist fort,

ausgelöscht von diesem Ruf. Die Mutter löst ihre verschränkten Arme, wischt sie flüchtig an der weißen Schürze ab, schaut ihre Tochter an. Sie wirkt, als wolle sie etwas sagen, es vergeht Zeit, wie viel, weiß niemand, Sekunden, doch die Sekunden sind wie ein Trichter zwischen der Frau und dem Mädchen, ein Trichter, der das Vergehen der Zeit hörbar und langsamer macht. Schließlich sagt die Mutter: »Mach deine Hausaufgaben!«, und verschwindet wieder in die Küche. Chiara bleibt noch eine Weile stehen, sie schaut auf die Stelle, wo eben noch die Mutter gestanden hat. Sie hat gesehen, dass die Mutter etwas anderes hatte sagen wollen. Noch nie hat sie zu ihr gesagt, sie solle Hausaufgaben machen.
Sie betritt ihr Zimmer, ignoriert den Blick der Schwester und setzt sich auf ihr Bett. Sie denkt über das Märchen nach, das Frido ihr am Vorabend erzählt hat. Vielleicht hat die Mutter dieses Nein geflüstert, weil es im Märchen ein Mann ist, der das Mädchen findet, und keine Frau. Frido hat seinen Namen nicht genannt. Sie nimmt sich vor, ihn danach zu fragen.

Vielleicht hat die Mutter Nein gesagt, weil sie, Chiara, nicht erwarten kann, dass sie mit ihr spielt, sie ist doch so beschäftigt, hat drei Kinder, muss abends oft fort. Wie dumm von mir, denkt sie und fühlt sich plötzlich schuldig. Was für ein kindisches Spiel hat sie denn da nur spielen wollen, Ich bin doch kein Baby mehr, sagt sie sich. Sie will es wieder gutmachen, deshalb beschließt sie, die Hausaufgaben vom Vortag zu erledigen und nimmt sich vor, sie der Mutter zu zeigen, genau so, wie sie es bei Moni, ihrer besten Freundin, gesehen hat, wo Vater und Mutter abwechselnd die Hausaufgaben überprüfen. Sie holt das Mathe-Heft heraus und will anfangen zu rechnen, aber dann sieht sie anstelle der Zahlen, wie ihre Mutter sich neben sie setzt und ihr über den Kopf streichelt, während sie interessiert auf das Heft schaut und mit dem Finger auf diese und jene Zahl zeigt. Chiara schwelgt in dem Gefühl, das diese Bilder verursachen, bis Mira in ihrem Rücken unwirsch sagt: »Eingeschlafen oder was?«

Am Abend will Chiara, dass Frido ihr wieder ein Märchen erzählt. Aber ihre Mutter sagt: »Schluss jetzt! Morgen ist Schule. Geh ins Bett!«
Chiara gehorcht. Sie beobachtet, wie ihre Mutter sich von Mira verabschiedet, sie versucht, sie zu umarmen, aber Mira wendet sich ab. Veronika streichelt zaghaft über den Rücken ihrer Tochter und belässt es dabei. Aber Chiara sieht die Berührung, und ihr läuft ein Schauer über den Rücken.
Die Mutter erhebt sich vom Bett der Schwester, wirft Chiara einen kurzen Blick zu, darauf hat sie gewartet. Die Mutter sagt: »Schlaf jetzt!«
»Gute Nacht, Mama.«
Die Mutter löscht das Licht und schließt die Tür hinter sich.

Chiara liegt im Dunkeln. Sie hat Angst, wagt es aber nicht mehr, zu Mira ins Bett zu gehen, seit ihre Schwester sie wütend angebrüllt hat. Verschwinde! In der Dunkelheit versucht Chiara ihre Schwester zu sehen, doch alles, was sie erkennen kann, ist eine besonders dunkle Stelle genau dort, wo Mira liegt. Sie lauscht auf die Atemgeräusche der Schwester, zuerst sind sie unregelmäßig, dann werden sie gleichmäßiger und tiefer. Das ist ansteckend, es hilft Chiara beim Einschlafen.

Als ihre Kinder endlich schlafen, setzt Veronika Kelber sich in das kleine Wohnzimmer und schaltet den Fernseher ein. Normalerweise funktioniert das gut, aber heute ist sie aufgewühlt. Sie geht ins Badezimmer, ein enger, viereckiger Raum mit cremegelben Kacheln, die ihren Glanz verloren haben und deren Fugen an vielen Stellen schwarz geworden sind. Ein vergilbter Plastikvorhang, an dessen unterem Ende sich Pilz ausbreitet, trennt die Dusche ab. Der Spiegel hängt genau gegenüber der Dusche. Veronika betrachtet sich. Sie verzieht den Mund wie ein kleines Mädchen, das Grimassen schneidet. Sie sieht die Spuren, die die letzten sechseinhalb Jahre hinterlassen haben, kleine Fältchen um Augen und Mund, die Schatten sind tiefer geworden. Obwohl es Abend ist, schminkt sie sich. Das macht sie oft, aber heute hilft auch das nicht. Sie fühlt eine Wut in sich aufsteigen auf alles und jeden, auf ihren Mann, den sie, wenn sie allein ist, nur ›das Schwein‹ nennt, weil er sie sitzengelassen hat und jetzt mit seiner neuen Familie glücklich ist. Auf ihre Kinder, die schuld daran sind, dass sie keinen neuen Mann findet. Wer will sich schon drei Bälger von einem anderen anhängen lassen? Eine Zeitlang ist sie fast jeden Abend ausgegangen, um nach einem Vater für die Kinder zu suchen. So hat sie das gerechtfertigt, wenn Frido sie mit großen Augen ansah, weil er schon wieder seine Schwestern ins Bett bringen musste. Aber die Wahrheit ist viel bitterer. Sie schaut in den Spiegel, intensiv, unverwandt, als wolle sie durch ihre Augen in ihren eigenen Kopf hineinschauen. Die Wahrheit ist, dass sie sich so schrecklich allein fühlt, so schrecklich allein, dass alles sinnlos wird, alles. Sie sieht, wie die Tränen aus ihren Augen quellen bei diesen Gedanken, sie denkt, Du Heulsuse, aber sie weint trotzdem und schaut sich dabei zu.

Nach einer Weile spürt sie, wie die Energie aus ihrem Körper weicht. Sie fühlt sich kraftlos. Sie greift zu der Schachtel, die auf der schmalen Waschmaschine liegt, gleich neben dem Becken, vor dem sie steht. Sie nimmt zwei Tabletten heraus, zwei sind besser als eine. Mit Wasser spült sie sie hinunter. Das allein beruhigt sie, sie weiß, dass die Wirkung bald einsetzt. Dann wird sie sich besser fühlen, gerade so, als wäre sie nach einer stürmischen Überfahrt in einen sicheren Hafen eingelaufen. Diese verdammte Gute-Nacht-Geschichte! Am liebsten würde sie Frido verbieten, Geschichten zu erzählen. Doch mit welchem Grund? Vielleicht könnte sie ihm sagen, dass die Kleine nicht schlafen kann. Aber dann würde er sofort bemerken, dass sie lügt, denn es ist ja gerade wegen der Geschichten, dass Chiara, die kleine Klette, einschläft, wenn ihre Mutter wieder einmal ausgeht, um einen zu finden, der sie aus ihrer Einsamkeit rettet. Sie lacht kurz auf. Du dumme Kuh!, sagt sie zu ihrem Spiegelbild. Hast du wirklich geglaubt, ausgerechnet ein Mann könnte dich retten? Ausgerechnet ein Mann! Jetzt lacht sie, sie weiß, dass es nichts mit den Tabletten zu tun hat, sondern damit, dass sie die Wahrheit sagt. Doch das Gefühl währt nur so lange, bis sie wieder einmal versucht, die Entscheidung zu fällen, dass sie einfach nicht mehr suchen, sondern ihr Leben als alleinstehende Mutter akzeptieren wird, dass sie es dem Schicksal überlassen wird, ob und wann der Richtige kommt, und wenn er nie kommt, dann kommt er eben nie. Dann bleibt sie eben allein.

Sie fühlt, dass sie nicht stark genug für solche Gedanken ist. Eine Trauer flutet von unten hoch und schlägt über ihrem Kopf zusammen, sie erinnert sich, dass sie ihren Mann, das Schwein, durch Zufall kennengelernt hatte. Alles war so gewesen, wie sie sich das stets vorgestellt hatte, Liebe auf den ersten Blick, Schicksal, und er war so charmant gewesen, seiner Gefühle so sicher! Sie sieht Bilder vor ihrem inneren Auge, sein Lächeln, seine Umarmung. Fast lächelt sie jetzt in den Spiegel, so schön war es damals. Was ist nur schiefgegangen, was hat sie falsch gemacht?

Jedes Mal, wenn sie jetzt Männer trifft, um zu sehen, ob einer was taugt, weiß sie nicht, ob sie auch alles sieht, was sie sehen muss, um die richtige Entscheidung zu treffen. Deshalb spricht sie von ihren Kindern, die Kinder sind der Test. Wenn einer mich wirklich will, sagt sie sich, dann nimmt er mich auch mit den Kindern. Sie bemerkt nicht, dass sie mit der Tür ins Haus fällt und die Männer verscheucht, und wenn sie es bemerkt, nimmt sie es in Kauf. Warum eigentlich? Sie hat keine Antwort. Die Wirkung der Tabletten setzt ein, der sichere Hafen, sie spürt, wie sich die Wogen glätten. Gut so, denkt sie, und begibt sich ins Wohnzimmer, wo der Fernseher schon wartet.

Am nächsten Morgen schrillt der Wecker um halb sieben. Sie hatte ihn nicht gestellt. Das war Frido. Veronika spürt die Nachwirkung der Tabletten. Sie fühlt sich dumpf und bleiern. Sie stemmt sich gegen die Schwerkraft und kommt auf die Beine. Als sie steht, wird es langsam besser. Auch der Fernseher ist ausgeschaltet. Sie lächelt schwach. Was würde ich nur ohne meinen Frido machen?, denkt sie und öffnet seine Zimmertür. Da liegt er in seinem Bett, ihr Großer, fast zwölf Jahre alt, ein zarter, hochgewachsener Junge mit einem Gesicht … Sie genießt seinen Anblick, doch schon mischt sich Gift in den Moment. Das Gift ist ein Gedanke, immer derselbe, er lautet: Vielleicht wäre Leo bei ihr geblieben, wenn sie besser verhütet hätte. Dann hätten sie nur Frido und alles wäre gut. Das Gift erinnert sie an ihre Töchter. Sie schaltet das Licht ein und weckt ihren Sohn. Frido schlägt die Augen auf und lächelt sie an. Das tut er jeden Morgen. Wie kann ein Mensch nur so gut gelaunt sein! Sie hat keine Erklärung dafür. Sie öffnet die Tür zu den Mädchen, macht Licht und ruft »Aufstehen!«. Dann geht sie in die Küche. Die Tabletten vom Vorabend machen ihre Bewegungen langsam und auf seltsame Weise bewusster als sonst. Veronika gefällt diese Wirkung, auch wenn es anstrengend ist, sich in diesem Zustand alles zu merken.

Zuerst kocht sie sich Kaffee. Dann stellt sie drei Teller auf den Küchentisch, ein billiges Ding aus Pressspan mit vier dünnen Metallbeinen, das sie mal günstig gekauft hat. Seine Oberfläche ist grau-weiß meliert, da sieht man die Flecken nicht so schnell. Sie toastet Brot, dann holt sie Margarine, Marmelade und Schinken aus dem Kühlschrank, ein Glas Nutella steht noch vom Vortag dort.

Als der Kaffee durchgelaufen ist, setzt sie sich hin und trinkt ihn mit viel Zucker. Währenddessen hört sie, wie Frido ins Zimmer der Mädchen geht. Sie isst eines der getoasteten Brote, dann steht sie auf, zieht ihren Mantel an, hängt sich die Handtasche über die rechte Schulter und verlässt die Wohnung. Sie muss sich beeilen. Wie üblich, nimmt sie den Umweg, das kostet sie mindestens eine Viertelstunde, aber anders geht es nicht. Jeden Morgen versucht sie, das als normal zu empfinden, doch es bleibt ein Umweg.

Auch heute huschen Bilder durch ihren Kopf, die sie zur Seite schiebt. Es ist kalt, ihr Atem bildet kleine Dampfwölkchen, während sie an der vierspurigen Straße entlang hastet bis zur Überführung. Sie ist nicht warm genug angezogen, kurzer Rock, Netzstrumpfhose, Turnschuhe, eine Art College-Mantel, der zu kurz ist für diese Jahreszeit. Sie nimmt es in Kauf, sie sagt sich, Solange ich noch jung genug dafür bin.

Es herrscht Berufsverkehr, die Autos schieben sich in zähem Fluss ihren Zielen entgegen. Die Überführung ist ein großer Bogen aus Beton, weit genug geschwungen, damit auch Fahrradfahrer sie benutzen können ohne abzusteigen. Veronika beeilt sich, hinüberzugelangen, der Autolärm ist hier noch lauter, von oben sieht sie nur fahrende Dächer, keine schöne Aussicht. Auf der anderen Seite führt ein Fußweg zwischen zwei Häuserblocks hindurch und stößt auf eine stark befahrene Straße, die eine breite Schneise durch ein Wohnviertel zieht. Hier muss sie nur noch links abbiegen, dann kann sie endlich auf dem direkten Weg weitergehen.

Veronika geht jetzt an einer Bretterwand entlang, auf der man den Entwurf einer Wohnsiedlung sehen kann. Früher hat es hier einen Großmarkt für Selbständige und Unternehmer gegeben. Zusammen mit den Wohnsilos auf der anderen Straßenseite verleiht sie der Gegend etwas Trostloses, doch Veronika ignoriert ihre Umgebung. Obwohl sie schnell geht, kriecht die Kälte unaufhaltsam in ihren Körper.

Ein paar Minuten später erreicht sie ein achtstöckiges Gebäude aus Waschbeton und viel Glas. Es liegt gleich hinter der Baustelle. Im sechsten Stock befindet sich die Praxis von Dr. Prauschka. Das ist ihr Ziel. Hier wird sie den Tag verbringen und versuchen, sich auf die Patientinnen zu konzentrieren, auf deren Ängste,

Sorgen und Beschwerden, sie wird versuchen, zu jeder einzelnen freundlich zu sein und alles korrekt aufzuschreiben, sie wird sich Mühe geben, im Computer kein Durcheinander anzurichten, damit auch morgen noch alles in Ordnung ist. Sie wird sich zusammenreißen wie die letzten sechseinhalb Jahre auch, damit das Jugendamt weiterhin davon überzeugt ist, dass sie, Veronika Kelber, in der Lage ist, ihre Kinder selbst großzuziehen. Aber am Abend wird sie todmüde sein und sich fragen, wofür sie das alles eigentlich auf sich nimmt, das weiß sie jetzt schon. Doch sie schiebt den Gedanken beiseite und betritt das Gebäude, nimmt den Aufzug, fährt in den sechsten Stock, sucht nach dem Schlüssel in ihrer Handtasche und schließt die Praxis auf.

2

»WIE HAT DER MANN GEHEISSEN?«
»Ich weiß es nicht, Chiara, hab ich dir doch eben schon gesagt. Putz dir endlich die Zähne, wir müssen los. Mira?«
»Ja, ja, großer Boss, ich bin soweit.«
»Siehst du, Chiara, deine Schwester und ich sind fertig, mach jetzt endlich!«
»Ich mach ja, schon. Aber wie könnte er denn geheißen haben, sag!«
»Was weiß ich! Emil vielleicht? Es ist nur eine Geschichte. Putz dir die Zähne!«
»Emil? Hm. Nein, so hat er nicht geheißen.«

Endlich ist Chiara fertig. Frido schnürt ihr die Schuhe zu, um Zeit zu gewinnen. Er hilft ihr, den Mantel anzuziehen und den Ranzen zu schultern, dann geht es los. Zu dritt verlassen sie die Wohnung, Frido wartet an der Wohnungstür, bis Mira und Chiara auf den Flur getreten sind, dann zieht er sie zu, schließt ab und steckt den Schüssel in seine Hosentasche. Sie nehmen den Fahrstuhl und fahren in die Tiefe. Niemand spricht, alle sind müde. Mira hört Musik auf ihrem Nano, Chiara hängt ihren Gedanken nach. Beide verlassen sich darauf, dass Frido sie sicher zur Schule bringt.

Es ist Routine, doch nachdem Frido die Mädchen in der Grundschule abgeliefert und noch so lange am Eingang gewartet hat, bis sie im Gebäude verschwunden sind, fühlt er sich zugleich erleichtert und sehr müde. Er muss sich nun beeilen, um nicht selbst zu spät zu kommen. Das funktioniert mal besser, mal schlechter, je nachdem, wie schnell seine Schwestern morgens sind. Heute wird er es nicht schaffen.

Er läuft die Straße entlang, der sperrige Ranzen tanzt auf seinem Rücken hin und her. Als er am Lotto-Toto-Laden vorbeikommt, späht er unwillkürlich durchs Schaufenster. Und da steht er auch heute und bedient gerade jemanden, der Mann, an dessen Namen Frido sich nicht mehr erinnert, den er vielleicht aber auch nie gewusst hat. Er ist ihm schon öfter auf der Straße begegnet. Vor Schreck ist ihm jedes Mal eine Hitze ins Gesicht geschossen, und er hat versucht, sich nichts anmerken zu lassen. Doch der Mann hat ihn zum Glück nicht wiedererkannt.

In der Eile hat Frido keine Zeit, länger darüber nachzudenken, nur flüchtig wird ihm bewusst, dass er sich unwohl fühlt, seit er Chiara das Märchen erzählt hat. Warum muss sie auch ständig diese Frage stellen, das nervt doch nur, denkt er, und es würde nichts ändern, wenn sie ihn wüsste.

Bevor er sich damit beschäftigen kann, dass er sich seiner Sache gar nicht so sicher ist, trifft er auf einen Klassenkameraden, der sich auch verspätet hat. Gemeinsam legen sie die letzte Strecke bis zur Realschule zurück und unterhalten sich über andere Dinge.

Zur Mittagszeit geht Veronika Kelber auf demselben Umweg nach Hause, den sie morgens zur Praxis der Frauenärztin zurückgelegt hat. Unterwegs kauft sie im Supermarkt zwei Fertigpizzas, die sie zu Hause aufbacken wird. Eine halbe Pizza wird sie selbst essen, dann muss sie wieder zurück. Warum fahren Sie nicht mit dem Fahrrad?, hat Dr. Prauschka sie mehr als einmal gefragt. Veronika hat keine Antwort darauf, Fahrradfahren hat es in ihrer Familie einfach nicht gegeben. Aber dass sie den Umweg nimmt, das versteht die Ärztin, und vielleicht ist sie überhaupt der einzige Mensch, der zumindest ein wenig Bescheid weiß. Nicht die Wahrheit natürlich, die kenne nur ich, denkt Veronika. Und er, ergänzt sie fast unwillig und sieht sein Gesicht vor ihrem inneren Auge, Er kennt sie auch.

Ihre Kinder werden nach Hause kommen und anderthalb fast kalte Pizza Margherita im Ofen vorfinden. Fridos Aufgabe ist die gerechte Verteilung der Mahlzeit, ansonsten würden die Mädchen sich streiten und Chiara hätte das Nachsehen. Meistens zieht Mira sich auf ihr Bett zurück, wo sie über Kopfhörer Geschichten oder Musik hört. Dann sitzen Chiara und Frido allein in der Küche.

So ist es auch heute. Während sie essen, beobachtet Chiara ihren Bruder. Frido wirkt komisch, findet sie. Sie kann nicht ahnen, dass er auf die Wiederholung der Frage vom Morgen wartet. Sie sagt: »Frido?«
»Hm?«
»Warum sind wir so selten beim Papa?«
Frido zuckt mit den Schultern und isst weiter. Er denkt an Irene, die Frau des Vaters, und verspürt kein Bedürfnis, dort zu sein. Er sagt: »Der Papa hat viel zu tun.«
»Die Mama auch, aber wir sind trotzdem bei ihr.«
»Sind wir?«
»Ja, schau!« Sie macht eine weite Geste, die den Raum umfasst. Frido lacht kurz auf. Er sagt: »Die Küche ist unsere Mama, willst du das sagen?«
»Nein!«, gibt Chiara ungeduldig zurück. »Wir wohnen bei unserer Mama und nicht beim Papa!«
»Ist ja gut! Würdest du denn beim Papa wohnen wollen?«
Chiara schüttelt den Kopf. Sie sagt: »Irene ist blöd.«

Frido muss grinsen, obwohl er das Gefühl hat, dass er das eigentlich nicht dürfte. Er sagt: »Irene ist eben ganz anders als Mama.«
»Blöd!«, beharrt Chiara und isst unbeirrt weiter. Eigentlich will sie noch sagen, dass ihr Vater immer nur herumschreit und dass auch das blöd ist, aber sie lässt es.

Einen Moment lang schaut Frido seine Schwester zärtlich an. Als ihre Augen wieder zu ihm wandern, senkt er den Blick und steckt sich das letzte Stück Pizza in den Mund. Er sagt: »Hast du Hausaufgaben auf? Und lüg mich nicht an!«
Chiara grinst frech, sie sagt: »Nur Malen.«
»Was malen?«
»Wörter!«, platzt sie heraus und lacht ihren Bruder aus, als hätte sie einen guten Scherz gemacht. Frido seufzt. Er würde jetzt gerne seine eigenen Sachen erledigen und anschließend seine Freunde treffen. Aber das geht nicht, er muss hier bleiben und auf seine Schwestern aufpassen. Er verdrängt den Gedanken an seine Freunde und sagt: »Dann mach es gleich.«
Chiara schaut ihren Bruder an. Sie würde sich am liebsten immer weiter mit ihm unterhalten, bis die Mutter nach Hause kommt. Doch Frido will nicht mehr reden, das spürt sie. Sie nickt und steht auf, nimmt ihren Schulranzen und geht ins Wohnzimmer.

Sie setzt sich aufs Sofa und blickt aus dem Fenster. Bald kommt der Frühling, dann wird es warm, darauf freut sie sich. Dann darf sie wieder das rosa Kleid mit den kurzen Ärmeln anziehen, das Frido ihr jetzt noch verbietet. Plötzlich wünscht sie sich, dass es die Mutter wäre, die ihr etwas verbietet, und nicht immer ihr Bruder. Sie denkt an die Ohrfeige vom Vortag und hört wieder das geflüsterte Nein, das so sonderbar und deshalb so besonders ist. Wie etwas Geheimnisvolles, etwas Wunderschönes. Immer wieder spielt Chiara den Moment durch, die Ohrfeige und das geflüsterte Nein, immer wieder kostet sie das intensive Gefühl aus. Aber nach dem sechsten oder siebten Mal schwindet es allmählich und zurück bleibt nur ein kurzer Film ohne Ton und ohne Gefühl. Leise sagt sie: »Marie!«, als rufe sie verstohlen nach ihr. Dann schlägt sie das Schulheft auf, legt sich auf den Boden und schreibt den Namen hinein, macht Schnörkel darum, fährt die einzelnen Buchstaben nach, versucht, die Entfernung zwischen sich und Marie zu überwinden, um wieder Marie zu sein. Doch es gelingt ihr nicht, es fühlt sich an wie eine taube Stelle, gegen die sie stößt, und je häufiger sie es tut, desto tauber wird die Stelle und desto weiter entfernt sie sich von etwas, das sie schon gar nicht mehr sehen kann. Endlich gibt sie auf und macht ihre Hausaufgaben.

3

HEUTE IST DER WURM DRIN. Veronika versucht, sich auf Rezepte, Telefonate und Termine zu konzentrieren, doch alles, was sie zustande bekommt, ist ein Lächeln, wenn eine Patientin sie fragend anschaut, weil sie nicht zugehört hat. Ab und zu kommt Dr. Prauschka aus einem der Behandlungszimmer und schaut nach dem Rechten, als wüsste sie, dass Veronika nicht Acht gibt. Sie ist eine hochgewachsene Frau mit vollem, grauem Haar, das sie offen trägt. Ihre wasserblauen Augen sind ganz klar, und obwohl sie schon weit über sechzig ist und ihre Haut an Spannkraft verloren hat, wirkt sie jugendlich. Veronika bewundert die Ärztin dafür und gleichzeitig fürchtet sie sich vor dem Älterwerden. So, wie ich jetzt drauf bin, denkt sie, werde ich nicht wie Dr. Prauschka sein. Wie bin ich eigentlich drauf?, fragt sie sich dann, und stellt fest, dass sie diese Frage noch nie an sich selbst gerichtet hat. Wie geht es dir, Veronika? Sie erinnert sich nicht, dass ihre Eltern sich jemals danach erkundigt hätten. Nicht so gut, denkt Veronika, und meint ihren Gemütszustand. In diesem Moment fällt ihr auf, dass sie schon wieder einen Fehler gemacht hat. Sie hat wie vom Autopiloten gesteuert ein Rezept in den Computer getippt und es dem falschen Patienten zugeordnet. Inzwischen stehen schon drei Neuankömmlinge am Empfang und wollen ihren Termin wahrnehmen, während sie erst noch alles nachbessern muss. Sie wird hektisch und macht weitere Fehler, die sie zwar sofort korrigiert, aber dadurch dauert es immer länger, bis die neuen Patientinnen aufgenommen sind, einige von ihnen sind hochschwanger. Veronika muss sich sehr anstrengen, um wieder Schritt halten zu können. Als sie um fünf Uhr endlich Feierabend hat, ist sie erschöpft.

Sie verabschiedet sich von der Ärztin und ihren Kolleginnen und verlässt die Praxis. Sie nimmt den Fahrstuhl nach unten. Aber als sie aus dem Gebäude tritt, folgt sie einem plötzlichen Impuls und schlägt nicht die Richtung zur Überführung ein, sondern geht geradeaus weiter. Sie rechnet. Sechseinhalb Jahre und zwei Wochen. Vielleicht ist das genug, denkt sie. Vielleicht.

Sie sieht es schon von Weitem. Es kommt ihr so vertraut vor, als wäre sie erst gestern dort gewesen. Die breite Straße, das lange Wohngebäude, die verglasten Galerien, die zu den Wohnungen führen. Unwillkürlich wird sie langsamer, sie fühlt sich, als betrete sie ein Museum, das jemand mitten auf der Straße errichtet hat, ein Museum, das die Straße und alles, was dazu gehört, selbst ist. Sie bleibt stehen und schaut. Sie weiß genau, welche der Tonnen es war. Sie hört genau, welches Geräusch entsteht, wenn man ihren Deckel zurückschiebt. Sie spürt genau, wie das kleine Gewicht ihre Hände verlässt, sie sieht genau, wie der Deckel wieder über die Öffnung schwingt und alles, was dort zurückgeblieben ist, ins Dunkel taucht.

Veronika Kelber macht kehrt und läuft den Weg zurück, den sie gekommen ist. Obwohl sie schnell außer Atem ist, rennt sie, bis sie die Überführung hinter sich gelassen hat. Dann bleibt sie kurz stehen, ordnet ihre Kleider und geht weiter. Es dämmert bereits, die Luft ist schneidend kalt geworden. Sie geht jetzt sehr langsam, ihr ist nicht mehr kalt, aber sie fühlt sich schwach, die Handtasche an ihrer Schulter kommt ihr schwer vor, sie wechselt sie auf die andere Seite, doch es wird nicht besser.

Als das Mietshaus, in dem sie mit ihren Kindern wohnt, in Sichtweite rückt, hat das Licht weiter abgenommen. Vor dem Eingang trifft sie auf Chiara, die dort mit ihrem Roller hin und her fährt. Chiara kommt auf sie zu. Sie ruft: »Mama! Mama!«
Veronika Kelber spürt, wie etwas in ihr, das eben noch pulsiert hat, fest wird und verschwindet. Sie sagt: »Was treibst du dich hier herum?«
»Entschuldige, Mama, ich habe auf dich gewartet.«
Veronika erwidert nichts. Die Liebe, die dieses kleine Mädchen für sie empfindet, erscheint ihr rätselhaft. Sie denkt, Wenn sie die Wahrheit wüsste. Das hat sie oft gedacht in den letzten sechseinhalb Jahren, aber bis gestern hat sie den Gedanken erfolgreich wegschieben können, sooft er auftauchte. Jetzt bleibt er in der Luft hängen wie Rauch.

Chiara ergreift ihre Hand, sie lässt sie gewähren, gemeinsam gehen sie zum Eingang. Veronika sperrt auf, das Flurlicht schaltet sich automatisch ein, sie steuern auf den Briefkasten zu, Veronika holt die Post heraus, dann wenden sie sich zum Aufzug, Chiara schleift den Roller, ein kleines Ding aus pinkfarbenem Plastik, mit einer Hand hinter sich her. Sie sagt: »Ich hab meine Hausaufgaben schon gemacht.«
Veronika nickt abwesend, beim flüchtigen Durchsehen der Post ist sie auf einen Brief von der Schule gestoßen. Der Aufzug kommt, Chiara zieht mühsam die Tür auf, Veronika nimmt es kaum wahr, sie hat den Brief geöffnet, Hoffentlich nichts Schlimmes, denkt sie und betritt den Aufzug, Chiara folgt ihr, die Tür fällt zu, Chiara drückt auf den Knopf, siebter Stock.

Veronika liest den Brief, es geht um Mira. Der Klassenlehrer bittet sie zur Sprechstunde, da Miras Übertritt gefährdet ist. Veronika seufzt. Sie will sich jetzt mit nichts auseinandersetzen.
»Ist es was Schlimmes?«, fragt Chiara.
Veronika schaut auf. Im weißen Licht der Aufzugsbeleuchtung sieht sie, dass Chiaras Lippen rissig und blau vor Kälte sind. Sie hat nur ihr Mäntelchen an, keine Handschuhe, keinen Schal, keine Mütze. Irgendwo im Hintergrund hört Veronika ihre eigene Mutter schimpfen, wie sie es immer tat, wenn sie im Winter einfach hinausgelaufen war. Doch sie schimpfte stets so, dass Veronika das Gefühl hatte, fehlerhaft zu sein. Jetzt sieht sie ihrer Tochter in die Augen und sagt: »Ist dir kalt?«
»Nein, bestimmt nicht, Mama.«
»Doch, dir ist kalt.«
»Nur ein bisschen.«
»Wenn du dich nicht warm genug anziehst, holst du dir den ...«, sie zögert, »... Tod dort draußen«. Sie schweigt. Der Aufzug kommt im siebten Stock an.

Sie essen zu Abend, Veronika, Frido, Mira und Chiara. Es ist eng auf dem vollgestellten Tisch, es gibt Butterbrot mit Schinken und Käse. Veronika kommt sich nicht wie die Mutter ihrer Kinder vor, eher wie deren ältere Schwester. Auch dieses Gefühl hat sie oft gehabt, heute nimmt sie es stärker wahr.

Sie essen schweigend. Veronika überlegt, ob sie mit Mira über den Brief sprechen soll. Doch sie fürchtet sich davor, Mira ist eine Kratzbürste. Sie denkt, Darüber denke ich später nach. Ihre Blicke suchen Frido, aber ihr Sohn sitzt ganz in sich gekehrt da, genau ihr gegenüber, doch so, als wäre er gar nicht da, während er sein Brot mit langsamen, fast gleichgültigen Bewegungen kaut.

Sie ahnt nicht, dass Frido unruhig ist, seit er Chiara diese Geschichte erzählt hat. Er fühlt sich wie jemand, der eine verbotene Grenze mit einem Fuß übertreten hat, nur ganz kurz zwar, doch nun ist da ein Abdruck, der nicht mehr verschwindet. Um ihn wegzuwischen, müsste er sich erneut dorthin begeben, er hat darüber nachgedacht. Er könnte die Geschichte anders ausschmücken, irgendwie so, dass Chiara auf andere Gedanken käme. Vielleicht ist das eine gute Idee.

Nach dem Abendbrot zieht Mira sich zurück, Veronika folgt ihr. Sie betritt das Zimmer der Mädchen, drückt die Tür mit dem Rücken ins Schloss und bleibt stehen. Mira hat sich schon auf ihrem Bett niedergelassen und will sich die Kopfhörer aufsetzen. Sie hält inne, schaut ihre Mutter fragend an. Veronika fasst sich und sagt: »Da ist ein Brief von der Schule.«
Miras Blick verschleiert sich sofort, betont gleichgültig sagt sie: »Aha.«
»Ich soll in die Sprechstunde von Herrn Maier kommen, sie sagen, dein Übertritt ist gefährdet.«
»Und?« Jetzt blitzt eine stumme Wut in Miras Augen auf.
Veronika möchte am liebsten den Raum verlassen, gleichzeitig weiß sie, was eine Mutter jetzt sagen würde. Sie sagt: »Möchtest du auf die Hauptschule gehen?«
Mira zuckt mit den Schultern. »Ist doch eh egal.«
»Mit lauter Ausländern, die kaum Deutsch sprechen?«
»Hast du was gegen Ausländer?«
Veronika seufzt. Bloß keinen Streit anfangen. Sie sagt: »Dann sage ich Herrn Maier, dass du auf die Hauptschule gehen

möchtest.« Sie will sich zum Gehen abwenden, aber Mira kommt ihr zuvor. Sie fährt wütend hoch und sagt: »Nichts sagst du dem! Hast du gehört? Nichts!«
Veronika fährt herum. »Wie redest du eigentlich mit mir! Ich bin deine Mutter, hörst du!«
Mira macht ein abfälliges Gesicht. Sie sagt: »Du hast doch keine Ahnung, was an der Schule läuft.«
»Ich werde übermorgen hingehen, und Herr Maier wird es mir sagen!«
»Herr Maier wird es mir sagen«, äfft Mira ihre Mutter nach.
Veronika macht zwei schnelle Schritte, bevor sie nachdenken kann, ist sie bei Mira und versetzt ihr eine Ohrfeige. Mira schreit auf, dann wirft sie sich auf ihr Kissen. »Du blöde Kuh, lass mich in Ruhe! Blöde Kuh, blöde Kuh, blöde Kuh!« Sie hat es aus vollem Hals geschrien, so dass sämtliche Nachbarn es hören müssen. Veronika schaut in das wutverzerrte Gesicht ihrer Tochter und erschrickt. Sie macht kehrt und verlässt das Zimmer mit dem bitteren Gefühl, erneut gescheitert zu sein. Mira ruft ihr hinterher: »Hau ab!«
Als Veronika draußen ist, atmet sie tief durch. Dann geht sie ins Wohnzimmer, schließt die Tür hinter sich und schaltet den Fernseher ein.

In der Küche sitzen immer noch Frido und Chiara. Sie haben schweigend gelauscht. Jetzt baumelt Chiara mit den Beinen und blickt ihren Bruder an. Sie sagt: »Frido?«
»Soll ich dir eine Geschichte erzählen?«
Chiara ist überrascht. Sie ruft: »Du kannst ja Gedanken lesen!«
Frido lächelt seine Schwester an. Chiara springt von ihrem Stuhl und rückt ihn ganz dicht an Frido. Dann setzt sie sich wieder

und kuschelt sich an ihn. Sie sagt: »Schieß los!«, und lacht. Geschichten sind wie ein Zuhause, findet sie. Vor allem, wenn Frido sie erzählt.

Frido überlegt. Wie soll er anfangen? Er sagt: »Du erinnerst dich doch an die Geschichte mit dem Baby und dem alten Mann, die ich dir erzählt habe?«
»Na klar!«
»Nun ja, die ist nicht wahr.«
»Nicht wahr?«
»Ja, ich hab sie mir ausgedacht.«
Chiara schaut Frido verwundert an. Sie war davon ausgegangen, dass es eine erfundene Geschichte ist. Sie fragt sich, Warum muss er das jetzt sagen? Sie schaut ihn genauer an. Er sieht ganz nervös aus. Frido sagt: »Also, ich meine, klar ist sie ausgedacht. Wie alle Geschichten eben. Aber mit dieser Geschichte stimmt etwas nicht, weißt du, was ich meine?«
Chiara schüttelt den Kopf. Frido fühlt sich in die Enge getrieben. Er sagt: »Also, was ich meine, ist, dass sie in Wahrheit anders war, ich hab sie anders gelesen.«
»Ist es eine aufgeschriebene Geschichte?« Chiara schaut ihn interessiert an. Wenn die Geschichte aufgeschrieben ist, kann Frido sie ihr vielleicht vorlesen.
»Nein, nicht so.« Frido windet sich, er kommt sich vor wie im Sommer, wenn er mit seinen Freunden im Stadtbach schwimmen geht. Obwohl man flussaufwärts schwimmt, wird man immer weiter abgetrieben. Er atmet tief durch. »Also«, sagt er, »das ist so: Es ist eine Geschichte, die in einer Zeitung stand.« Er hält inne. Er spürt, dass er nicht lügen kann, ihm fällt immer nur die Wahrheit ein. Was hat er sich da nur eingebrockt?

Er sagt: »Ach, weißt du was: Ich finde die Geschichte gar nicht so gut. Soll ich dir eine andere vorlesen?« Chiara mag vorgelesene Geschichten. Aber heute will sie nicht. Sie sagt: »Lieber diese, bitte, bitte!«
Frido weiß nicht, was er tun soll. Er überlegt. Wenn er nur die Geschichte erzählt und sonst nichts, dann kann doch nichts passieren. Es ist dann trotzdem nicht das, was in Wirklichkeit war, denkt er. Laut sagt er: »Also, in Wahrheit gab es gar keinen alten Mann, deshalb weiß ich seinen Namen auch nicht.«
»Aber wo ist er dann?«
»Wer?«
»Der alte Mann?«
»Wie meinst du das? Es gab ihn einfach nicht.«
Chiara schaut Frido zweifelnd an. Gerade der alte Mann hatte ihr so gut gefallen. Ein Mann, der ein Baby klaut, das findet sie komisch. Wer würde denn so etwas tun, denkt sie. Ein Baby kann doch noch gar nichts machen. Sie zieht eine enttäuschte Schnute. »Ich will aber die Geschichte mit dem Mann«, beharrt sie.
Frido wird ungeduldig. Er sagt: »Aber es gibt ihn nicht, in Wahrheit ist das Kind in einer Mülltonne gelandet und dort gestorben! So.« Er atmet durch.
Chiara schaut ihn mit großen Augen an. Sie sagt: »Aber wer hat es denn in die Mülltonne gelegt?«
Frido runzelt die Stirn. Er weiß nicht, was er sagen soll. Aus dem Wohnzimmer hört er leise den Fernseher, vor seinem inneren Auge sieht er die Mutter auf dem Sofa sitzen. Vielleicht lackiert sie sich gerade die Fußnägel oder macht sonst eine dieser Frauensachen. Er zuckt mit den Schultern und sagt: »Weiß ich nicht.«

Chiara schaut ihn skeptisch an. »Aber das Baby muss doch eine Mama haben, oder nicht?«
Plötzlich spürt Frido, dass er schwitzt. Er fühlt sich nicht gut, sein Kreislauf sackt ab. Das Letzte, was er hört, ist Chiaras erschrockene Stimme, die seinen Namen ruft.

Als Frido wieder aufwacht aus seiner Ohnmacht, liegt er halb auf den Küchenfliesen, halb auf dem Schoß seiner Mutter, die auf dem Boden kniet und ihn im Arm hält. Chiara steht zu Fridos Füßen und schaut ihn ängstlich an. Veronika Kelber laufen Tränen übers Gesicht. Als ihr Sohn die Augen wieder aufschlägt, küsst sie ihn immer wieder auf Stirn und Wangen und sagt leise: »Alles ist gut, mein Liebling, alles ist gut. Du warst nur ganz, ganz kurz weg.« Sie wiegt ihren Sohn und weint leise. Frido schaut seine Schwester an.

Chiara steht da und schaut der Mutter zu, sie fühlt jeden Kuss, den Frido bekommt, fast wiegt sie sich mit zu den Bewegungen der beiden, sie ist ganz da und ganz fort.

Mira kommt in die Küche. Sie starrt die drei kurz an, dann setzt sie ein gleichgültiges Gesicht auf und geht zum Kühlschrank. »Was ist denn hier los?«
Veronika schnieft kurz, dann sagt sie: »Frido ist aus heiterem Himmel in Ohnmacht gefallen, aus heiterem Himmel!«
Mira zieht die Augenbrauen hoch, dann nimmt sie eine Milchpackung aus dem Kühlschrank und stellt sie auf die Anrichte gleich daneben. Sie wird sich Schoko-Crisps zubereiten, die Packung steht bereits dort, anschließend wird sie wieder zurück in ihr Zimmer gehen. Ohne sich zu ihrer Mutter umzudrehen, sagt sie: »Ist ja auch ein bisschen viel für ihn, das alles hier.«

Das ärgert Veronika. Sie fragt scharf: »Was ist ein bisschen viel deiner Meinung nach?«
Mira schaut ihre Mutter spöttisch an. Sie zeigt auf ihren Bruder. »Na, was hast du denn geglaubt, Mama? Er ist noch nicht einmal zwölf, und muss den Mann im Haus spielen.« Sie wendet sich wieder ab, bückt sich, öffnet eine der beiden Türen der Anrichte und entnimmt ihr eine kleine Schüssel. Dann bereitet sie sich ihre Crisps zu.

Veronika Kelber starrt ihre zehnjährige Tochter an. Frido rappelt sich hoch. Er sagt: »Es geht schon wieder, Mama.«
Chiara klammert sich an ihren Bruder. Sie schaut zu ihm auf und sagt: »Komm, ich bringe dich ins Bett.«
Frido muss lächeln, er streichelt seiner kleinen Schwester übers Haar. Veronika wendet den Blick von Mira ab und schaut die beiden an. Sie will sagen, Nein, ich bringe dich ins Bett. Sie will sagen, dass doch sie die Mutter ist. Aber sie kniet auf dem Boden und kommt sich klein vor und schaut stumm zu, wie Frido und Chiara die Küche verlassen, gefolgt von Mira, die ihre Schüssel mit den Crisps in der Hand hält.

4

ER STEHT AUF DEM HÖCHSTEN GEBÄUDE DER WELT, irgendjemand hat das gesagt: Es ist das höchste Gebäude der Welt. Er blickt nach rechts. Neben ihm steht sein Sohn und schaut in die Tiefe. Er blickt nach links, dort steht seine Tochter und schaut in die Tiefe. Neben seiner Tochter steht seine Frau, sie schaut ihn an. Auch er schaut jetzt in die Tiefe. In der Tiefe liegen Länder und Ozeane, die ganze Welt liegt dort und ist so klein, dass er sich wundert, wie hoch sie wohl sind. Sehr hoch, sagt irgendjemand. Er schaut sich suchend um, irgendjemand fehlt noch, er weiß nicht wer, doch es ist jemand sehr Wichtiges. Plötzlich nimmt irgendjemand das ganze Gebäude und dreht es auf den Kopf. Sie müssen sich alle am Geländer festhalten, um nicht in die Tiefe zu stürzen. Auch er hält sich mit aller Kraft fest, er hat Angst, dass er loslässt und ganz woanders landet als seine Familie.

5

ALS FRIDO AM NÄCHSTEN MORGEN WACH WIRD, fühlt er sich schwach. Er quält sich hoch und stellt fest, dass seine Mutter noch nicht aufgestanden ist. Er hat vergessen, ihr den Wecker zu stellen. Er schaut auf die Uhr, die er immer am Arm trägt und atmet auf. Es ist noch Zeit für alles. Er betritt das Wohnzimmer, wo die Mutter auf dem Sofa liegt. Der Fernseher läuft leise, Frido schaltet ihn aus. Einen Moment lang betrachtet er seine schlafende Mutter. Sie sieht so entspannt aus, findet er, ganz anders als sonst. Wie ein schönes Mädchen, nicht so verbissen und traurig. Frido hat den Eindruck, dass er sie schon einmal genau so gesehen hat, vor langer Zeit. Er sucht ziellos in seinem Gedächtnis. Dann erinnert er sich. Es war der Tag, als die Mutter ihn und Mira allein vom Kindergarten abgeholt hatte, der Tag, als sie nach Hause kamen und sahen, dass sie plötzlich wieder zu zweit waren, er und seine Schwester. Es war der Tag, als die Mutter so fröhlich schien, viel fröhlicher, als sie in Wirklichkeit war, ganz seltsam. Und dann hatte sie sich in der Küche auf einen Stuhl gesetzt, war einfach eingeschlafen und nach hinten gegen die Wand gekippt und so sitzen geblieben. Damals hatte sie genau so ausgesehen wie jetzt. Wie hat er diesen Tag vergessen können?, fragt er sich.

Frido fasst sich und weckt seine Mutter, er rüttelt sacht an ihrem Arm und sagt: »Mama! Mama! Aufwachen, es ist schon spät.« Mit einem Ruck fährt Veronika Kelber hoch. Sie schaut desorientiert zu ihm auf, an ihrem Blick sieht er, dass sie wieder Tabletten genommen hat. Als Veronika ihren Sohn erkennt, nimmt sie sein Gesicht in ihre Hände und lächelt. Mit heiserer Stimme sagt sie: »Geht es dir gut, mein Liebling?« Ihre Kehle ist trocken, sie muss schlucken.

Frido macht sich frei und erhebt sich. Er lächelt schwach und sagt: »Ja, Mama, alles in Ordnung. Aber du musst dich beeilen, sonst kommst du zu spät.«
Veronika nickt und müht sich aus dem Sofa, während Frido die Mädchen weckt. Zurück im Flur, fällt sein Blick auf den Brief von der Schule. Er überfliegt ihn, dann geht er in die Küche und macht Kaffee für seine Mutter. Zwar müssen sie alle pünktlich kommen, aber vor allem ist wichtig, dass die Mutter bei der Arbeit nicht auffällt. Er weiß, dass ihr Beruf die Garantie dafür ist, dass sie ihre Kinder behalten darf, er weiß, dass das Jugendamt nicht aufgehört hat, Stichproben zu machen, erst vor einem Monat waren zwei Leute, ein Mann und eine Frau, da und haben nach dem Rechten geschaut. Sie haben in der Küche gesessen und Kaffee getrunken und sich mit der Mutter unterhalten, sie ausgefragt, die Kinder interviewt. Da haben sie plötzlich alle funktioniert, sogar Mira hat freundlich gelächelt, als wäre sie nicht ständig schlecht gelaunt, und Chiara hat die Gelegenheit genutzt und die ganze Zeit auf dem Schoß ihrer Mutter gesessen, ohne dass sie so tun konnte, als ginge das gerade nicht, wie sonst immer. Frido hat sich gefühlt wie in der Schule, wenn der Prüfer in die Klasse kommt, um zu sehen, ob der Referendar seinen Unterricht ordentlich abhält. Es hat ihn immer gewundert, dass er und seine Klassenkameraden selbst die Unfähigsten und sogar richtig komische und unsympathische Menschen nicht auffliegen lassen, gerade so, als dürfe das unter keinen Umständen geschehen, obwohl ihm und einigen anderen klar ist, dass sie damit anderen Schülern schaden. Bei der Mutter ist das etwas anderes.

Als sie die Küche betritt, überlässt Frido ihr die Obhut über den Kaffee und geht zurück zu den Mädchen, um Chiara anzuziehen. Sie ist am Abend nicht gewaschen worden, deshalb riecht sie jetzt ein wenig nach Urin, aber es ist keine Zeit, also gibt er ihr Kleidung. In der Ecke liegt ein Wäschestapel, daran erkennt er, dass die Mutter in den letzten beiden Tagen nicht gewaschen hat. Damit will er sich nicht befassen, er hat es einmal versucht und Ärger mit ihr bekommen, weil er zu heiß gewaschen hatte und alles eingelaufen war.

Mira ist heute besonders schlecht gelaunt. Sie spricht kein Wort, schaut nur wütend drein, als wären alle Schuld an ihrem Unglück. Chiara verhält sich als Einzige so, wie sie es immer tut. Sie erzählt ausführlich von einem komischen Traum, den sie gehabt hat und scheint nicht auf die Stimmung der anderen zu achten.

Weil die Mutter so spät dran ist, kommt die Familie kurz in der Küche zusammen. Als Veronika gerade ihr Geschirr in die Spüle räumt, sagt Chiara: »Mama, stimmt es, dass manche Babys in die Mülltonne gelegt werden?«
Die Kaffeetasse rutscht Veronika aus der Hand, sie fällt auf den Rand einer anderen Tasse und zerspringt. Veronika dreht sich um. Sie blickt sehr intensiv, findet Chiara, und das nimmt sie ganz gefangen. Aber Veronika schaut nicht sie, sondern ihren Sohn an, als sie langsam sagt: »Das steht manchmal in der Zeitung. Aber deshalb ist es noch nicht ...«, sie stockt.
»Was, Mama? Was ist es noch nicht?«, will Chiara wissen.
Veronika blinzelt, sie schaut ihre Tochter an. Dann wendet sie sich ruckartig zum Gehen und sagt: »Ich muss mich beeilen.« Sie flieht in die Diele, nimmt ihren Mantel und ihre Handtasche

und verlässt die Wohnung. Erst im Fahrstuhl zieht sie den Mantel über, steht da, die Schlaufe der Handtasche in der Hand, so dass sie dicht über dem Boden baumelt. Was jetzt? Wenn Chiara gestorben wäre, dann müsste sie ihr nicht die Wahrheit sagen. Alles wäre einfacher. Sie wäre eine Mörderin und säße im Gefängnis, die Kinder wären bei Leo und würden ihre Mutter für ein Monster halten, und alles wäre am richtigen Platz. Alles wäre gut. Aber so. Sie bricht in Tränen aus und denkt, Du selbstmitleidiges Luder, du verdammtes, selbstmitleidiges Luder.

Veronika geht auf dem Umweg, es ist noch kälter als gestern, sie schleppt sich. Wofür das alles? Diese Frage brennt in ihrem Kopf. Wofür das alles, wenn ich eine schlechte Mutter bin? Am Ende geht es ihnen bei Leo besser. Er hat nur mich verlassen, seine Frau, mehr hat er nicht getan. Sie weint, während sie die Überführung entlanggeht, um sich, um ihre Kinder, um ihr verlorenes Glück. Ein junger Mann kommt ihr entgegen und schaut sie neugierig an, sie achtet kaum darauf. Sie versucht, auf Frido wütend zu sein, weil er Chiara schon wieder etwas erzählt hat. Gleichzeitig wundert sie sich, dass das nicht schon viel früher passiert ist. Woran erinnert sich der Junge noch?, fragt sie sich. Eine Welle des Mitleids mit ihrem Sohn durchflutet sie, weinend passiert sie die Großbaustelle und steuert auf das Ärztehaus zu. Am Eingang bleibt sie stehen und versucht, sich zusammenzureißen. Sie muss funktionieren, Das ist auch eine Strafe, sagt sie sich, Im Gefängnis hättest du es doch viel zu leicht gehabt, du dumme Kuh, denkt sie. Sie muss hart gegen sich selbst werden, dann wird es gehen.

Nach einer Weile hat sie sich unter Kontrolle. Sie betritt das Gebäude.

Die Mädchen sind nur ein wenig zu spät gekommen, Frido fast eine halbe Stunde. Die Klasse hat gerade Mathematik, als er hereinkommt. Herr Münzer, der Lehrer, unterbricht den Unterricht nicht, er macht Frido ein Zeichen, er solle sich auf seinen Platz begeben.

Nach dem Unterricht winkt er Frido zu sich. Er schaut ihn freundlich an und sagt: »Frido, mein Junge, als stellvertretender Klassenleiter muss ich dir leider sagen, dass du zu oft zu spät kommst. Einige meiner Kollegen halten das für ein Problem.«
Frido zuckt mit den Schultern. Er sagt: »Aber meine Leistungen sind doch gut, oder?«
Herr Münzer nickt. »Und ob, Frido, sie sind nicht nur gut, sie sind sehr gut. Und eigentlich frage ich mich, warum du auf die Realschule gehst.«
Frido zuckt erneut mit den Schultern, er hat nicht vor, irgendetwas preiszugeben.
Der Lehrer seufzt, er sagt: »Weißt du, Frido, ich habe manchmal den Eindruck, dass du dir über ganz viele Dinge Gedanken machst. Kann das sein?«
»Nein, Herr Münzer, wirklich, es ist alles in Ordnung. Ich werde versuchen, in Zukunft nicht mehr zu spät zu kommen.«
Herr Münzer nickt resigniert und entlässt seinen Schüler in die Pause. Erleichtert begibt Frido sich auf den Schulhof, wo seine Freunde auf ihn warten.

Nach Schulschluss geht Frido zur Grundschule, um die Mädchen abzuholen. Er beeilt sich, denn er will sich im Sekretariat nach der Sprechstunde von Miras Klassenlehrer erkundigen, da er weiß, dass seine Mutter es vergessen wird. In solchen Fällen tut er, als schicke sie ihn, damit alles normal wirkt. Aber er vergisst es, weil er bei seiner Ankunft beobachtet, wie Mira am Haupteingang der Schule einen Jungen küsst, der älter wirkt als er selbst. Frido weiß, dass im Gebäudekomplex auch eine Realschule untergebracht ist, in die er ursprünglich hätte gehen sollen. Da seine Mutter den Einschreibungstermin verpasst hatte, wurde er schließlich der anderen Schule zugeteilt. Miras Freund muss ein Realschüler sein, denkt Frido. Erstaunt beobachtet er, dass Mira ihn anlächelt und einmal sogar laut auflacht, als er etwas sagt.

Chiara ist nirgends zu sehen, sie scheint noch im Gebäude zu sein. Frido geht rückwärts, bis er außer Sicht ist, verborgen von einer der beiden großen Betonsäulen, die zur Einfriedung des Schulgeländes gehören. Lieber will er auf dem Bürgersteig warten und so tun, als hätte er nichts gesehen.

Endlich verlässt auch Chiara das Gebäude, ihr bunter Ranzen ragt hinter ihrem Rücken hervor. Die beiden Mädchen kommen zur Straße. Zu dritt gehen sie nach Hause.

Als sie dort ankommen, stellen sie fest, dass die Mutter kein Essen vorbereitet hat. Im Eisfach befindet sich nichts, was man schnell aufbacken könnte. Das kam früher häufiger vor, in letzter Zeit aber haben sie angefangen, sich darauf zu verlassen, dass es etwas gibt. Mira schnaubt verächtlich, macht sich Schoko-Crisps und zieht sich anschließend in ihr Zimmer zurück. Frido schmiert für sich und Chiara Butterbrote. Er fühlt sich schuldig für das fehlende Mittagessen. Bestimmt ist die Mutter wütend oder traurig, weil er seiner Schwester diese neue Geschichte erzählt hat. Warum musste Chiara auch direkt am Morgen davon reden? Er beobachtet, wie sie schweigend und konzentriert ihr Butterbrot isst und dabei mit den Beinen baumelt. Er weiß, dass sie nicht locker lassen wird, bis sie eine Antwort bekommt, die sie überzeugt, so ist sie nun mal. Und er kann es ihr nicht verübeln, im Gegenteil, es gefällt ihm sogar, dass sie so ist.

Plötzlich fragt Chiara: »Warum ist die Mama heute Morgen weggelaufen?«
Frido ist auf diese Frage vorbereitet. Er sagt: »Sie musste schnell zur Arbeit, deshalb konnte sie nicht noch länger mit uns reden, weißt du?«
Chiara blickt ihren Bruder an und wägt seine Worte ab. »Dann war sie aber sehr spät dran«, sagt sie und betont das Wort ›sehr‹.
Frido nickt und hofft, dass Chiara sich damit zufriedengibt. Er sagt: »Hast du Hausaufgaben auf?«
Chiara schüttelt den Kopf und grinst frech. Frido weiß, was das bedeutet: Ja, sie hat welche auf, aber sie hat keine Lust, sie zu machen. Er sagt: »Ich helfe dir dabei.« Sie nickt erfreut und läuft zu ihrem Schulranzen. Dann machen sie gemeinsam Chiaras Hausaufgaben und vergessen eine Zeit lang alles andere.

Veronika wäre gerne nach Hause gegangen in der Mittagspause, sie hat es nicht vergessen. Doch sie konnte nicht. Sie hatte sich mit aller Kraft zusammengerissen und es geschafft, dass niemand etwas von ihrem Zustand bemerkte. Sie machte sogar eine erstaunliche Erfahrung, denn mit einem Mal fiel ihr die Arbeit ganz leicht, sie konnte sich alles auf Anhieb merken, fand sofort die richtigen Karteien, erinnerte sich an sämtliche Namen der Patientinnen. Es war, als schwebte sie. Doch jetzt sah sie umso deutlicher das Trümmerfeld, das sich unter ihr ausdehnte. Die Trümmer sind ihre Kinder, ihr Sohn, der viel zu viel machen muss, Mira, die nichts anderes tut, als sich vor ihrem eigenen Leben zu schützen, und Chiara, die wie ein Haus ist, das nicht weiß, dass es kein Fundament hat. Oder wie eine dieser Comic-Figuren, die über den Rand des Abgrunds hinauslaufen und erst abstürzen, wenn sie bemerken, was geschehen ist.

Veronika hat funktioniert, wie sie noch nie funktioniert hat, gleichzeitig hat sie mit ungewohnter Klarheit gesehen, was für ein Leben sie führen, sie und ihre Kinder. Sie hat die Patientinnen zum ersten Mal ganz ehrlich angelächelt, ohne ihnen ihr Glück, ihr Aussehen, ihre Kleider, ihre Männer oder irgendetwas anderes zu neiden. Doch währenddessen hat sie sich unablässig gefragt, ob sich die Anstrengung lohnt, die sie seit damals, seit dem Prozess, unternimmt. Was können meine Kinder denn von mir lernen?, denkt sie und weiß keine Antwort. Sie tippt Rezepte in den Computer, sie schreibt Termine auf, ohne sich ein einziges Mal zu irren, und sieht dabei Gedanken vorüberziehen, die ihr sagen, dass sie gar nicht weiß, warum sie damals allen Ehrgeiz in die Rückeroberung ihrer Kinder legte. Tat sie es, weil man genau das von ihr erwartete? Weil die Lüge nur auf diese Weise zur Wahrheit werden konnte? Eine Mutter mit Burn-out-Syndrom, die wieder auf die Beine kommt und dann wie eine Löwin kämpft, damit der treulose Ex-Mann ihr die Kinder nicht wegnimmt? Damals, nach dem Prozess, erfuhr sie viel Solidarität von anderen Menschen, vor allem von Frauen. Eine dieser Frauen war Dr. Prauschka, ihre Frauenärztin, die ihr diese Arbeit anbot. Aber es fällt ihr schwer, Dankbarkeit zu empfinden, sie muss immerzu denken, Wie würden diese Leute reagieren, wenn sie die ganze Wahrheit wüssten?

Als die Mittagspause begann, versuchte sie, weiterzuschweben. Sie hielt sich an der Luft fest und stürzte ab, ganz tief, bis in den Schlaf. Die gesamte Pause über lag sie in einem der Behandlungszimmer auf der Liege, bis Dr. Prauschka sie geweckt hat.

Jetzt sitzt sie ihr gegenüber in Raum 1 und schlürft heißen Kaffee, den die Ärztin für sie gemacht hat. Dr. Prauschka lässt sich in ihrem Stuhl auf der anderen Seite des Schreibtisches nieder und schaut Veronika besorgt an. Sie sagt: »Veronika, ich bin sehr zufrieden mit Ihnen. Ich muss sagen, als ich Ihnen damals den Job anbot, hätte ich nicht gedacht, dass Sie es so lange durchhalten.« Sie lächelt leicht und wird sofort wieder ernst. »Aber ich habe den Eindruck, dass Sie in letzter Zeit nicht ganz bei der Sache sind. Oder täusche ich mich?«
Veronika schaut der Ärztin in die Augen. Ein Rest von Leichtigkeit ist noch da, stellt sie fest. Wie ein feiner Schleier liegt er über der Wirklichkeit. Sie sagt: »Im Moment ist es nicht einfach, Frau Doktor.« Die Ärztin macht ein besorgtes Gesicht.
»Was ist denn los?«
»Ach, es ist nichts. Ich bin allein mit den Kindern, schon seit fast sechs Jahren. Das ist es.« Es ist die Wahrheit, und doch ist es hier und jetzt gelogen. Die Ärztin tut ihr leid, sie hätte etwas Besseres verdient.

6

AN DIESEM ABEND HAT VERONIKA ANGST vor dem Feierabend. Was, wenn Chiara wieder Fragen stellt? Wenn Frido ihr noch mehr erzählt hat? Während sie durch die kalte Dämmerung geht, an der Baustelle entlang, auf dem Fußweg, über die Überführung, an der vierspurigen Straße, versucht sie sich vorzustellen, was Frido weiß. Hat Leo überhaupt versucht, die Kinder von den Ereignissen abzuschirmen? Oder hat er lauthals und ohne Rücksicht auf Verluste alles mit Irene besprochen, während sie dabei waren? Sie denkt, Ich muss mit Frido reden. Doch sie fürchtet sich, ihrem Sohn ins Gesicht zu lügen, und dass müsste sie. Besser nicht reden. Sie nimmt sich vor, die Kinder ein bisschen zu verwöhnen. Deshalb betritt sie den Supermarkt und kauft mehr ein als sonst.

Als sie nach Hause kommt, wird sie von Lärm aus Fridos Zimmer empfangen. Er hat Besuch von seinen Freunden. Chiara ist bei einer Klassenkameradin zu Besuch, die im selben Gebäude wohnt. Mira sitzt in ihrem Zimmer auf dem Bett. Veronika fällt ein, dass sie sich nicht nach der Sprechstunde von Miras Lehrer erkundigt hat. Sie nimmt es sich für den nächsten Tag vor. Dann stellt sie sich in die Küche und kocht. Heute wird es keine Butterbrote geben, sondern richtiges Essen, sie hat sogar Nachtisch besorgt.

Veronika braucht fast zwei Stunden, bis sie das Essen zubereitet hat, Spaghetti mit selbstgemachter Bolognese. Sie ist langsam, denn sie kocht selten, die meiste Zeit wärmt sie Fertiggerichte auf, obwohl sie genau weiß, dass das nicht gesund ist für heranwachsende Kinder. Aber ich muss mich ja auch alleine mit drei Kindern durchschlagen, denkt sie trotzig, Das soll mir erst mal einer nachmachen.

Um sieben Uhr gehen Fridos Freunde. Kurze Zeit später kommt Chiara nach Hause. Sie wirkt gelöst und zufrieden und erzählt fast ohne Pause von den Spielen, die sie mit Helene, ihrer Freundin, gespielt hat. Veronika zwingt sich, zuzuhören, während sie am Herd steht, sie denkt an die Patientinnen in der Praxis, die sie heute so leicht hat anlächeln können, Da muss es doch bei meiner eigenen Tochter auch einmal klappen.

Chiara hat Vater, Mutter, Kind gespielt. Weil sie nur zu zweit waren, hielt ein großer Teddybär als Vater her, sie und Helene haben sich mit den anderen beiden Rollen abgewechselt. »Na ja,« sagt Chiara, während sie auf ihrem Platz am Küchentisch sitzt und mit den Beinen baumelt, »eigentlich wollte ich immer nur das Kind sein.« Sie lacht und ruft: »Und weißt du, wie ich geheißen habe?«
Veronika hält erschrocken inne, aber Chiara bemerkt es nicht, sie ist vollkommen versunken in den Bildern, die sie heraufbeschwört. Sie ruft: »Frido!«
Veronika ist erleichtert, sie wirft ihrer Tochter ein flüchtiges Lächeln zu. Chiara sagt: »Und der Teddy hat mit mir gekuschelt und Helene hat mir die Windeln gewechselt wie bei einem kleinen Baby!« Sie kichert. »Natürlich nicht in echt. Nur im Spiel.« Sie kichert wieder.

Das Essen ist fertig, Frido und Mira kommen in die Küche und setzen sich an den Tisch. Chiara erzählt noch einmal alles von vorn, Mira verdreht die Augen, sagt aber nichts. Frido mimt Interesse, denn Chiara schaut ihn an. Als sie erzählt, dass sie Frido geheißen hat, sagt Frido: »Aber du bist doch ein Mädchen.«
Chiara runzelt die Stirn, sie zieht eine Schnute und erwidert: »Aber Mädchen werden nicht so liebgehabt wie Jungs.« Ihr fällt

auf, was sie da gesagt hat, sie wirft ihrer Mutter einen schnellen Blick zu und fühlt kurz ein schlechtes Gewissen. Dann baumelt sie mit den Beinen, isst ihre Spaghetti bolognese und schwelgt weiter in den Erinnerungen an ihr Spiel mit Helene. Das betretene Schweigen im Raum fällt ihr nicht auf, und wenn es ihr auffällt, ist es ihr gleichgültig. Und wenn es ihr nicht gleichgültig ist, ist es wie ein Ding, mit dem sie nichts anfangen kann. Für Chiara war das Spiel mit Helene etwas Besonderes. Wenn sie jetzt daran zurückdenkt, fühlt sie etwas Wohliges im ganzen Körper, das gar nichts mit Helene oder dem Teddy zu tun hat, sondern mit dem Spiel selbst. Das ist komisch, findet sie. Ihr Blick fällt auf Mira, die sie anschaut. Chiara hält kurz inne. Miras Blick ist anders als sonst, und dass sie sie überhaupt anschaut, kommt auch fast nie vor. In diesem Augenblick sagt Frido: »Danke für das Essen, Mama. Hat gut geschmeckt.« Er steht von seinem Stuhl auf, trägt seinen Teller und sein Besteck zur Spüle und verschwindet dann im Flur. Man hört, wie er die Tür seines Zimmers öffnet und wieder schließt. Normalerweise ist Mira die erste, die sich zurückzieht, Frido tut so etwas nicht. Aber heute ist es geschehen, und alle im Raum spüren, dass es etwas bedeutet.
»Mama?«, fragt Chiara.
Veronika Kelber erschrickt fast, so sehr war sie damit beschäftigt, diese letzten Minuten zu verdauen. »Was denn, Chiara?«, fragt sie.
»Kann ich mal wieder zum Papa?« Sie hat es ins Blaue hinein gesagt, wie jemand, der nicht weiß, was er als Nächstes sagen wird, wenn er anfängt zu reden. Das macht sie oft, es ist beinahe wie ein Spiel, mit dem sie die Dinge um sich her in Bewegung versetzen kann. Und jetzt taucht der Vater einfach so auf,

obwohl seine neue Frau blöd ist und er auch nur herumschreit, weil ihn alles nervös macht. Chiara ist erstaunt, und gleichzeitig weiß sie, dass sie die Wahrheit gesagt hat. Sie schaut ihre Mutter an und wartet auf deren Antwort, während sie ihr Gesicht beobachtet und die vielen Regungen, die dort sichtbar werden, registriert, ohne darüber nachzudenken. Je länger es dauert, bis die Mutter antwortet, desto gespannter ist sie. Vielleicht verbietet sie es ihr sogar, das wäre am allerspannendsten.

Veronika will gerade etwas sagen, als Mira ihr ins Wort fällt: »Ich will da nicht hin! Chiara kann ja allein zu ihm gehen!«
Veronika fragt: »Warum denn nicht? Ihr habt euren Vater doch schon seit fast drei Wochen nicht mehr besucht.«
Mira schweigt und schaut ihre Mutter abwehrend an. Chiara weiß warum, aber sie darf nichts sagen über Miras Freund, Sonst geht's dir schlecht, hat Mira gesagt und sie wütend angeschaut. Deshalb sagt sie schnell: »Dann geh ich allein hin.«
Jetzt schaut sie wieder gespannt zu ihrer Mutter.

Veronika Kelber stützt die Ellenbogen auf den Küchentisch und reibt sich die müden Augen mit den Handballen. Sie weiß nicht, wie sie entscheiden soll. Einerseits könnte sie wieder einmal ausgehen, vielleicht sogar online eine Verabredung treffen. Dafür müssten alle drei zum Vater. Aber Leo Kelber hatte zu ihr letztes Mal gesagt, Das ist mir zu viel, das war mir immer zu viel, und jetzt ist es mir auch zu viel. Mit Leo kann sie nicht diskutieren, er behandelt sie immer noch wie eine Verbrecherin, und sie hat keine Waffe dagegen. Plötzlich fühlt sie sich sehr müde. Sie nickt langsam, ohne Chiara anzuschauen. »Ich rede mit deinem Vater, und wenn er Ja sagt, dann fährst du hin.«
»Aber Frido muss mitkommen!«, sagt Chiara da.

Veronika zuckt mit den Schultern. Der Gedanke, mit Mira allein in der Wohnung zu bleiben, behagt ihr nicht. Doch wenn Frido seinen Vater sehen will, hat sie nichts dagegen.

Veronika spürt, dass sie heute nicht auf Frido zählen kann, deshalb bringt sie ihre Töchter selbst zu Bett. Chiara freut sich darüber. Sie redet ununterbrochen von der Schule, während Veronika sie in der Dusche wäscht und versucht, ihrer Tochter zuzuhören, ohne die Konzentration zu verlieren. Gleichzeitig muss sie Mira antreiben, die ihre Zeit damit verschwendet, sich zu kämmen und im Spiegel zu betrachten. Chiara redet vom Deutschunterricht, sie zählt akribisch die verschiedenen Lernspiele auf, die sie gespielt haben und erwähnt namentlich sämtliche Schulkameraden, die dabei waren. Sie erzählt von der großen Pause, als sie mit den Jungen Nachlaufen gespielt haben, und weiß immer noch genau, welcher Junge welches Mädchen gefangen hat. Sie hört gar nicht auf zu erzählen und fühlt sich sehr wohl. Plötzlich aber brüllt Veronika Kelber ihr aus nächster Nähe ins Ohr: »Jetzt halt doch mal den Mund!« Chiara ist so verdutzt, dass sie zunächst gehorcht. Dann beginnt sie leise zu weinen. Als Veronika das sieht, schmeißt sie den Waschlappen wütend auf den Boden und verlässt das Bad. Chiara steht nackt und nass in der Dusche und weint. Mira verdreht die Augen und verlässt das Bad, ohne sich die Zähne zu putzen. Nach einer Weile kommt Frido, der den Ausbruch seiner Mutter gehört hat, und trocknet Chiara ab, hebt sie hoch und trägt sie in das Zimmer der Mädchen. Chiara schlottert vor Kälte und weint immer noch. Er zieht ihr den Schlafanzug an, löscht das Deckenlicht und legt sich zu Chiara ins Bett. Er weiß, dass er einschlafen und irgendwann in der Nacht wach werden wird.

Aber er weiß auch, dass dies ein Notfall ist, deshalb nimmt er es in Kauf.

Ich kann das nicht, ich kann das nicht, ich kann das nicht. Veronika sitzt im dunklen Wohnzimmer auf der Couch und vergräbt ihr Gesicht in den Händen. Warum kann dieses Kind nicht einfach den Mund halten, warum muss sie immer so viel reden, warum kann ich nicht einfach zuhören, warum geht es mir so auf die Nerven, dass ich so werde. Warum zum Teufel werde ich immer so! Scheiße! Scheiße, Scheiße, Scheiße. Ich war doch kurz vor dem Ziel. Noch ein paar Minuten und sie wäre im Bett gewesen, und ich hätte alles richtig gemacht, und könnte jetzt in aller Ruhe hier sitzen und mich entspannen. Plötzlich brüllt sie laut: »Scheiße!« und fegt mit einer schnellen Bewegung eine Lampe von dem niedrigen Beistelltischchen, das neben der Couch steht. Die Lampe schlägt auf dem dünnen Teppichboden auf und rollt noch ein Stück, bevor sie liegenbleibt. Vor Wut fängt Veronika an zu weinen, sie weiß gar nicht, auf wen sie wütend ist, auf Chiara, auf sich, auf Leo, auf alle zusammen. Ihre Mutter kommt ihr in den Sinn. Ihre Mutter hat sie immer reden lassen, und sie war nie sicher, ob sie auch zuhört. Aber sie hat sie wenigstens reden lassen. Warum kann ich das nicht? Verdammte Scheiße!

7

ER TRÄUMT VON DEM ROTEN GEBIRGE, und im Traum denkt er, Wie lange war ich schon nicht mehr hier! Das Gebirge ist voller Tunnels, überall führen Straßen hinein und wieder heraus, es herrscht ein reger Verkehr, lauter Menschen, die nichts anderes wollen, als durch sämtliche Tunnels des Gebirges zu gehen. Habt ihr denn kein Ziel, fragt er einen von ihnen, einen uralten Mann mit einer Baskenmütze auf dem Kopf. Aber der Mann lächelt ihn zahnlos an und sagt, Wir bleiben in Bewegung, das ist das Wichtigste, den Rest macht der Berg. Dann geht er weiter und verschwindet in einem anderen Tunnel.

8

CHIARA HAT EINE UNRUHIGE NACHT VERBRACHT. Sie hat wild durcheinandergeträumt, hat die Decke vom Bett gestrampelt, ist von der Kälte wach geworden. Jetzt liegt sie in der Dunkelheit und starrt an die Decke. Der Satz, den die Mutter ihr ins Ohr gebrüllt hat, ist wie ein Wurm in sie hineingekrochen, sie kann fühlen, wie er sich durch sie hindurchfrisst, es tut weh, vor allem in der Brust, dorthin ist der Wurm gekrochen, jetzt ist er dort angekommen. Chiara legt beide Hände auf ihre Brust. Der Wurm ist in ihr Herz gedrungen und hat sich dort eingeringelt. Er schläft, aber Chiara liegt wach. Sie will nach Frido rufen, wie sie es sonst immer tut, doch sie kann nicht. Sie öffnet den Mund und schließt ihn wieder. Sie hat Angst, dass der Wurm wach wird und sie anschreit, Halt den Mund! Sie muss ganz still liegen, dann wird er weiterschlafen.

Am nächsten Morgen ist sie sehr müde. Sie klammert sich an der Decke fest und will nicht aufstehen. Sie hört, wie die Mutter in die Küche geht und Kaffee trinkt. Mira steht auf und zieht sich an, Frido kommt erneut zu ihr, diesmal ist er bereits angekleidet, aber Chiara lauscht auf die Geräusche der Mutter, die ins Bad gegangen ist und kurze Zeit später herauskommt, sich den Mantel überstreift, die Schuhe anzieht und die Wohnung verlässt. Mira sagt, dass sie nicht länger warten kann und geht alleine los. Frido zieht Chiara die Decke weg. Sie will am liebsten weinen, aber es geht nicht. Frido wird immer hektischer, er redet davon, dass er Ärger in der Schule bekommt, er beklagt sich über seine kleine Schwester. Dann zieht er Chiara vollständig an, ohne dass sie ihm hilft. Er sagt: »Du musst noch etwas frühstücken.«

Chiara schüttelt den Kopf. Frido weiß nicht, was er tun soll. Er schmiert ihr ein Butterbrot, steckt sie in ihre Straßenkleidung, Ranzen auf den Rücken, Schuhe schnüren, dann drückt er ihr das Butterbrot in die Hand und zieht sie aus der Tür. Chiara lässt es geschehen. Frido zieht sie an der Hand hinter sich her, sie lässt das Butterbrot fallen, er bemerkt es nicht.

Frido muss Chiara bis ins Klassenzimmer im ersten Stock der Grundschule begleiten. Anschließend beeilt er sich, er springt die Stufen hinunter und rennt auf die Straße. Der Ranzen ist heute besonders schwer, Frido hat Bücher für fünf Fächer und zusätzlich den Atlas für Geographie dabei. Trotzdem läuft er die Straße entlang, ohne anzuhalten. Er hat nicht einmal Zeit, in den Lotto-Toto-Laden zu spähen, wie er es sonst immer tut. Aber es fällt ihm auf.

Als er außer Atem und mit schmerzenden Schultern in seinem Klassenzimmer ankommt, lässt Herr Köbl, der Deutschlehrer, ihn nicht zu seinem Platz gehen. Er schaut demonstrativ auf seine Armbanduhr und sagt: »Wer zu spät kommt, bleibt draußen.« So verbringt Frido den Rest der Stunde damit, an der Tür zu lauschen. Auf diese Weise bekommt er doch noch das Wichtigste mit.

Chiara sitzt im Unterricht, ihre Klassenlehrerin, Frau Wanger, redet über Groß- und Kleinbuchstaben und schreibt Wörter an die Tafel. Chiara sitzt in der dritten Reihe neben Moni, ihrer besten Freundin, und versucht, den gebrüllten Satz ihrer Mutter zu vergessen. Doch genau dann, wenn sie ihn vergessen will, denkt sie am meisten daran. In diesem Augenblick sagt Frau

Wanger: »Chiara, sag du uns doch einmal, ob Kaktus groß oder klein geschrieben wird.«
Chiara sieht einen Kaktus vor ihrem inneren Auge. Einen großen, grünen mit langen Stacheln, die richtig tief ins Fleisch dringen. Er hat zwei verwinkelte Arme und schaut aus wie eine Vogelscheuche mit einer runden Glatze auf dem Kopf. Gestern noch hätte sie an nichts anderes als an die richtige Antwort gedacht. Sie hätte den Arm hochgereckt, um an die Reihe zu kommen, und dann hätte sie laut und deutlich gesagt: Groß natürlich! Jetzt kommt ihr das alles vor wie ein anderer Raum, in den sie durch ein verschlossenes Fenster hineinschaut, sie hat Angst, dass man sie nicht hört, wenn sie etwas sagt. Chiara blickt die Lehrerin an und zuckt mit den Schultern. Frau Wanger ist irritiert. So kennt sie Chiara gar nicht. Sie nimmt ein anderes Kind an die Reihe. In diesem Augenblick beschließt Chiara, dass sie ab jetzt wirklich Marie heißt. Marie muss nicht den Mund halten, sie kann alles sagen, was sie will, jeder wird sie hören, Marie hat keine Mutter, die sie anbrüllt, und keinen Vater, der immer gleich die Geduld verliert. Marie ist frei. Sie meldet sich, um der Lehrerin mitzuteilen, dass sie die Antwort wusste. Frau Wanger lächelt, ohne zu verstehen. Nach der Stunde geht sie zu der Lehrerin und teilt ihr mit, dass sie ab jetzt mit ›Marie‹ angeredet werden möchte. Frau Wanger sieht sie erstaunt an und sagt: »Und warum willst du deinen Namen ändern?«
»Weil Chiara den Mund halten muss. Aber Marie kann reden.«
»Aha. Eben warst du also noch Chiara und hast deshalb nichts gesagt, aber jetzt bist du Marie und kannst reden?«
»Genau, Frau Wanger! Sehr gut!«
Frau Wanger lächelt über das Lob ihrer Schülerin. Sie sagt: »Weißt du was? Du schläfst jetzt erst einmal drüber und morgen

sagst du mir Bescheid, ob du immer noch Marie heißen willst, o.k.?«
Das Mädchen nickt erfreut und verlässt das Klassenzimmer, gefolgt von den Blicken der Lehrerin, die nicht weiß, was sie davon halten soll. Sie hofft, dass sich das Thema von selbst erledigt.

In der Pause erzählt Chiara allen ihren Klassenkameraden, dass sie ab sofort Marie heißt. Ihre Freundin Moni aber ist die Einzige, die sich daran hält. Die anderen beginnen, sie aufzuziehen, vor allem die Jungen fühlen sich von Chiaras wachsendem Zorn angefeuert und rufen im Chor: »Chiara! Chiara! Chiara!«.
Als sie sich nicht mehr zu helfen weiß, nimmt sie einen großen Stein vom Boden auf und schleudert ihn einem der Jungen an den Kopf. Er sackt lautlos zusammen und bleibt liegen. Sofort bildet sich eine Traube aus Kindern um ihn, und als die Pausenaufsicht kommt, zeigen mehrere Finger auf Chiara, die dasteht und den Jungen anstarrt. Es dauert eine Weile, bis er wieder zu sich kommt. Aus einem großen roten Punkt in seiner Stirn tropft Blut. Jemand sagt, Er hat ein Loch im Kopf. Chiara ist erschüttert, als sie das hört. Sie setzt sich auf den Boden und beginnt zu weinen. Frau Wanger kommt zu Chiara, hilft ihr auf die Beine und führt sie ins Sekretariat. Dort muss sie erst einmal auf einem Stuhl sitzen und warten. Frau Wanger drückt ihr ein Glas Wasser in die Hand. Nach ein paar Minuten kommt ein junger Mann in einem roten Anzug herein, Chiara schaut ihn mit großen Augen an. Durch sein Gespräch mit der Sekretärin begreift sie, dass er mit dem Krankenwagen gekommen ist, um Timo, den Jungen mit dem Loch im Kopf, abzuholen. Sie springt auf, tippt ihn an und fragt: »Wird er überleben?«

Der Mann lächelt zunächst, dann wirft er der Sekretärin einen Blick zu und sagt: »Ist sie das?«
Die Sekretärin nickt. Er wendet sich wieder an Chiara und sagt: »Ja, er wird es überleben, und ich hoffe, du wirst nie wieder mit Steinen nach anderen Kindern schmeißen.«
Chiara schüttelt heftig ihren Kopf. Sie sagt: »Ganz bestimmt nicht. Und ich heiße ab jetzt auch wieder Chiara, versprochen.«
Der Mann versteht nicht, was sie meint, doch er nickt und verlässt das Sekretariat. Chiara setzt sich erneut auf ihren Stuhl und hört, wie Marie sie anschreit, Halt den Mund! Nein, antwortet Chiara, Ich darf sagen, was ich will. Sie fühlt sich stark, nicht so sehr, weil sie Timo niedergestreckt hat mit dem Stein, sondern weil es Chiara war, die ihn geworfen hat. Umso mehr ist sie erstaunt, dass Marie nicht einfach wieder verblasst wie beim ersten Mal. Sie ist dageblieben; wenn Chiara sich konzentriert, kann sie sie sehen, nicht als Gestalt, sondern als ein Gefühl im Kopf, ganz rot kommt sie ihr vor, rot und pulsierend und wahnsinnig schnell. Chiara spürt, dass sie mit Marie Freundschaft schließen muss. Sie spürt, dass Marie nie wieder fortgehen wird.

Die Tür des Sekretariats öffnet sich und Veronika Kelber kommt herein. Die Blicke von Mutter und Tochter treffen sich, Chiara sieht die Furcht ihrer Mutter und fühlt sich plötzlich allein. Die Sekretärin empfängt Veronika. Sie sagt: »Ich sage der Rektorin Bescheid.«

Es gibt eine Verbindungstür, die nach rechts in einen anderen Raum führt, die Sekretärin öffnet sie und betritt das Büro der Schulrektorin. Sie sagt etwas, dann winkt sie Veronika Kelber und ihre Tochter herein. Hintereinander betreten sie das

Büro. Sie ist erstaunlich jung, höchstens fünf oder sechs Jahre älter als Veronika, eine schlanke, hochgewachsene Frau mit langem, blondem Haar. Frau Märtens erhebt sich und streckt Veronika Kelber die Hand über dem Schreibtisch entgegen. Sie sagt: »Guten Tag, Frau Kelber, schön, dass Sie es einrichten konnten.«

Veronika nickt stumm.

»Bitte setzen sie sich doch. Chiara, du kannst dich neben deine Mutter setzen.« Als alle sitzen, sagt die Rektorin: »Frau Kelber, Sie haben zwei Kinder an unserer Schule, nicht wahr? Die Mira, die jetzt in der Vierten ist, und Chiara hier. Aber Sie haben außerdem noch einen Sohn, nicht wahr?«

Veronika nickt. Sie sagt: »Ja, den Frido. Er geht auf die Realschule in der Winzstraße.«

»Wie alt ist er?«

»Er wird übermorgen zwölf.«

Frau Märtens nickt und schaut von Mutter zu Tochter. »Gehst du gerne zur Schule, Chiara?«

Chiara nickt mit Nachdruck. Die Rektorin soll nur nicht auf falsche Gedanken kommen.

»Das freut mich. Nun, Frau Kelber, wenn ich ehrlich bin, dann habe ich die Gelegenheit beim Schopf ergriffen. Natürlich ist es nicht gut, was Chiara da gemacht hat. Und das weißt du auch selbst am besten, nicht wahr, Chiara?«

Wieder nickt Chiara deutlich, damit es keine Missverständnisse gibt.

»Aber die Wahrheit ist, dass Mira mir viel mehr Sorgen macht, Frau Kelber. Sie nimmt eigentlich gar nicht mehr am Unterricht teil, sie scheint regelrecht abzuschalten, wenn sie hierher kommt. Und das ist ausgerechnet jetzt, in der Vierten, nicht

gut.« Sie seufzt. »Haben Sie eine Erklärung für das Verhalten Ihrer Tochter, Frau Kelber?«
Veronika schaut die Rektorin an. Natürlich hat sie eine Erklärung. Aber sie schüttelt den Kopf und sagt: »Ich verstehe das auch nicht. Frido ist so ein guter Schüler.«
Frau Märtens lächelt leicht. Sie sagt: »Jedes Kind ist nun mal anders. Was das eine braucht, kann das andere nicht haben.«
Veronika versteht nicht, was die Rektorin meint, doch sie sagt nichts. Frau Märtens atmet einmal tief durch. Sie sagt: »Sie sind alleinerziehend, nicht wahr?«
Veronika nickt zögernd, ist das eine Kritik? Frau Märtens nickt ihrerseits. Sie sagt: »Glauben Sie mir, ich weiß, dass das nicht leicht ist. Meine Mutter musste mich und meine Geschwister auch allein großziehen. Das war kein Zuckerschlecken.«
Veronika ist peinlich berührt von der Vertraulichkeit der Rektorin. Zugleich ist sie erleichtert. Die andere wird sie zumindest nicht ohne weiteres verurteilen. Doch ganz hinten in ihrem Kopf sagt eine Stimme, Wenn sie die Wahrheit wüsste ...
»Wissen Sie was?«, sagt die Rektorin plötzlich, »wir können ja Folgendes machen: Ich rede mit Miras Klassenlehrer, ob man nicht einen freien Platz in der Hausaufgabenbetreuung für sie organisieren kann. Dann kriegen wir zumindest dieses Problem in den Griff. Was halten Sie davon?«
Veronika weiß sofort, dass Mira sich dagegen wehren wird, aber sie hat das Gefühl, dass sie hier und jetzt ihren guten Willen demonstrieren muss. Deshalb sagt sie: »Das wäre vielleicht eine Hilfe.«
Die Rektorin ist zufrieden. Sie lächelt und sagt: »Das meine ich auch. Also gut, Frau Kelber, ich melde mich, sobald ich Neuigkeiten habe. Und du, Chiara, bist weiterhin so fleißig und

engagiert, hörst du. Du machst deinen Lehrern nämlich bisher große Freude.« Damit ist die Besprechung beendet, die Rektorin erhebt sich, Veronika und Chiara tun es ihr gleich. Frau Märtens reicht Veronika die Hand und winkt Chiara kurz zum Abschied.

Während sie nach Hause gehen, wiederholen sich die letzten Sätze der Rektorin wieder und wieder in Chiaras Kopf. Sie fühlen sich an wie ein helles wärmendes Feuer, und Chiara steht davor und genießt es. Sie schaut zu ihrer Mutter. Gerne würde sie ihre Hand nehmen, doch sie traut sich nicht. Veronika Kelber geht wortlos die Straße entlang und fürchtet sich vor der Auseinandersetzung mit Mira. Sie hat das Gefühl, auf einem sinkenden Schiff übers Meer zu fahren, ganz gleich, was sie tut, irgendwo weiter vorn wird es untergehen, und sie kann nichts dagegen tun. Sie geht zu schnell für Chiara, die bei dem Versuch, Schritt zu halten, stolpert und hinfällt. Veronika bleibt ungeduldig stehen, Chiara ist auf die Knie gefallen, mit schmerzverzerrtem Gesicht kommt sie wieder auf die Beine. In diesem Augenblick sieht Veronika Kelber, wie eine gute Mutter reagieren würde. Sie würde in die Hocke gehen und ihr Kind umarmen, sie würde es trösten und ihm sagen, dass alles wieder gut wird. Vielleicht würde sie ihm ein schönes Pflaster versprechen oder eine Süßigkeit. Aber Veronika steht wie versteinert da und fragt sich, warum sie nichts dergleichen tun kann. Warum sie stattdessen Angst hat, Chiara könne in Tränen ausbrechen und ihr auf diese Weise eine Intimität abverlangen. Sie denkt, Ich liebe sie nicht. Das hat sie schon oft gedacht in den letzten sechseinhalb Jahren, vielleicht sogar jeden Tag. Doch der Gedanke hinterlässt stets ein Gefühl von Leere, so als wäre er nicht einfach nicht wahr, sondern als sei seine Wahrheit ohne Belang. Als könne seine Wahrheit gar nichts erklären. So ist es auch diesmal. Veronika steht da und schaut zu, wie ihre Tochter auf die Zähne beißt, um nicht zu weinen. Sie denkt, Das müsste mir leid tun, warum tut es mir nicht leid? Sie erinnert sich an ihre Mutter, die alle diese Dinge perfekt beherrschte. Warum kann ich das nicht?, denkt sie. Das wäre doch wenigstens etwas. Chiara ist jetzt bereit, weiterzugehen, sie schaut ihre Mutter wartend an. Veronika setzt sich in Bewegung.

Das wärmende Feuer ist erkaltet. Während sie weiterläuft, hört Chiara den Satz, den die Mutter über ihren Bruder gesagt hat, Frido ist so ein guter Schüler.

9

»ICH GEH DA NICHT HIN!«, schreit Mira. Sie und ihre Mutter sitzen im Zimmer der Mädchen, während Chiara und Frido im Wohnzimmer etwas im Fernsehen anschauen. Soeben hat Veronika ihr von dem Gespräch mit der Rektorin erzählt und ihr verschwiegen, dass es nur wegen Chiaras Steinwurf zustande kam. Mira ist überrascht, normalerweise kümmert sich die Mutter nicht um solche Dinge. Jetzt sitzt sie wütend auf ihrem Bett, die Kopfhörer hängen um ihren Hals, sie hält ihr Kissen umklammert, als könne es sie vor den Plänen der Mutter schützen.
»Warum denn nicht?«, fragt Veronika Kelber hilflos.
Zur Antwort schreit Mira sie an: »Darum nicht!«
»Aber es ist doch zu deinem Besten!«
»Du weißt doch gar nicht, was zu meinem Besten ist!«
»Woher weißt du das denn?«
»Du nimmst doch bloß deine blöden Tabletten und hängst abends vor der Glotze, und am nächsten Morgen rennst du schnell weg!«
»Aber jetzt kümmere ich mich um dich! Mira! Wenn du auf der Hauptschule landest, dann ...«
»Dann was, Mama? Verprügelst du mich dann?«
»Dann musst du später auch so eine Arbeit machen wie ich.«
Mira schaut ihre Mutter verblüfft an. Mit dieser Antwort hat sie nicht gerechnet. Sie setzt ein bockiges Gesicht auf und sagt: »Ist mir egal.«
»Mir aber nicht!«
»Aber mir.«
»Du gehst zu der Hausaufgabenbetreuung!«
Mira schüttelt den Kopf. Sie beginnt, vor Wut zu weinen. Mit verzerrtem Gesicht schreit sie ihre Mutter an: »Nein, ich geh da nicht hin!«

Veronika Kelber versucht, selbst wütend zu werden, wütender als ihre Tochter. Doch alles, was sie empfindet, ist Kraftlosigkeit. Ich kann das nicht, ich kann nicht, denkt es in ihr. Wortlos verlässt sie das Zimmer und geht in die Küche. Am liebsten würde sie Frido und Chiara aus dem Wohnzimmer vertreiben und selbst fernsehen. Säße Chiara allein dort, täte sie es, ohne zu zögern, das weiß sie genau. Sie hasst sich dafür. Sie fühlt sich so allein mit all dem. Einem plötzlichen Entschluss folgend greift sie zum Telefon und wählt eine Nummer. Nach einer Weile ertönt am anderen Ende eine Männerstimme: »Kelber.«
»Hallo Leo.«
»Vero? Was willst du?«
»Die Kinder wollen dich sehen. Alle drei.«
»Alle drei kommt nicht in Frage. Ich nehme höchstens zwei.«
»Dieses Wochenende.«
»Nächstes.«
»Dieses!«
»Schnauz mich nicht so an, hörst du!«
»Entschuldige, Leo. Bitte, nimm sie dieses Wochenende, bitte! Sie vermissen dich.«
»Du willst sie doch nur loswerden!«
»Bitte, ich hab sie jetzt seit drei Wochen am Stück.« Es gibt eine kurze Pause. Veronika hält den Atem an und wartet auf die Antwort ihres Ex-Mannes. Leo Kelber sagt: »Na schön. Frido und die Kleine.«
»Nein, bitte! Nimm die Mädchen!«
»Nix da, Frido und die Kleine.«
Veronika gibt sich geschlagen. Sie besprechen kurz die Übergabe, dann verabschiedet Leo Kelber sich kurz angebunden und legt auf. Veronika Kelber beginnt zu weinen. Du Arschloch,

sagt sie schluchzend, Du verdammtes Arschloch. Jetzt sieht sie ihren Sohn nicht an dessen Geburtstag und muss stattdessen mit Mira zurechtkommen.

Irgendwann kommt die Mutter ins Wohnzimmer und schaltet den Fernseher aus. Frido erhebt sich und sagt: »Ab ins Bad!«
Chiara hätte gerne noch weiter Fernsehen geschaut. Doch ein Blick auf die Mutter sagt ihr, dass sie jetzt besser ohne Widerstand gehorcht. Sie folgt Frido ins Badezimmer. Frido putzt zuerst seiner Schwester und dann sich selbst die Zähne. Anschließend setzt er Chiara in die Badewanne und lässt Wasser einlaufen. Er will das Bad verlassen, aber Chiara will nicht allein sein. Sie sagt schnell: »Frido?«
»Was denn?«
»Wer hat Marie in den Müll geworfen?«
Frido bleibt verwirrt stehen. Er will eine Lüge erfinden, doch ihm fällt keine ein.
»Wer, Frido?«, beharrt Chiara ungeduldig.
Frido sagt: »Maries Mama.«
Chiara schaut Frido an. Sie hat es längst gewusst. »Und dann ist sie gestorben?«
Frido nickt abwesend. Vor seinem inneren Auge sieht er wieder, wie die Mutter allein in den Kindergarten kommt, er sieht, wie die Polizei ihn und Mira zum Vater bringt, er hört durch die verschlossene Tür, was der Vater abends zu Irene sagt. Er sieht das Gesicht des Mannes, der die Treppe hoch kommt, schwer atmend und mit dem Baby im Arm. Er hat nie verstanden, was geschehen ist. Er hat nie nachgefragt. Niemand hat jemals versucht, es ihm zu erklären. Jetzt fällt es ihm auf. Plötzlich kommt es ihm vor, als könne Chiara gar nicht Chiara sein, sondern nur

ein anderes Baby, das seine tote Schwester ersetzt. Doch ein Blick auf Chiara beruhigt ihn. Das kann gar nicht sein. Sie sieht ihrer Mutter so ähnlich! Viel mehr als er oder Mira, die eher auf ihren Vater kommen. Er fasst sich und wäscht Chiara das Haar, während sie mit einem Plastikschiffchen und zwei Playmobil-Figuren spielt. Nach einer Weile unterbricht sie ihr Spiel und sagt: »Warum hat die Mama das denn getan?«
Frido erschrickt, es klingt, als spreche Chiara von ihrer Mutter. Dann besinnt er sich und sagt vage: »Vielleicht war sie einfach nur unglücklich.«
»Aber dafür kann Marie doch nichts, oder?«
»Nein, dafür kann sie nichts.«
»Warum dann?«
Frido zuckt mit den Schultern, dann duscht er seine Schwester kurz ab und holt sie aus der Wanne. Während er sie abtrocknet, sagt er: »Vielleicht hatte Maries Mutter zu viele Kinder.« Er bereut es sofort, doch es ist zu spät.
Chiara ruft aus: »So wie Mama!«
Frido sagt nichts mehr, er beginnt zu schwitzen. Als Chiara abgetrocknet ist und mit zerzaustem Haar vor ihrem Bruder steht, sagt sie: »Ist die Mama deshalb so gemein zu mir?«
Frido starrt seine Schwester an. Chiara wartet die Antwort nicht ab. Sie strahlt ihren Bruder plötzlich an und erzählt ihm vom Lob der Rektorin. Frido ist erleichtert und freut sich besonders mit Chiara, damit sie nur das andere Thema vergisst. Aber Chiara vergisst nichts. Sie hat etwas verstanden.

Als Chiara später im dunklen Zimmer liegt und den leisen Atemgeräuschen ihrer Schwester lauscht, bildet sie sich ein, dass

Marie an ihrem Fußende sitzt und sie beobachtet. Sie fürchtet sich, und erst der Schlaf befreit sie aus der Furcht.

Im Wohnzimmer sitzt Veronika auf der Couch und hört Miras Worte, Deine blöden Tabletten. Sie hält die Fernbedienung in der Hand, aber der Fernseher bleibt ausgeschaltet, weil sie Miras Worte hört, Hängst abends vor der Glotze. Veronika weiß, dass ihre Tochter Recht hat, sie hat sich ertappt gefühlt, aber jetzt wird sie wütend, weil es sie daran hindert, einen gemütlichen Abend zu verbringen. Mehr will ich doch gar nicht, denkt sie und versucht, sich selbst Glauben zu schenken.

Frido liegt in seinem Bett auf dem Rücken und kann nicht schlafen. Er hat die Arme unter dem Kopf verschränkt und starrt an die dunkle Decke.

10

DER NÄCHSTE TAG IST EIN FREITAG. Veronika fürchtet sich vor dem morgendlichen Aufbruch, doch die Kinder sprechen kaum. Mira ignoriert ihre Mutter, als sie sich kurz im Bad begegnen. Chiara scheint in Gedanken versunken zu sein, während sie sich ohne fremde Hilfe ankleidet. Frido wirkt verschlafen.

Als die Kinder in der Küche zusammensitzen und Veronika mit Stiefeln, Mantel und Handtasche in der Tür zum Flur steht, um sich zu verabschieden, sagt sie: »Euer Vater kommt heute nach der Schule hierher.« Alle drei unterbrechen ihr Frühstück und schauen die Mutter überrascht an. Veronika seufzt und sagt: »Er holt euch beide, Frido und Chiara, ab. Ihr bleibt das Wochenende über bei ihm. Hier«, sie zieht ein flaches, in rotes Geschenkpapier eingewickeltes Rechteck aus ihrer Handtasche und zeigt es Frido, »das lege ich in dein Zimmer. Wenn du nachher deine Sachen packst, kannst du es mitnehmen.« Sie zögert. »Ich rufe dich morgen beim Papa an.« Sie lächelt flüchtig, wirft Mira einen kurzen Blick zu, aber Mira senkt den Kopf und frühstückt weiter. Sie wirkt so verschlossen wie zuvor. Veronika atmet tief durch, dann wendet sie sich ab, geht kurz in Fridos Zimmer und schließlich zur Wohnungstür, die gleich gegenüber liegt. Chiara ruft: »Tschüss Mama!«
Veronika Kelber steht schon im Gang. Durch zwei offene Türen hindurch sieht sie ihre jüngste Tochter an. Dann schließt sie die Tür.

Während sie sich zu dritt im Bad drängeln, um sich die Zähne zu putzen, auf die Toilette zu gehen und sich zu kämmen, beobachtet Frido Mira. Er sagt: »Wenn du zum Papa willst ...« Er bricht ab. Es sollte ein Angebot sein: Ich bleibe hier und du fährst. Aber Mira wirft ihm einen giftigen Blick zu. Sie sagt: »Du weißt genau, dass er das so bestimmt hat!« Frido schweigt. Sie hat Recht, der Vater bestimmt immer, wen er nimmt, und Mira nimmt er selten. Frido weiß auch warum: Mira will sich nicht um Chiara kümmern. Das ist der Trick, mit dem sie solchen Wochenenden entgeht. Frido hat keinen Trick, er will seinen Vater sehen. Aber er hat trotzdem keine besondere Lust, das Wochenende ohne seine Freunde zu verbringen. Er wird die meiste Zeit mit seiner Schwester beschäftigt sein.

Als er an diesem Morgen von der Schule der Mädchen in Richtung seiner eigenen geht und am Lotto-Toto-Laden vorbeikommt, bleibt er plötzlich stehen. Durch das Schaufenster hindurch sieht er den alten Mann. Er steht an der Theke, wegen der Spiegelungen im Fensterglas kann er ihn nur undeutlich erkennen. Eine Frau verlässt gerade das Geschäft, sie ist klein und rundlich und sieht ausländisch aus, Frido hat das Gefühl, dass er sie schon einmal gesehen hat. Sie geht an ihm vorbei, bleibt an der Bordsteinkante stehen und überquert dann zügig die große Straße. Frido sieht ihr nach und beobachtet, wie sie schräg gegenüber im Eingang eines großen Mietshauses verschwindet. Er wendet sich erneut dem Laden zu. Irgendetwas zieht ihn dorthin, er hat immer noch Angst, aber er verspürt auch Neugier. Die Mischung aus beidem ergibt ein eigenartiges Gefühl. Plötzlich erinnert er sich an die Schule und eilt hastig weiter.

Während Veronika in der Praxis arbeitet, entsteht in ihrem Kopf ganz von selbst ein Plan. Als es endlich fünf Uhr ist, eilt sie nach Hause. Sie freut sich auf das freie Wochenende, Mira wird gar nicht stören, sie wird entweder in ihrem Zimmer hocken oder sich mit ihren Freundinnen treffen. Inzwischen findet Veronika es nicht mehr schlimm, dass Frido seinen Geburtstag bei seinem Vater feiert, im Gegenteil, es ist sogar sehr praktisch. Als das schlechte Gewissen sich meldet, erinnert sie sich an die Worte der Rektorin. Alleinerziehende Mutter. Kein Zuckerschlecken. Nein, das ist es wirklich nicht, denkt sie mit allem Nachdruck und schüttelt unwillkürlich den Kopf, während sie die Überführung entlanggeht, Ich hab mir ein freies Wochenende verdient, auf jeden Fall!

Als sie in Sichtweite ihres Wohnhauses kommt, sieht sie plötzlich Chiara auf sie zulaufen, ohne Mantel oder Mütze, nur die Stiefel hat sie an. Veronika bleibt verwirrt stehen. Als Chiara außer Atem bei ihr ankommt, sagt Veronika: »Warum seid ihr nicht schon längst weg? Ist euer Vater nicht gekommen?«
Chiara, die eben noch gelächelt hat, schüttelt den Kopf und sagt: »Der Papa hat angerufen. Er kann erst morgen Vormittag kommen.«
Veronika setzt sich wieder in Bewegung. Sie sagt keinen Ton, am liebsten würde sie jetzt schreien. Am liebsten würde sie diesem Schwein die Augen auskratzen. Wütend geht sie auf den Eingang ihres Mietshauses zu, gefolgt von Chiara. Veronika fühlt einen solchen Zorn in sich, dass sie nicht mehr sprechen kann. Es ist dasselbe Gefühl, das sie hatte, als Leo damals anfing, eigenartige ›Termine‹ zu haben, dasselbe Gefühl, als sie hochschwanger entdeckte, dass er eine andere hatte, dasselbe Gefühl, als sie ihn mit dem Baby im Arm zur Rede stellte und er alles zugab und Schluss machte und einfach ging.
Ohnmächtigen Zorn fühlt sie, und als sie mit Chiara auf den Fahrstuhl wartet, wird er so stark, dass Veronika nicht mehr weiß, wohin damit. Sie holt aus und schlägt ihren rechten Ellenbogen

mit aller Kraft gegen die Wand neben der Tür. Ein brennender Schmerz fährt wie ein Blitz durch ihren Arm bis in die Schulter. Sie stöhnt auf, ihr wird schwarz vor Augen, sie muss sich an der Wand abstützen. Alles Scheiße, fährt es ihr durch den Kopf, während der Schmerz heftig in ihrem Arm pocht, Alles, alles Scheiße. Sie hat ihre Tochter vollkommen vergessen und bemerkt nicht, dass Chiara sie erschrocken beobachtet. Jetzt kommt der Fahrstuhl, das Mädchen muss seinen ganzen Körper einsetzen, um die Tür aufzuziehen, dann steht sie da und wartet auf ihre Mutter, die mit sich selbst beschäftigt ist. Sie tut es mit einem Gefühl von Verbundenheit und Fürsorge, mit jener unbedingten Loyalität, zu der nur Kinder fähig sind. Zugleich fürchtet sie sich vor der Gewalt, die von ihrer Mutter ausgeht.

Der Weg vom Fahrstuhl zur Wohnung wird zur Tortur, Veronika ist der Ohnmacht nahe, der Schmerz in ihrem Arm ist noch stärker geworden, Irgendetwas stimmt nicht, denkt sie. Immer wieder muss sie stehenbleiben, sich an die Wand lehnen und warten, bis die Schwärze wieder von den Augen weicht. Chiara läuft vor und kehrt kurze Zeit später mit Frido und Mira zurück. Als Frido seine Mutter sieht, fragt er erschrocken: »Was ist passiert?« Chiara sagt schnell: »Sie ist hingefallen.« Dabei schaut sie ihre Geschwister an und nickt mit Nachdruck. Mira zieht die Augenbrauen hoch, sie glaubt kein Wort, aber die Mutter hat solche Schmerzen, dass ihr Groll für den Moment verfliegt. Gemeinsam mit Frido stützt sie ihre Mutter und führt sie in die Wohnung. Sie legen sie auf die Couch, Veronika weiß nicht, wie sie liegen soll, sie stöhnt, keine Position verschafft ihr Erleichterung.

Frido weiß nicht, was er tun soll. Ihm wird heiß. Mira sieht, dass ihr Bruder überfordert ist. Sie sagt: »Wir müssen einen

Krankenwagen rufen.« Sie wendet sich an Chiara: »Und sie ist wirklich hingefallen?«
»Ja«, sagt Chiara und schaut ihrer Schwester fest in die Augen. Dieses Geheimnis gehört nur ihr und ihrer Mutter, sie wird es hüten wie einen Schatz, wie einen wertvollen Edelstein, wie einen Raum, in dem sie mit ihr ganz allein sein kann. Mira nickt, sie ist nicht überzeugt, aber sie hat verstanden, dass Chiara nichts preisgeben wird.

Frido wählt die 112. Er muss seinen Namen und seine Adresse durchgeben und den Unfall schildern. Der Mann am anderen Ende verspricht, dass ein Krankenwagen geschickt wird. Nach dem Telefonat sitzen die drei Kinder im Wohnzimmer auf dem Boden und warten und beobachten die Mutter.

Als Veronika erfährt, dass ein Krankenwagen unterwegs ist, setzt sie sich mühsam auf. Sie kann kaum sprechen, der Ellenbogen ist stark angeschwollen. Sie will nicht ins Krankenhaus, sie hat Angst um ihr freies Wochenende. Aber der Schmerz im Arm hält sie völlig gefangen.

Es läutet. Fünf Minuten später stehen zwei junge Männer in roter Notarztkleidung mit einer Bahre vor der Tür. Sie legen eine Schlaufe um Veronikas Arm und heben sie vorsichtig auf die Trage. Als Veronika in Richtung Flur getragen wird, sieht sie ihre Kinder. Sie stehen dicht nebeneinander und schauen ihr ängstlich und ratlos nach. Von allen verlassen, geht es Veronika durch den Kopf. Sie beginnt zu weinen. Die Träger halten verwirrt inne und schauen einander an. Mira fragt sachlich: »Wohin bringen Sie sie?«

Einer der Männer nennt einen Namen, dann manövrieren sie Veronika Kelber vorsichtig durch den schmalen Flur zur Wohnung hinaus.

Als die Kinder allein sind, gehen sie in die Küche. Hier stellt Frido fest, dass nicht genügend Lebensmittel da sind, und dass sie kein Geld haben. Die Mutter hat ihre Handtasche mitgenommen. Er hat noch etwas Taschengeld, aber es wird kaum ausreichen. »Wir rufen Papa an«, sagt Mira. »Wir erzählen ihm, was passiert ist und dass er euch beide doch schon heute abholen soll.«
»Und du?«, fragt Frido. »Du kannst doch nicht ganz allein hierbleiben.«
Mira zuckt mit den Schultern und lächelt kurz. »Mir macht das nichts aus.« Sie wirft einen kurzen Seitenblick auf Chiara, die arglos zugehört hat. Aber Frido sieht den Blick und ahnt, was Mira vorhat. Er sagt: »Du wirst aber nicht deinen Freund herbringen.«
Mira presst die Lippen aufeinander. Mit einer schnellen Bewegung versetzt sie Chiara eine Ohrfeige. »Du Biest! Ich habe dir gesagt, was passiert, wenn du petzt!« Sie will noch einmal ausholen, aber Frido hält ihren Arm fest.
»Sie hat nicht gepetzt, Mira! Ich habe es gesehen. Vorgestern, beim Abholen.«
Chiara beginnt zu weinen. Mira starrt ihren Bruder an.
»Wehe, du sagst es Mama!«
»Entschuldige dich erst bei deiner Schwester!«
»Die hat sich längst eine verdient!« Mira reißt sich von Frido los, geht ins Zimmer der Mädchen und schlägt laut die Tür hinter

sich zu. Chiara wischt sich die Tränen weg. Schniefend sagt sie: »Rufst du den Papa an?«
Frido überlegt. Wenn er ihn jetzt anruft und erzählt, was vorgefallen ist, wird sein Vater wütend werden. Er wird irgendetwas Schlechtes über die Mutter sagen, und das will Frido nicht riskieren. Er sagt: »Nein, wir warten, bis er morgen kommt.«
Chiara nickt. »O.k.«
»Jetzt müssen wir uns erst mal was zu essen besorgen.«
»Aber wie?«
Frido überlegt hin und her. Dann geht er zu Mira. Sie liegt auf ihrem Bett und hat einen Unterarm über die Augen gelegt. Als Frido das Zimmer betritt, sagt sie, ohne sich zu rühren: »Lass mich in Ruhe!«
»Wir brauchen Geld, Mira, sonst können wir nichts zu essen kaufen.«
»Na und? Dann essen wir eben nichts.«
»Kannst du nicht deinen Freund fragen, ob er uns was leiht?«
Mira nimmt den Arm herunter, stützt sich auf die Ellenbogen und sieht Frido fassungslos an. »Bist du verrückt? Dann kann ich ihm auch gleich erzählen, was für eine Scheißfamilie wir sind.«
Frido ist ratlos. Er hat nicht einmal Hunger. Doch die Vorstellung, dass sie kein Geld haben, um sich zu ernähren, erscheint ihm wie eine Katastrophe, wie der Anfang vom Ende, wie etwas, das einfach nicht sein darf. Plötzlich weiß er, was zu tun ist. Er steckt Chiara in ihren Mantel, zieht ihr die Stiefel an, Schal, Mütze und Handschuhe. Dann kleidet er sich selbst an. Als sie losgehen, fragt Chiara: »Wohin gehen wir?«

Frido zögert. Er sagt: »Weißt du, diese Geschichte von dem Baby und dem alten Mann – das ist ganz in der Nähe passiert, hier, in unserem Viertel.«
Chiara macht große Augen. »Wirklich?«
Frido nickt. Der Fahrstuhl kommt, sie steigen ein, fahren nach unten. Chiara sagt: »Woher weißt du das denn?«
»Ich habe den alten Mann wiedererkannt.«
»Wiedererkannt?«
»Na ja«, lügt Frido, »es gab ein Foto von ihm in der Zeitung, und dann habe ich ihn auf dem Schulweg gesehen.« Das Foto hat es wirklich gegeben, aber da hatte Frido dem alten Mann längst gegenüber gestanden, damals.
»So nah?« Chiara ist ganz aufgeregt.
»Aber wir gehen doch jetzt nicht zu ihm, oder?«
Frido nickt. »Doch, tun wir.«
»Warum denn?« Sie hat plötzlich Angst. Wenn der Mann das Baby geklaut hat, kann er kein guter Mensch sein. Frido fällt auf, dass er keine Erklärung hat, die nicht der Wahrheit entspricht und trotzdem überzeugend klingt. Er zuckt hilflos mit den Achseln und sagt: »Also, weißt du, damals, da hatte der alte Mann das Kind gar nicht geklaut.«
»Nicht?«
Frido schüttelt den Kopf. Sie kommen im Erdgeschoss an, steigen aus, verlassen das Gebäude und begeben sich auf den Weg, der sie sonst zur Schule führt.
»Was hat der Mann denn gemacht?«
»Er hat das kleine Mädchen gerettet.«
»Wie denn?«
Frido versucht immer noch, nicht die Wahrheit, die er kennt, zu erzählen. Gleichzeitig will er irgendwie konsequent zu der

Geschichte sein, die er Chiara bisher erzählt hat. Er sagt: »Er hat es im Müll gefunden und bei sich behalten.« Das gefällt ihm, es ist eine gute Version, vollkommen plausibel.
»Oh!«, macht Chiara. Damit hat sie nicht gerechnet.
Frido sagt: »Und als sie groß war, hat sie ihm einen Kuss gegeben und hat ihm für alles gedankt, was er für sie getan hat. Dann hat sie einen reichen Mann geheiratet und ist glücklich geworden.« Er hofft, dass seine Schwester jetzt endgültig zufrieden ist. Chiara hüpft vor Freude. Sie ruft: »Und wir sehen ihn gleich! Wie toll!« Sie hat ganz vergessen, dass es ums Abendessen geht.

Mit Chiara an der Hand geht Frido zügig durch den Abend, ohne zu wissen, was er als Nächstes tun wird. Es ist kalt, der Verkehr klingt heute seltsam dumpf, als läge eine Glasglocke über allen Geräuschen. Nach einer Weile kommt der Lotto-Toto-Laden in Sichtweite. Frido verlangsamt seine Schritte. Endlich stehen sie davor, aber der Laden ist geschlossen. An der Tür sind die Öffnungszeiten angeschlagen. Ladenschluss: 18 Uhr. Es ist jetzt fast Sieben. Chiara ist enttäuscht, doch das währt nur kurz. Während sie sich auf den Rückweg machen, sagt sie:
»Dann kommen wir morgen wieder her!«
»Morgen holt uns der Papa ab.«
»Dann am Montag!«
»Am Montag?«, fragt Frido abwesend, während sie ohne Eile die Straße entlanggehen. Es deprimiert ihn, dass er gescheitert ist, und er ist zu jung, um sich einzugestehen, dass er nur irgendeinen Anlass gesucht hat, um hierher zu kommen.
»Ja! Nach der Schule!«, sagt Chiara mit Nachdruck.
»Am Montag gibt's doch wieder Essen.«

Chiara schweigt. Sie beobachtet ihren Bruder von der Seite. Sie hat immer noch nicht verstanden, warum Frido glaubt, der alte Mann werde ihnen etwas zu essen geben, obwohl er sie doch gar nicht kennt. Doch sie spürt, dass Frido nicht gefragt werden möchte. Zum ersten Mal in ihrem Leben hat sie das Gefühl, dass ihr Bruder nicht die Wahrheit sagt. Aber sie weiß nicht, wo die Lüge steckt, und sie kann nicht danach suchen, ihr Kopf greift ins Leere, wenn sie es ausprobiert.

Es ist dunkel, als Frido und Chiara wieder zu Hause sind. Zu ihrer Überraschung ist Mira nicht allein. In der Küche am Herd steht der große Junge, den Frido vor der Schule gesehen hat. Mira sitzt am Küchentisch, sie hat den Kopf in die Hände gestützt und grinst ihren Bruder herausfordernd an. Als er die Ankömmlinge bemerkt, wischt der Junge sich die rechte Hand an seiner Jeans ab und streckt sie Frido entgegen. Er lächelt freundlich und sagt mit einer erstaunlich tiefen Stimme: »Hi, ich bin Arian. Du bist Frido, nicht wahr?«
Frido nickt. Er ist perplex. Arian zeigt auf den Herd. Dort steht eine Pfanne, in der Zwiebeln, Paprika und Tomaten vor sich hin braten, daneben ein Topf mit Reis und ein weiterer Kochtopf, in dessen sprudelndem Wasser Frido Hühnerschenkel erkennt. »Ich hab was von zu Hause abgezweigt. Wird schon keiner merken.« Er grinst und wendet sich Chiara zu. »Hallo, Chiara, dich kenne ich schon. Du mich auch, stimmt's?« Er lächelt sie an, Chiara wird verlegen und versteckt sich hinter Frido. Arian lacht.
»Was machst du da?«, fragt Frido. Arian zeigt auf den Herd.

»Das da? Oh, das ist ein Gericht aus meiner Heimat, das heißt, aus der Heimat meiner Eltern. Ich selbst kenne sie nur von Urlauben. Hähnchenreis.«
»Du kommst aus Hähnchenreis?«, sagt Chiara hinter Fridos Rücken und kichert. Mira macht ein erbostes Gesicht, aber Arian lacht auf und ruft: »Genau! Hähnchenreis! Liegt gleich hinter Kaiserschmarrn!« Chiara stimmt in Arians Lachen ein, obwohl sie nicht genau weiß, was Kaiserschmarrn ist. Frido setzt sich seiner Schwester gegenüber an den Tisch und schaut sie mit gerunzelter Stirn an. Als Mira es bemerkt, kreuzt sie die Arme vor der Brust und sagt: »Was? Du wolltest doch Hilfe. Jetzt hast du sie.«
»Weiß er …?«
»Er weiß, was er wissen muss, um zu helfen.«
Arian, der Chiara jetzt hilft, mit dem Kochlöffel in der Pfanne zu rühren, wendet kurz den Kopf zur Seite und sagt: »Keine Sorge, Leute! Bei uns ist auch nicht alles in Butter. Meine Eltern streiten sich ständig, sogar wenn sie zusammen im Laden arbeiten!« Er verdreht die Augen und schüttelt den Kopf, dann kümmert er sich wieder um Chiara und das Essen. Chiara hockt auf seinem angewinkelten Oberschenkel und rührt mit strahlendem Lächeln in der Pfanne, während Arians Hände sie unter den Achseln halten. Aber deine Eltern sind noch zusammen, denkt Frido, während er ihn beobachtet. Ihm wären streitende Eltern tausendmal lieber als das, was jetzt ist.
»Was haben deine Eltern denn für einen Laden?«, fragt er.
Mira wirft ihm einen mahnenden Blick zu. Frido ignoriert sie. Arian sagt: »Gemüse und Obst. Vielleicht kennst du ihn: in der Rolandstraße, gleich um die Ecke von der Schule.« Frido kennt

ihn nicht, seine Mutter geht nur in den Supermarkt, der auf dem Weg zur Arbeit liegt.

Das Essen ist fertig. Frido, Mira und Chiara decken den kleinen Tisch, Arian verteilt Reis, Fleisch und Gemüse mit einem großen Löffel. Die Küche ist erfüllt vom Geruch des albanischen Hähnchengerichts. Dann setzen sich alle vor ihre gefüllten Teller und beginnen zu essen.

Eine Weile essen sie schweigend. Mira sagt leise zu Arian: »Es ist sehr gut«, und lächelt ihn an. Chiara macht laut »Hmmm!«, um kundzutun, dass es auch ihr schmeckt. Mira verdreht die Augen, es nervt sie, dass die kleine Schwester um Arians Aufmerksamkeit buhlt. Doch sie wird nicht wütend.
Frido fragt sich, wie alt Arian wohl ist. Mindestens vierzehn, denkt er, Vielleicht sogar älter. Seine Schwester wirkt neben ihm wie ein Kind. Er hat das Gefühl, dass er das ansprechen muss, aber er weiß nicht wie. So beiläufig wie möglich sagt er: »Du gehst in die Realschule, gleich da, wo Miras Schule ist, oder?« Wieder ein Blick von Mira. Arian nickt. »In die siebte.«
»Oh«, macht Frido, »ich dachte, du bist älter.«
Arian nickt mit vollem Mund. »Das glauben alle. Ich bin einfach nur groß geraten.«
Frido ist beruhigt, drei Jahre Altersunterscheid erscheinen ihm vertretbar. Aber Arian kommt ihm nicht einfach nur groß vor. Er wirkt irgendwie insgesamt weiter entwickelt. Männlicher. Er ist nur ein Jahr älter als ich, denkt er und fühlt sich klein. »Hast du auch Geschwister?«
Arian hebt eine Hand mit drei ausgestreckten Fingern hoch.
»Drei?«, fragt Frido.
Arian nickt vielsagend. »Schwestern.«

»Drei Schwestern?«, ruft Chiara. »Du Armer!« Sie kichert, die anderen lachen. Man hört, wie ein Schlüssel im Schloss der Wohnungstür herumgedreht wird. Die Kinder erstarren. Im nächsten Moment steht Veronika Kelber in der Wohnung, ihr rechter Arm ist eingegipst. Als sie die Kinder und das Essen sieht, sagt sie: »Was geht hier vor? Wer ist dieser Junge?«
Mira rührt sich nicht, auch Arian weiß nicht, was er sagen soll. Da erhebt Frido sich von seinem Stuhl und sagt: »Hallo Mama! Das ist Arian, ein Freund von mir. Er geht auf die Realschule, auf die ich auch gehen sollte. Ich habe ihn angerufen, weil wir nichts zu essen hatten. Seine Eltern haben einen Gemüseladen, er …«
Veronika winkt müde ab. Während sie ihren Mantel ablegt, sagt sie: »Ja, ja, schon gut. Das ist schön, aber er muss jetzt gehen.« Sie wendet sich ab und geht ins Wohnzimmer. Arian will sich sofort auf den Weg machen. Mira hält ihn zurück. Als die Wohnzimmertür sich schließt, sagt sie leise: »Wir essen erst auf.« Bevor Arian etwas erwidern kann, sagt Frido: »Sie kommt nicht so schnell wieder heraus.«

Als Arian schließlich geht, gibt er Frido die Hand und sagt leise: »Danke, Kumpel!« Dann begleitet Mira ihn in den Flur und schließt die Küchentür. Fridos Blick bleibt an der verschlossenen Tür hängen. Arians Verabschiedung hat ihm das Gefühl von Augenhöhe gegeben, ein gutes Gefühl.
»Was machen die jetzt?«, fragt Chiara, die auf ihrem Stuhl sitzt und mit den Beinen baumelt. Frido zuckt mit den Schultern, aber Chiara weiß es längst. Sie kichert und flüstert: »Küssen!«

»Du sagst der Mama nichts davon, hörst du?«, schärft Frido ihr ein. Chiara schüttelt heftig den Kopf. Sie sagt: »Ich weiß das doch schon ganz lange!«

»Wie lange?«, fragt Frido.

Chiara überlegt. Die größeren Zeitspannen sind schwierig für sie. Plötzlich weiß sie, wie sie es sagen kann: »Seit kurz nach dem ersten Schultag.«

Frido nickt nachdenklich. Ihm fällt noch etwas anderes ein: »Und du sagst auch nichts davon, dass wir zu dem Lotto-Toto-Laden gegangen sind, ist das klar?«

Chiara will zur Bestätigung erneut den Kopf schütteln, doch dann hält sie inne und sagt: »Warum denn nicht?«

Frido weiß keine Antwort. Zögerlich sagt er: »Weil ... weil es der Mama sicher nicht recht ist, dass wir zu einem ganz ... ganz fremden Mann gehen wollten.«

Chiara schaut ihren Bruder aufmerksam an. Sie nickt langsam, weil er es erwartet.

Später, als die Kinder im Bett sind, kommt Veronika aus dem Wohnzimmer und isst die Reste des Essens auf. Es schmeckt auch kalt noch gut. Der Ellenbogen sendet einen dumpfen Schmerz aus, seit das Schmerzmittel seine Wirkung verliert. Zum Glück hat man ihr im Krankenhaus eine kleine Packung mitgegeben. Der entnimmt sie nun zwei Kapseln und schluckt sie ohne Wasser. Sie sitzt in der Küche und versucht vergeblich, nicht an den nächsten Morgen zu denken. Eigentlich hat sie vorgehabt, sehr gut auszusehen, wenn Leo kommt, so gut, dass es ihm auffallen muss, so gut, dass er es bereut, sie jemals für diese Schlampe verlassen zu haben. Stattdessen wird er sie nun mit diesem scheußlichen Gips sehen, mit dem sie nicht einmal richtig duschen kann. Und ihr freies Wochenende ist auch dahin. Veronika hat keine Lust mehr, deshalb zu weinen, das hat sie im Wartezimmer der Notaufnahme ausgiebig getan. Jetzt spürt sie eine kalte Gleichgültigkeit in sich, als ob sie nur ein kleines Insekt wäre, dessen Schicksal ebenso vorhersehbar wie bedeutungslos ist. Sie geht ins Bad, schaltet das Licht ein und betrachtet sich im Spiegel. So jung bist du nicht mehr, denkt sie. Sie betrachtet ihre Augen aus nächster Nähe, verheulte, müde Augen mit deutlichen Ansätzen von Krähenfüßen in den äußeren Winkeln. Sie geht auf Abstand, um sich mit dem eingegipsten Arm zu sehen. Nicht sexy, sagt sie leise, Gar nicht sexy. Sie stellt sich vor, dass sie am Samstagabend ihr schönstes Kleid anzieht, ein eng tailliertes ärmelloses mit dünnen Trägern. So kurz ist es, dass man es nur in einer dunklen Disco tragen kann, und selbst da ... Plötzlich muss sie lachen. Sie, Veronika Kelber, im kleinen Schwarzen mit Gips-Arm wild tanzend in der Disco, umgeben von Männern, die ... Ja, was würden die denken? Veronika lacht. Dann hört sie abrupt auf. Vor ihrem inneren Auge ist ein Säugling aufgetaucht, er liegt auf einem Durcheinander von Resten, Veronika steigt ein Geruch in die Nase, das Gesicht im Spiegel verzieht sich unwillkürlich zu einem Ausdruck von Ekel. Sie sieht, wie der gekrümmte Deckel auf sie zukommt und die Öffnung verschließt, wie er das schlafende Kind mit in die Dunkelheit nimmt, und dann steht sie allein da und fühlt dieselbe kalte Gleichgültigkeit, die jetzt in ihr ist. Veronika beginnt schwer zu atmen, sie muss sich am Beckenrand abstützen, Wird das nie vorbeigehen?, denkt sie, in ihrem Kopf dröhnt der Satz des Staatsanwalts, Mord verjährt nicht, Frau Kelber, das sollten Sie wissen. Veronika verliert den Halt, wäre das Bad nicht so klein, sie wäre gestürzt. So taumelt sie nach links gegen das Fenster und rutscht zu Boden. Dann sitzt sie eingeklemmt zwischen Toilette und Dusche, ihre Beine liegen ausgestreckt vor ihr, als gehörten sie ihr nicht mehr, unter dem Gips pocht der Ellenbogen. In ihrem Kopf taucht ein Gesicht auf, das sie nur allzu gut kennt, es hat sich ihrer Erinnerung eingebrannt, so sehr sie auch in den letzten Jahren versucht hat, es zu vergessen. Er schaut sie an und bewegt die Lippen. Er spricht, und obwohl kein Ton zu hören ist, weiß Veronika genau, was er sagt.

Im Zimmer der Mädchen liegt Chiara wach auf dem Rücken und führt ein Zwiegespräch mit Marie. Sie gehen gemeinsam die Ereignisse des Tages durch und Marie sagt Chiara, wann und wo sie den Mund hätte halten müssen. Chiara ist sehr freundlich zu Marie, damit die andere ihr keine Angst macht. Aber sie weiß auch, dass sie manchmal keine Macht über ihren Mund hat. Doch das sagt sie nicht.

11

ER STEHT IN EINEM KLEINEN RAUM und spricht mit seiner Mutter. Von irgendwo außerhalb versucht er anstrengt zu verstehen, was gesagt wird. Doch es gelingt ihm nicht. Das Gesagte ist von größter Bedeutung, er konzentriert sich, er spitzt die Ohren, doch alles, was er mitbekommt, ist das Gesicht seiner Mutter. Ihr klarer Blick, in dem eine Zweifellosigkeit liegt, die er noch nie empfunden hat. Nach und nach beruhigt er sich und schläft traumlos weiter.

12

ALS ES AN DER TÜR LÄUTET, ist nur Frido wach. Er schaut auf seine Uhr, die er auch nachts am Handgelenk trägt. Fast zehn. Schritte der Nachbarn von oben schallen durch die Decke. Irgendwo links hört jemand leise Musik. Das Leben ist bereits in Gang gekommen. Von der Straße tief unten dringt das eintönige Rauschen des Verkehrs an sein Ohr. Er schaut aus dem Fenster. Es regnet, ein nasskalter Tag erwartet ihn. Wer mag das sein? Plötzlich erinnert er sich daran, dass sein Vater heute kommt. Er schlägt die Decke zurück, steht auf und eilt zur Gegensprechanlage neben der Wohnungstür.

»Hallo?«

»Frido?«

»Papa!«

»Kommt runter!«

»Ja, Papa, geht ganz schnell!«

Frido geht rasch ins Zimmer der Mädchen und weckt Chiara.

»Wach auf! Der Papa ist schon da!«

Chiara braucht eine Weile, bis sie begreift, worum es geht. Sie hat zu wenig geschlafen, und sie hat wieder komische Träume gehabt. Mit weinerlicher Stimme sagt sie: »Ich will nicht zum Papa. Ich will bei der Mama bleiben.«

»Du hilfst ihr mehr, wenn du mitkommst.«

Chiara versteht nicht, sie will nicht aufstehen, sie will liegenbleiben. Frido gerät unter Druck. Wenn der Vater nervös wird, weil er zu lange warten muss, beginnt das Wochenende nicht gut. Er sagt: »Wenn du mitkommst, muss sie sich nicht um dich kümmern, Chiara. Dann wird sie schneller gesund.«

»Ohne mich wird sie schneller gesund?«

»Nein, so meine ich das doch nicht. Nur heute und morgen.«

Chiara beginnt zu weinen. Frido weiß nicht, wie es weitergehen soll. Ihre Sturheit macht ihn wütend, er würde sie am liebsten aus dem Bett zerren. Er steht auf und geht in den Flur auf der Suche nach seiner Sporttasche. Er findet sie und stülpt sie um. Ein Paar Sportschuhe purzeln heraus. Er will zurück zu den Mädchen. Die Wohnzimmertür öffnet sich, Veronika Kelber betritt den Flur im Nachthemd. »Ist dein Vater schon da?«, fragt sie verschlafen.

Frido nickt.

»Kommt er hoch?«

Frido schüttelt den Kopf.

»Warum nicht?«

Frido zuckt mit den Schultern.

Er will mich nicht einmal mehr sehen, fährt es ihr durch den Kopf, Nicht einmal Hallo sagen. Ihre Müdigkeit wird fortgewischt durch die Gefühlsaufwallung, die diese Gedanken verursachen. Sie war bereit, sich schnell zurechtzumachen, sogar einen Kaffee wollte sie ihm zubereiten. Aber jetzt ... Sie fühlt die maßlose Enttäuschung, die sich in ihr breitmacht, gleichzeitig weiß sie, dass sie ausgerechnet jetzt keinen guten Anblick bietet.

Sie folgt ihrem Sohn ins Zimmer der Mädchen. Sie sieht Mira, die in ihrem Bett liegt und die Augen geschlossen hält und wirkt, als wolle sie stur an ihrem Schlaf festhalten, ganz gleich, wie groß der Lärm noch wird. Sie sieht die weinende Chiara in ihrem Bett, sie sieht Frido, der im Schrank der Mädchen nach sauberen Kleidern für das Wochenende sucht und kaum etwas findet. Sie fühlt sich gefangen in einem elenden Dasein. Sie spürt den Impuls, einfach wieder ins Wohnzimmer zu gehen, die Tür zu schließen und den Fernseher einzuschalten. Sie empfindet

Ekel vor sich selbst bei diesem Gedanken. Gegen ihren eigenen Willen geht sie auf Chiara zu und setzt sich auf die Bettkante. Als gehöre sie nicht zu ihr, führt sie die Hand ihres linken Armes zum Gesicht ihrer Tochter. Mit dem Rücken der Finger streichelt sie Chiara über Stirn und Wange, und schaut der Bewegung zu, als würde sie von einer fremden Macht gesteuert. Unter dem Gips pocht der Ellenbogen.

Chiara verstummt. Mit großen Augen schaut sie ihre Mutter an, die so nahe ist, und spürt ihre Berührung auf der Haut, die alles andere verschwinden lässt. Kaum wagt sie es, sich zu bewegen, als könne sie auf diese Weise den Moment ausdehnen.

Als ihre Mutter sich erhebt und zum Kleiderschrank geht, um die letzten sauberen Sachen zusammenzusuchen, sieht Chiara, dass auch Frido innegehalten und geschaut hat. Sie wendet den Kopf, und da liegt Mira und hat die Augen auf sie gerichtet.

Dann setzt die Welt sich wieder in Bewegung. Veronika hat Kleider gefunden und steckt sie in die Sporttasche ihres Sohnes, Frido bringt die Zahnbürsten aus dem Bad, Mira schließt erneut die Augen. Chiara erhebt sich, kleidet sich mit dem an, was die Mutter ihr reicht, geht in den Flur, zieht sich Schuhe, Mantel und Mütze an. Es ist keine Zeit zum Frühstücken, aber Hunger hat jetzt niemand. Frido packt schnell seine eigenen Sachen in die Tasche, schlüpft in die Schuhe, wirft den Mantel über. Dann sind sie bereit. Zu dritt stehen sie im Flur, Veronika Kelber sieht vor ihrem inneren Auge, wie eine gute Mutter ein Kind nach dem anderen umarmen und küssen würde, aber sie sieht auch sich selbst, und deshalb lächelt sie nur und sagt:

»Herzlichen Glückwunsch zum Geburtstag, mein Großer.« Hinter ihrem Rücken kommt das rot eingewickelte Rechteck zum Vorschein, Frido hätte es vergessen, jetzt reicht sie es ihm, gab es je einen festlicheren Moment in dieser Familie, die nichts zu feiern hat? Frido sagt: »Danke, Mama.« Er umarmt seine Mutter, noch ist er einen Kopf kleiner als sie, aber das wird sich bald ändern.

Chiara erinnert sich plötzlich an etwas, sie rennt in ihr Zimmer und kommt mit einem kleinen bunten Wasserfarbenbild zurück. Es zeigt ein Strichmännchen vor einer riesigen gelben Sonne, die Sonne lacht, der Himmel ist blau und der Boden, auf dem das Strichmännchen steht, ist grün. Sie sagt: »Das habe ich in der Schule für dich gemalt.« Sie zeigt auf das Männchen.
»Das bist du!« Frido nimmt es und umarmt seine kleine Schwester. Veronika wird nervös. Sie sagt: »Beeilt euch jetzt. Der Papa wartet.«
Dann sind sie fort, die Tür schließt sich. Von ihrem Bett aus hat Mira alles mitbekommen. Es hat nicht viel gefehlt, und sie wäre aufgesprungen und hätte ihrem Bruder gratuliert.

Veronika begibt sich ins Wohnzimmer. Sie lässt sich aufs Sofa fallen und starrt an die Decke. Sie kann förmlich sehen, wie Leo unten im Auto sitzt und Genugtuung verspürt, weil er ihr auch noch den allerletzten Respekt entzogen hat. Wie eine Feindin behandelt er sie, schlimmer noch: wie jemanden, den man nicht einmal mehr grüßt, wenn man ihm begegnet. Das habe ich nicht verdient, denkt sie, aber zugleich fühlt sie das Gegenteil. Als sie ihre Tochter gestreichelt hat, hat sie ein totes Kind gestreichelt, ein totes Kind, das sie anschaut mit Liebe im Blick, ein totes Kind, das sich nichts sehnlicher wünscht, als zu leben. Es hätte sie nie geben sollen, und jetzt klebt der Tod doppelt an ihr, und trotzdem ist sie jeden Tag da und wächst, und mit ihr wächst die Schuld der Mutter, die ... Veronika bricht ab. Wenn sie weiter in diese Richtung geht, dann ... Sie muss etwas tun, irgendetwas, ganz egal was. Aber was gibt es noch Sinnvolles? Nichts fällt ihr ein. Sie denkt an die Wäscheberge, die sich überall in der Wohnung türmen. Sie erhebt sich mechanisch gegen die Sinnlosigkeit oder auch mit ihr. Sie geht ins Zimmer der Mädchen und rafft die Kleider zusammen, der Ellenbogen pocht. Nichts wird gut werden, denkt sie, als sie mit der Wäsche ins Bad geht. Sie stopft alles in die Trommel und verschließt sie, schüttet Waschpulver in die Lade, drückt die notwendigen Knöpfe, schließt den Deckel. Nichts wird gut werden, denkt sie, als die Maschine mit einem Rumpeln das Waschprogramm startet.

Den ganzen Samstag verbringt sie damit, Wäsche zu waschen, sie aufzuhängen, die Wohnung zu putzen. Mira kommt einmal kurz im Schlafanzug heraus, um zu frühstücken und verzieht sich anschließend wieder in ihr Zimmer. Als die Wohnung sauber ist, geht Veronika einkaufen. Das Pochen im Ellenbogen begleitet sie bei allem, was sie tut, ihre Beweglichkeit ist durch den Gips eingeschränkt, doch es ist ihr gleichgültig, sie kann alles erledigen, solange sie weder Anteil noch Anstoß nimmt, Vielleicht sind es die Schmerztabletten, denkt sie, aber auch das spielt keine Rolle. Sie sieht die anderen Menschen, die genau wie sie für das Wochenende einkaufen, und fragt sich, wie sie die Dinge tun, die sie tun. Mit Gleichgültigkeit? Sie kann es sich kaum vorstellen. Sie steht an der Kasse und beobachtet die Kassiererin. Wie macht die ihre Arbeit, fragt sie sich. Sie erinnert sich an den einen Tag, an dem sie alles mit

Leichtigkeit hatte tun können. Jetzt erscheint ihr dieses Gefühl wie ein Traum, gar nicht wirklich, womöglich sogar eine Einbildung. Aber es war schön, denkt sie, Das Gegenteil von dem, was jetzt ist. Und doch kann sie auch jetzt alles tun, was zu tun ist. Eigenartig.

Als sie nach Hause kommt, ist Mira fort. Mein freies Wochenende, denkt Veronika ironisch. Mit einem Mal erscheint es ihr gar nicht mehr so abwegig, mit einem Gips-Arm auszugehen. Wenn sie sich geschickt kleidet, fällt es vielleicht nicht einmal störend auf. Der Gedanke gibt ihr Auftrieb. Sie bereitet für sich und Mira zwei Tiefkühlpizzas vor, sie hat Limonade gekauft, die stellt sie auf den Tisch und deckt ihn. Als sie sich zum Essen hinsetzt, ist es bereits sechs Uhr abends. Mira ist immer noch nicht erschienen. Veronika macht sich keine Sorgen, sie ist bestimmt wieder bei Hanna, ihrer Freundin. Hanna lebt mit ihrer Familie im benachbarten Wohnblock, Mira hat also keinen langen Heimweg. Die Pizza kann sie kalt essen, einen Schlüssel hat sie, Alles in Ordnung, denkt Veronika. Sie kramt ihr Handy aus der Handtasche hervor und aktiviert eine Dating-App, die sie für solche Anlässe benutzt. Sie will tanzen und vielleicht bei Sympathie später etwas mehr. Die App zeigt ihr Fotos von Männern, die in ihrer Umgebung wohnen. Sie sind alle in ihrem Alter. Wie unterschiedlich die sind, denkt Veronika, während sie die Fotos durchsieht. Es sind unendlich viele. Doch keiner gefällt ihr. Nach einer Stunde hat sie immer noch niemanden gefunden, mit dem sie sich verabreden will. Sie gibt auf. Ratlos sitzt sie in der Küche und weiß nicht, was sie tun soll. Allein ausgehen? Sie fürchtet sich davor. Was, wenn sie niemanden kennenlernt? Dann ist sie eine von diesen unglücklichen Frauen, die keinen mehr abbekommen. Eine von unendlich vielen, wie diese Männer in der App, die auch alle auf der Suche sind und niemanden finden. Die Vorstellung lässt sie schaudern. Sie will nicht zu dieser Masse gehören, bedeutungslos sein, keine Hoffnung mehr haben. Aber genau das bist du, denkt sie, Bedeutungslos, eine von vielen, ohne Hoffnung. Das Elendsgefühl steigt erneut in ihr auf, sie kämpft dagegen an. Und wenn ich nur tanze?, denkt sie und versucht, diesen Gedanken festzuhalten. Ich gehe einfach tanzen und tue nichts anderes, achte auf niemanden, bin ganz allein für mich, die anderen sind gar nicht da. Ich tanze!

Sie steht auf und geht ins Bad, um sich herzurichten und versucht, nicht mehr nachzudenken.

13

CHIARA SCHAUT AUS DEM FENSTER. Sie sitzt hinter Frido, der heute zum ersten Mal neben dem Vater auf den Beifahrersitz darf, weil er jetzt zwölf Jahre alt ist. So hat der Vater ihn begrüßt, und Chiara hat sich für den Bruder gefreut. Jetzt fahren sie durch die Stadt, der Vater fragt Frido dieses und jenes, Alles klar in der Schule? Frido nickt und sagt, Ja, alles klar, und damit es glaubwürdiger klingt, erzählt er irgendeine belanglose Episode, die den Vater zufriedenstellt und erfolgreich verhindert, dass er Genaueres wissen will. Der Vater nimmt das Angebot seines Sohnes an und wechselt das Thema, er sagt: »Heute Abend gehen wir beide, du und ich, ins Stadion.« Teil zwei des Geschenks, Frido freut sich, obwohl er sich nicht viel aus Fußball macht. Der Vater ist ein glühender Anhänger des Heimatvereins, und dass er ihn daran teilhaben lässt, ist etwas Besonderes. Auch Chiara versteht die tiefere Bedeutung, aber während sie eben noch daran dachte, dass sie selbst eines Tages ihren zwölften Geburtstag feiern wird und dann neben dem Vater Platz nehmen darf, weiß sie augenblicklich, dass sie niemals gemeinsam ins Stadion gehen werden. Vielleicht machen sie etwas anderes Schönes, was er gerne tut. Was könnte das sein? Chiara überlegt, doch ihr fällt nichts ein.

Sie schaut aus dem Seitenfenster und sieht die vielen kleinen Tropfen auf der Scheibe, die vom Fahrtwind nach hinten gedrückt werden und dabei kleine Fäden ziehen, die sich in noch kleinere Tropfen auflösen, die wiederum von neuen Tropfen verschluckt werden, und so geht es immer weiter, denn der Regen hört nicht auf. Hinter diesem Schauspiel zieht die Stadt an Chiaras Augen vorüber, Menschen mit Regenschirmen, rote und grüne Ampeln, andere Fahrzeuge, die eine Zeitlang neben ihnen fahren und dann nach vorne oder hinten oder zur Seite verschwinden. Chiara fühlt das Brummen des Autos, es geht durch ihren ganzen Körper. Sie fährt jetzt zur Wohnung des Vaters und wann immer dies geschieht, hat sie ein seltsames Gefühl. Als verlasse sie ihre Mutter, um nie zu ihr zurückzukehren. Das schmerzt und ist doch so taub, dass sie es anschauen kann wie ein Ding, und das verwundert sie. Sie schaut zum Vater hinüber. So sehr hat sie bei ihm sein wollen, und jetzt möchte sie am liebsten gleich wieder zurück um nachzusehen, ob es die Mutter überhaupt noch gibt, oder ob sie nicht verschwunden ist. Chiara stellt sich vor, wie es wäre, wenn die Mutter unsichtbar geworden wäre, unsichtbar und unfühlbar, so dass man hindurchgriffe wie durch Luft, wollte man sie anfassen. Was wäre die Mutter dann? Chiara findet keinen Vergleich für etwas, das ganz fort und doch da ist. Vielleicht, denkt sie, Kann sie noch reden, und dann könnte ich sie wenigstens hören. Halt den Mund, tönt es plötzlich lautlos durch ihre Gedanken. Sie erschrickt.

Als Leo Kelber den Wagen vor dem Haus parkt, in dem er mit seiner neuen Familie wohnt, sagt er beiläufig: »Ach, wir mussten übrigens ein wenig umräumen. Ihr habt jetzt das Durchgangszimmer gleich neben der Küche. Das macht euch doch nichts aus, oder?« Chiara und Frido sagen, Nein, natürlich nicht. Leo seufzt. Er sagt: »Tut mir einen Gefallen, Kinder: Ihr wisst ja, dass Irene immer ein wenig gestresst ist, wenn sie sich um so viele Kinder kümmern muss.« Chiara und Frido nicken verständnisvoll. Sie kennen dieses Ritual. Leo nickt seinerseits und fährt fort: »Seid brave Kinder, o.k.? So eine wie Irene bekomme ich nicht wieder. Wenn die mir wegläuft, bin ich geliefert.«

Erneut nicken Chiara und Frido, der Vater sieht so besorgt aus wie immer, wenn er ihnen das sagt. Sie werden alles tun, damit Irene sich nicht über sie beschweren kann. Plötzlich lächelt Leo und sagt: »Also los: Ab nach oben!«

Sie steigen aus, Leo schließt den Wagen ab, sie gehen auf den Eingang zu, eine schwere Tür aus Holz, Leo schließt sie auf. Dahinter erwartet sie das gedämpfte Licht eines hundert Jahre alten Treppenhauses, sie steigen hinauf, manche Stufen knarren unter dem roten Läufer. Als sie oben ankommen, schließt der Vater die weiße Wohnungstür auf. Bevor er als erster eintritt, dreht er sich zu den Kindern um, legt den Zeigefinger über die Lippen und sagt: »Pscht! Vielleicht schläft die Kleine.«

Frido und Chiara nicken, dann betreten sie vorsichtig die Wohnung ihres Vaters.

»Leo?«, ruft eine Frauenstimme. Sie dringt aus einem der hinteren Zimmer zu ihnen. Leo atmet theatralisch auf und grinst seine Kinder an. Chiara kichert. Leo ruft: »Ja, Schatz! Wir sind da!«

Ganz hinten links, am Ende des breiten rechteckig geschnittenen Flures öffnet sich eine Tür. Eine schmale blonde Frau, nicht sehr groß gewachsen, tritt aus der Küche und trocknet sich die Hände an der Schürze ab, während sie auf sie zukommt. Sie lächelt und ruft: »Da seid Ihr ja endlich!« Hinter ihr krabbelt ein kleines Kind in den Flur und schaut neugierig zu den Ankömmlingen. Irene wendet sich im Gehen um und ruft: »Na, komm, Emma! Komm! Schau einmal, wer da ist! Frido und Chiara!«

Emma erkennt ihre Halbgeschwister und strahlt über das ganze Gesicht. So schnell sie kann, folgt sie ihrer Mutter. Irene breitet die Arme aus und umarmt Frido.

»Herzlichen Glückwunsch, mein lieber Frido!« Dann beugt sie sich zu Chiara herunter, umarmt sie, drückt ihr zwei Küsse auf die Wangen und sagt: »Was bist du groß geworden, Chiara!«
Jetzt ist Emma bei ihnen angekommen. Chiara bückt sich und versucht, sie hochzuheben. Irene sagt schnell: »Oh, Vorsicht, Vorsicht, Liebes, sie ist doch viel zu schwer für dich!« Sie hilft ihrer Tochter, sich auf die Füße zu stellen. Chiara kichert sie an und ruft: »Sie ist so süß!«
»Zieht eure Schuhe bitte aus«, sagt Leo. Er schlüpft in seine Hausschuhe und betritt ein Zimmer, das gleich gegenüber der Eingangstür liegt. Er sagt: »Ich muss noch ein bisschen arbeiten, danach machen wir was Schönes zusammen.« Er schließt die Tür hinter sich.
»Was muss Papa denn arbeiten?«, fragt Chiara Irene, während sie Mantel und Schuhe auszieht. Irene sagt: »Er hat einen ganz wichtigen Auftrag bekommen, den er ganz schnell bearbeiten muss. Und wenn das klappt, dann kann er vielleicht etwas zusätzliches Geld verdienen.« Sie lächelt. Dann sagt sie: »Ich koche gerade. Ihr könnt ja in Emmas oder in euer Zimmer gehen und ein wenig zusammen spielen. Oh! Hat Leo erwähnt, dass wir euch ein wenig umquartieren mussten? Seit Emma da ist, haben wir nicht mehr so viel Platz, wisst ihr? Aber wir haben es schön eingerichtet, ihr werdet schon sehen. Und mein Schreibtisch wird euch sicher nicht stören.« Sie lächelt die Kinder der Reihe nach an. »Ich rufe euch, wenn das Essen fertig ist.« Mit diesen Worten kehrt sie in die Küche zurück.

Frido schultert seine Sporttasche. Dann hebt er Emma hoch und trägt sie durch den Flur. Chiara folgt den beiden. Das vorletzte Zimmer links ist jetzt ihres. Sie betreten es. Links und rechts der Tür zum Flur stehen ihre Betten, an deren Fußenden sich zwei Umzugskartons mit ihren Sachen befinden, die noch nicht eingeräumt sind. Direkt vor dem gegenüberliegenden Fenster steht Irenes Schreibtisch, er ist breit, eine Antiquität, die sie nicht anfassen dürfen, das hat ihnen ihr Vater schon oft gesagt. Links vom Schreibtisch steht ein hohes Regal, es ist vollgestellt mit Büchern, die alle Irene gehören. Gleich daneben die Tür zur Küche und ihr genau gegenüber eine weitere Tür. Sie führt in Emmas Zimmer.

Frido stellt die Sporttasche unschlüssig auf den Boden. Er mag dieses Zimmer nicht, aber er weiß, dass es nur Unmut beim Vater hervorrufen würde, wenn er das äußert. Chiara sagt: »Lass uns in Emmas Zimmer spielen!«
Frido nickt, sie betreten den benachbarten Raum. Es ist ein großes, fast quadratisch geschnittenes Zimmer, das vollgestellt ist mit Spielsachen. Die vorherrschende Farbe ist Rosa. Emmas Bettchen ist eine Art Prinzessinnenbett mit Baldachin, es sieht aus, als wäre es direkt aus einem Walt-Disney-Film hierher geflogen. Chiara kommt aus dem Staunen nicht heraus. Das Bett ist neu, und sie findet es wunderschön.
Emma will abgesetzt werden. Frido lässt sie herunter, sie krabbelt sofort zu einem Gestell, an dem lauter Rasseln und Klingeln befestigt sind und lacht Frido und Chiara laut an, während sie damit spielt.

Die nächste Stunde verbringen sie gemeinsam. Chiara genießt es, mit Emma zu spielen, sie hat das Gefühl, groß zu sein, und Emma ist begeistert von ihrer Halbschwester, obwohl sie es am liebsten hat, wenn Frido ihr seine Aufmerksamkeit schenkt. Aber Frido erträgt die Situation schlecht. Immer wieder nimmt er sein Handy und schickt WhatsApp-Nachrichten an seine Freunde, um der Langeweile zu entgehen.

Endlich ist das Essen fertig. Leo Kelber verlässt sein Arbeitszimmer, er ist schlecht gelaunt, weil er nicht gut vorangekommen ist mit seinem Auftrag. Irene hat den Tisch im Esszimmer gedeckt, einen länglichen Holztisch aus der Biedermeier-Zeit, den Leo von seinem Vater übernommen hat. Eine weiße Tischdecke liegt darauf, außerdem hat Irene die Teller der Kinder mit hellblauen Deckchen aus Plastik unterlegt. Es gibt Cordon-Bleu vom Bio-Supermarkt und einen Brei für Emma, die mit einem bunten Lätzchen vor der Brust auf ihrem Thonet-Kinderstuhl thront. Während sie essen, sagt Leo zu seinem Sohn: »Das Spiel wird dir gefallen.«
»Gegen wen spielen sie denn?«
»Gegen Schalke. Der Erste gegen den Dritten. Absolutes Spitzenspiel. Die Stimmung wird der Wahnsinn sein.«
Frido lächelt seinen Vater an und nickt. Die Lautstärke auf den Rängen schüchtert ihn stets ein wenig ein, aber er denkt jetzt nicht daran. Irene sagt: »Und wir drei Mädels machen was Schönes zusammen, nicht wahr? Wir können ja in den Park gehen, was hältst du davon, Chiara?« Chiara nickt zustimmend. Sie sagt: »Auf diesen großen Spielplatz mit dem Kiosk?«
»Genau!«
Chiara nickt erneut. Dort waren sie das letzte Mal auch. Sie sagt: »Kommt dann auch wieder die Freundin von dir mit ihrem Kind?« Irene nickt und lächelt. Sie sagt: »Weißt du noch, wie sie heißt?« Chiara schüttelt den Kopf. Irene lächelt und sagt: »Clarissa, und ihr Sohn heißt Max.«

Chiara nickt. Sie mag Clarissa nicht, und sie mag Max nicht. Das weiß niemand außer Frido, der sie jetzt mahnend ansieht. Aber er braucht sich keine Sorgen zu machen, Chiara wird nichts sagen.

Nach dem Essen verschwindet Leo Kelber erneut in seinem Arbeitszimmer, während Irene sich an ihren Schreibtisch setzt. Emma schläft in ihrem Zimmer. Aus diesem Grund müssen Frido und Chiara sich im Wohnzimmer aufhalten. Es liegt genau zwischen dem Esszimmer und dem Arbeitszimmer des Vaters. Irene hat ihnen freundlich eingeschärft, dass sie jetzt leise sein müssen, damit Emma nicht zu früh aufwacht. Frido sitzt auf der braunen Ledercouch und schreibt WhatsApps. Chiara liegt auf dem Teppichboden und malt etwas auf Papier. Es ist sehr still in der Wohnung. Chiara malt Regen auf einer Scheibe, doch sehr bald langweilt sie sich. Sie dreht das Blatt herum und malt etwas anderes. Nach einer Weile wird Frido darauf aufmerksam. Er sagt: »Was ist das?«
Chiara schaut auf, sie lächelt und sagt: »Das hier, das ist ein Baby. Es liegt in einer Mülltonne, das ist das hier, siehst du?«
Frido erschrickt. Er sagt leise: »Der Papa darf das nicht sehen, hörst du? Auf keinen Fall!«
»Warum nicht?«
»Weil ... weil er sich dann aufregt.«
»Und warum regt er sich auf?«
Frido holt tief Luft. »Warum musst du immer so viele Fragen stellen? Reicht es nicht, wenn ich es dir sage?«
Chiara schüttelt den Kopf. Nein, es genügt nicht mehr, seit sie bemerkt hat, dass Frido sie anlügt. Frido wird wütend. Mit

gepresster Stimme sagt er: »Pass auf: Wir wollen doch ein schönes Wochenende haben, oder?«
Chiara zuckt mit den Achseln. Wollen sie das? Sie weiß es nicht. Frido deutet ihre Geste als sture Verweigerung. Das macht ihn noch wütender. Auf keinen Fall will er riskieren, dass der Vater von dieser Sache mit dem Baby erfährt. Leise sagt er: »Halt einfach den Mund, Chiara, hörst du? Halt den Mund!«

Als sie das hört, beginnt Chiara zu weinen. Frido zischt sie an, damit sie still ist, aber das macht es nur noch schlimmer. Die Tür zum Arbeitszimmer öffnet sich. Leo Kelber sagt: »Sagt mal, könnt ihr nicht eine halbe Stunde lang leise sein?«
Chiara schluchzt, Frido schaut seinen Vater schuldbewusst an. »Was ist los?«, fragt Leo seinen Sohn. Frido zuckt mit den Achseln und sagt: »Ich weiß nicht. Sie hat ...«
»Ich weiß nicht, ich weiß nicht!«, wiederholt der Vater ungehalten. Frido sagt schnell: »Wir haben nur über eine Zeichnung von ihr geredet, da hat sie plötzlich angefangen zu heulen.« Leo stöhnt hörbar auf, dann hockt er sich zu Chiara und nimmt die Zeichnung in die Hand. Frido hält den Atem an. Chiara hört auf zu weinen.
»Ist doch ganz hübsch«, sagt Leo und streichelt seiner Tochter übers Haar. »Was ist es denn?«
Chiara und Frido wechseln einen kurzen Blick. Dann sagt sie leise und trotzig: »Ein Baby.«
»Aha, ein Baby also. Ja, stimmt, das kann man sehen. Das hast du gut getroffen, Chiara. Wie heißt das Baby denn? Emma?«
Chiara schüttelt den Kopf. Sie sagt: »Marie.«
Der Vater runzelt die Stirn. »Marie?«, fragt er nach. Chiara nickt, ohne ihn anzuschauen. »Aha«, macht Leo wieder. Er schaut

ratlos auf die Zeichnung. Nach einer Weile sagt er: »Und wo befindet sich diese ... Marie?«
Chiara zögert. Sie hat das Gefühl, dass etwas sehr Schlimmes geschehen wird, wenn sie es verrät. Doch sie kann nicht anders. Sie sagt: »Das da«, sie zeigt nacheinander auf kleine bunte Kreise und Rechtecke, die um das Baby herum gemalt sind, »ist eine leere Flasche, und das da ist ein leerer Milchkarton. Und das ist eine leere Dose, und das ist ein zerknülltes Papier, und das ist eine leere Verpackung für Pizza.« Sie schaut jetzt fast zufrieden drein. Leo Kelber blinzelt überrascht. Er sieht Chiara an. »Also Müll?« Das Mädchen nickt. Leo Kelber fährt sich mit der Zunge über die Lippen. Seine Stimme ist heiser, als er fragt: »Warum denn?«
Chiara zuckt mit den Achseln. »Einfach so«, lügt sie. Auf keinen Fall will sie ihren Bruder verraten. Leo Kelber wendet den Kopf zu seinem Sohn. »Worüber habt ihr euch denn gestritten?« Frido schluckt, sein Mund ist trocken geworden. Was soll er dem Vater antworten? Leo wird ungeduldig. Er sagt: »Ich hab dich was gefragt, Leo! Worüber habt ihr euch gestritten?«
Da sagt Chiara: »Frido hat das Bild nicht gefallen. Deshalb hab ich geheult.«
Leo Kelber hat seinen Sohn nicht aus den Augen gelassen. Er sagt: »Stimmt das, Leo?«
Frido nickt kaum sichtbar. Leo wendet sich an seine Tochter. »Wie kommst du auf eine solche Idee, Chiara?«
Wieder zuckt sie mit den Achseln. »Keine Ahnung, Papa. Einfach so.«
Leo Kelber erhebt sich. Er schaut seine Kinder an. In seinem Kopf ist ein Gedanke entstanden, ein klarer und sehr einfacher Gedanke. Doch er will ihm jetzt nicht stattgeben. Er wendet sich

ab und betritt sein Arbeitszimmer. Bevor er die Tür schließt, sagt er so ruhig wie möglich: »Seid jetzt bitte leise. Wenn Emma aufwacht, bricht hier die Hölle los.«

Als der Vater fort ist, atmet Frido erleichtert aus und bläht dabei die Backen. Er wirft Chiara einen wütenden Blick zu, Chiara erwidert ihn trotzig. Während sie an ihrem Bild weitermalt, lässt Frido sich seitlich auf die Couch fallen und wünscht, er wäre zu Hause geblieben. Jetzt haben sie nicht einmal mehr ein richtiges Zimmer für sich allein beim Vater. Emmas Zimmer war früher ihres, aber bestimmt hat Irene darauf bestanden, das zu ändern. Er fühlt sich ungerecht behandelt. Heute ist sein Geburtstag, und er sitzt hier mit seiner sechsjährigen Schwester und langweilt sich und wird noch von seinem Vater gescholten, weil Chiara einfach nicht von dieser Geschichte ablassen kann. Es ist gar kein richtiger Geburtstag. Es ist einfach nur ein Tag wie alle anderen. Er dreht sich auf den Rücken und starrt die Decke an. Langsam füllen seine Augen sich mit Tränen.

14

VERONIKA STEIGT AUS DEM TAXI und schlägt die Tür zu. Langsam rollt das Auto an und verschwindet im Verkehr. Sie schaut hinüber auf die andere Straßenseite. Es nieselt leicht, winzige Tröpfchen fallen wie ein federleichtes Netz aus der Schwärze des Abendhimmels. Ein Frösteln läuft durch ihren Körper.

Bevor Veronika die Diskothek betritt, holt sie ihr Handy aus der Handtasche und wählt eine Nummer. Sie trägt eine rote Netzstrumpfhose und ein eng anliegendes rotes Kleid, das fast bis zu den Knien reicht. Sie hat es gewählt, weil es keine Ärmel hat, so kann sie ihre weiße Strickjacke darüber tragen, und der Gips wird darunter fast unsichtbar. Ihre hochhackigen grünen Schuhe schmerzen schon jetzt, aber sie ist daran gewöhnt. Wer schön sein will, muss leiden, denkt sie, während sie auf den Rufton wartet. Dann hört sie die Stimme ihres Sohnes.

»Mama?«

»Ja, mein Schatz! Herzlichen Glückwunsch zum Geburtstag! Hast du einen schönen Tag?«

»Warum rufst du erst jetzt an?«

»Ach, ich hatte noch viel zu tun.«

»Aha.«

»Ja, ich habe Wäsche gewaschen und die Wohnung geputzt. Und dann war ich einkaufen. Und jetzt rufe ich dich an.«

»Aha. Schön.«

»Was ist denn los? Geht es dir nicht gut?«

»Alles in Ordnung. Papa und ich sind im Stadion.«

»Oh, das ist bestimmt schön, oder?«

»Ja.«

»Gut, dann überlasse ich euch jetzt eurem Vergnügen. Mach's gut, mein Großer, und hab noch viel Spaß. Wir sehen uns morgen Abend!«
»Tschüss, Mama.«
Sie legen auf. Veronika wundert sich kurz über die tonlose Stimme ihres Sohnes. So klingt er immer, wenn er bei Leo ist. Aber natürlich muss er in Gegenwart seines Vaters cool sein, denkt sie und steckt das Handy weg. Ihr fällt ein, dass sie nicht nach Chiara gefragt hat. Bestimmt ist sie bei Irene und dem Baby. Soll sie Mira noch anrufen? Ach was! Mira ärgert sich nur, wenn sie sich von der Mutter kontrolliert fühlt. Darauf kann ich gut verzichten, denkt sie. Jetzt genieße ich mein freies Wochenende.

Sie überquert die Straße und stellt sich in die Schlange der Wartenden. Es dauert nicht lange, bis sie eingelassen wird. Sie gibt ihren Mantel an der Garderobe ab und geht ins Innere der Diskothek, wo laute Musik, tanzende Menschen und bunte Lichter sie empfangen. Es ist noch nicht besonders voll, doch das wird sich schon bald ändern. Veronika setzt sich an die Bar und bestellt ein großes Bier. Damit spült sie zwei Schmerztabletten hinunter. Der Arm soll sie auf keinen Fall belästigen.
Nachdem sie zügig zwei weitere Biergläser geleert hat, spürt sie allmählich die Wirkung des Alkohols. Die Musik dringt in ihre Ohren und beginnt, sie zu tragen, sie trägt sie zur Tanzfläche und dort beginnt sie sachte, ihren Körper zu wiegen. Veronika lässt sich treiben, sie vertraut sich ganz dem Rhythmus an, sie schließt die Augen, die Diskothek verschwindet hinter ihren Lidern, sie dreht sich, ein Lächeln breitet sich auf ihrem Gesicht aus. Veronika tanzt.

Als sie nach einer Ewigkeit die Augen öffnet, stellt sie überrascht fest, dass die Diskothek inzwischen voll ist. Überall begegnen ihr Augen, Männeraugen, manche bleiben kurz an ihr haften und gleiten dann ab, andere verweilen länger, bevor sie zur Seite blicken. Drei oder vier solcher Augenpaare hat Veronika im Nu ausgemacht. Das verursacht ihr ein gutes Gefühl. Sie schließt erneut die Augen und tanzt, doch diesmal tanzt sie für diese Augenpaare, und deshalb verändern sich ihre Bewegungen, sie werden deutlicher, Veronika spürt, dass sie aus lauter Schwingungen besteht, und diese Schwingungen sollen bis zu diesen Männern reichen und auch sie in eine Bewegung versetzen, in eine Bewegung hin zu ihr. So tanzt Veronika und wundert sich darüber, dass das Bier sie so berauscht hat, sie denkt, Ich bin nichts mehr gewohnt, und freut sich, weil das Vergnügen auf diese Weise weniger kosten wird.

Irgendwann schreit jemand in ihr rechtes Ohr: »Hi! Gefällt mir, wie du tanzt!« Veronika öffnet die Augen. Eines der Augenpaare von eben schwebt unmittelbar vor ihr im Durcheinander der Lichter und Körper, im rhythmischen Lärm der Musik, in der Luft, die jetzt heiß und stickig ist. Um diese Augen sieht Veronika ein Gesicht, das Gesicht lächelt, Veronika denkt, Besser als nichts, und lächelt zurück. Der Mann schreit: »Ich bin Tim!« Veronika lächelt erneut. Tim zeigt auf die Bar, macht Pantomime-Bewegungen, die ein Glas andeuten, aus dem er trinkt, schaut sie fragend und einladend an. Veronika ist einverstanden.

An der Bar ist es besonders voll, aber Tim scheint einen der Barkeeper zu kennen. Es dauert nicht lange und er hält Veronika ein Whiskey-Glas hin, sie nimmt es, prostet ihm zu und stürzt es hinunter. Eine Gier hat von ihr Besitz ergriffen, sie will erleben,

sie hat jetzt alles, was sie dafür braucht. Die letzten Zweifel müssen noch fort, mehr nicht.
Tim schaut sie anerkennend an und bestellt zwei weitere Whiskeys. Sie trinken. Tim schreit ihr etwas ins Ohr, doch sie versteht ihn nicht, spürt nur die Hitze, die aus seinem Mund strömt und sie trifft. Er versucht es erneut, doch vergeblich, seine Worte zerfallen zu Lauten, die sie nicht dechiffrieren kann. Ein Schwindel hat ihren Kopf ergriffen, sie hält sich mit einer Hand an Tims Schulter fest. Tim lächelt zunächst, doch dann schaut er Veronika eingehender an. Er bittet jemanden, seinen Hocker frei zu machen, anschließend hilft er Veronika, sich zu setzen. Er stützt sie von hinten ab, damit sie nicht herunterfällt, er lehnt sich gegen ihren Rücken und legt seine Arme um sie. Veronika kämpft gegen den Schwindel und gleichzeitig spürt sie den Körper des Mannes ganz nah an ihrem und denkt, Verdammt. Sie ist fast am Ziel, sie muss nur die Schwäche niederringen. Doch es hilft nichts. Sie kann sich nicht mehr rühren, der Schwindel verschließt ihr die Augen, sie verliert das Gefühl für Oben und Unten und gleitet hinab in bewusstlose Schwärze.

15

LEO IST NICHT ZUFRIEDEN. Er kommentiert jeden Spielzug mit Henning, einem Arbeitskollegen, der zu seiner Linken sitzt. Sie sind beide im Besitz von Dauerkarten für das Stadion und treffen sich regelmäßig hier. Rechts vom Vater sitzt Frido und versucht zu verstehen, was die beiden Männer reden. Doch er fängt nur Wortfetzen auf, denn es ist zu laut im Stadion, die Menschen, die um sie herum sitzen, haben abwechselnd hoffnungsvolle, ängstliche, wütende oder resignierte Gesichter. Der Heimatverein wird von den Gästen in die Defensive gedrängt, kaum ein Angriff gelingt ihm. Frido friert, er ist nicht warm genug angezogen für einen Stadionbesuch, doch er will den Vater nicht mit solchen Dingen belasten, das Spiel scheint sehr wichtig zu sein.

Plötzlich schießen die Gäste ein Tor. Leo schlägt die Hände vor den Kopf, dann springt er auf und brüllt Verwünschungen gegen die Spieler seines Vereins. Dabei klingt seine Stimme ganz erstickt vor Wut. Frido erschrickt, einen Moment lang glaubt er, es sei etwas Schlimmes geschehen. Aber der Vater setzt sich wieder hin, und obwohl er nach wie vor aufgeregt ist und laut auf Henning einredet, beruhigt Frido sich allmählich wieder. Er hat solche Ausbrüche schon ein paar Male miterlebt, wenn er mit dem Vater im Stadion war, doch sie überraschen ihn immer wieder, und er hat das Gefühl, etwas Entscheidendes nicht mitbekommen zu haben.

In der Pause gehen sie zu dritt hinunter zu den Würstchenbuden. Leo und Henning, der Arbeitskollege, unterhalten sich über das Spiel und über Interna ihres Unternehmens. Frido hat vom Vater eine Portion Pommes Frites und eine Coca-Cola bekommen. Während er isst, hört er angestrengt zu und

versucht, Zusammenhänge zu verstehen. Die beiden Erwachsenen machen kritische Gesichter, die Lage ist ernst, die Zeiten schwer, die Konkurrenz groß. Henning sagt: »Wusstest du, dass sie Stellen abbauen werden? Und nicht nur das, sie werden auch Büros schließen, vor allem in Deutschland.«
Leo nickt nachdenklich. Dann sagt er: »Wenn sie mir kündigen, bin ich am Ende.«
Aber Henning klopft ihm auf die Schulter und erwidert: »Dir kündigen? Der Chef liebt dich, du bist wie ein Sohn für ihn! Eher würde der sich scheiden lassen, als sich von dir zu trennen.« Dann lacht er. Frido ist stolz auf den Vater, er wiederholt Hennings Satz noch einmal für sich, Wie ein Sohn für den Chef. Das ist etwas Besonderes, er kann es fühlen.

Die Pause ist zu Ende, das Publikum strömt zurück auf die Tribünen. Als die Gäste in der zweiten Halbzeit ein weiteres Tor schießen, stöhnt Leo laut auf und sitzt anschließend nur noch missmutig da und schaut dem Spiel zu. Frido beobachtet seinen Vater von der Seite. Er sucht angestrengt nach etwas, das ihn aufmuntern könnte. Nach einer Weile sagt er: »Hast du dir schon das Motorrad gekauft, von dem du mir letztes Mal erzählt hast?«
Der Vater taucht aus seiner Versunkenheit auf und schaut seinen Sohn an, als verstehe er nicht. Dann sagt er knapp: »Nein, noch nicht.«
»Aber du wusstest doch schon, welches du haben willst.«
»Klar, aber ich muss ja jeden Monat Unterhalt für euch zahlen. Das läppert sich bei drei Kindern. Was glaubst du, warum ich am Wochenende an zusätzlichen Aufträgen arbeite? Bestimmt nicht zum Vergnügen.« Frido schweigt betroffen.

Auf der Heimfahrt durch die dunkle Stadt spricht Leo kein Wort. Erst als sie vor dem Haus des Vaters parken, sagt er zu seinem Sohn: »Tut mir leid, dass die dir den Geburtstag versaut haben, mein Junge.« Es dauert einen Moment, bis Frido begreift, dass Leo von der Gastmannschaft spricht. Er starrt seinen Vater ungläubig an, doch Leo bemerkt es nicht. Frido würde dieses Missverständnis gerne aufklären. Doch er schweigt. Vielleicht ist der Vater enttäuscht, weil sein Sohn kein Fußballfan ist, und das will er nicht riskieren.

Als sie nach Hause kommen, finden sie Chiara vor dem Fernseher. Sie hält die Fernbedienung in der Hand und schaut eine Quiz-Sendung für Erwachsene. Leo sagt: »Wo ist denn Irene?« Chiara reagiert nicht, sie ist völlig gebannt von dem, was sie sieht.
Leo sagt: »Chiara, ich hab dich was gefragt!«
Noch immer reagiert sie nicht. Frido kennt das bereits von seiner Schwester, doch Leo ist damit nicht vertraut. Er wird wütend, geht zum Apparat und schaltet ihn aus. Chiara schreit auf und bittet ihren Vater lautstark, den Fernseher wieder einzuschalten. Leo schüttelt den Kopf. Chiara beginnt zu weinen. In diesem Augenblick kommt Irene herein. Sie ist bei Emma eingeschlafen und beeilt sich jetzt, die Tür zu schließen. Dann wendet sie sich an Chiara und sagt: »So geht das nicht, Chiara. Wenn du hier so herumschreist, dass Emma wach wird, dann ... dann könnt ihr eben nicht mehr herkommen.«
Leo reagiert nicht auf die Worte seiner Frau. Er hat die Niederlage seines Vereins immer noch nicht verdaut. Jetzt will er sich nur zurückziehen und allein sein. Aber Irene will sich rechtfertigen. Sie sagt: »Entschuldige, Leo, ich bin ein wenig gestresst.

Ich freue mich ja, wenn deine Kinder uns besuchen. Aber Chiara war wirklich anstrengend den Tag über. Sie hat sich ständig von uns entfernt im Schwimmbad, und ich musste sie suchen, weil sie doch noch gar nicht schwimmen kann.« Sie schüttelt den Kopf, und sagt: »Wie das möglich ist in ihrem Alter, möchte ich auch mal gerne wissen.«
Leo lacht freudlos auf. »Da musst du ihre Mutter fragen«, sagt er mit kaum verhohlener Verachtung. Irene wirft Frido rasch einen Blick zu, doch der Junge hat offenbar nichts mitbekommen. Er hat sich neben seine Schwester gesetzt, und den Arm um sie gelegt.

Chiara hat alles gehört. Sie weiß genau, warum sie im Schwimmbad immer weggegangen ist. Sie ist weggegangen, weil Clarissa und Irene sich nicht um sie gekümmert haben, sondern nur um Max und Emma. Die ganze Zeit ist das so gegangen, schon als sie ankamen. Chiara musste sich allein in einer Kabine umkleiden und als sie nicht schnell genug war, ist Irene ungeduldig geworden und hat jede Sekunde durch die geschlossene Tür auf sie eingeredet. Schatz, wir stehen alle schon hier und warten auf dich. Schatz, wir müssen deine Sachen doch noch einschließen. Schatz, den Kleinen wird doch schon ganz kalt. So oft hat Irene das wiederholt, dass Chiara sich gar nicht mehr aufs Umziehen konzentrieren konnte und noch langsamer wurde.

Im Schwimmbad sollte Chiara dann die ganze Zeit im Kleinkinderbecken bleiben, obwohl das Wasser dort viel zu niedrig für sie war. Irene verbot ihr, in den Nichtschwimmerbereich zu gehen, sie sagte, Nein, Schatz, dann können wir dich doch gar nicht mehr sehen, und wenn dir etwas passiert, wird dein Vater sehr böse auf mich sein.

Chiara hat sich zu Tode gelangweilt. Irgendwann ist sie aus Protest weggegangen, doch das hat Irene nicht verstanden. Chiara sitzt da, wischt sich die verheulten Augen und denkt, dass Irene dumm ist.

Als sie später in ihren Betten liegen, umgeben von lauter Türen, die in andere Räume führen, flüstert Chiara zu Frido: »Ich will nach Hause, Frido.«
Auch Frido möchte nach Hause, die Aussicht, noch den ganzen Sonntag hier zu bleiben, gefällt ihm überhaupt nicht. Trotzdem sagt er: »Das geht nicht, Chiara. Und morgen Abend fahren wir ja schon wieder zurück.«
»Aber du gehst nicht allein mit dem Papa weg, bitte, bitte!«
Frido seufzt. Er sagt: »Nein, tu ich nicht.«
»Versprichst du es?«
»Ich versprech's.«
»Irene hat zu Clarissa gesagt, es wär' kein Wunder, dass ich so bin. ›Bei der Mutter‹, hat sie gesagt. Ich hab's genau gehört.«
»Das hat sie gesagt?«
»Hat sie.«
»Sie ... sie weiß es eben nicht besser. Schlaf jetzt.«

16

CHIARA SCHLÄFT EIN UND TRÄUMT, dass sie fliegen kann, sie fliegt über die Stadt und hinaus aufs Land, die Sonne scheint und die Vögel zeigen ihr den Weg. Frido schläft ein und träumt, dass er seine Freunde nie wieder sieht, weil er zu weit fort ist, er hat alle Telefonnummern vergessen und kann sie nicht einmal anrufen. Unruhig wälzt er sich hin und her, bis der Traum endlich aufhört und in einen tiefen Schlaf übergeht.

Mira träumt nicht, weil sie nicht schläft. Sie hat den Tag tatsächlich bei Hanna verbracht. Hanna hat keine Geschwister, aber einen freundlichen Vater und eine nette Mutter, die sie zum Essen einladen und ihr manchmal sogar kleine Geschenke machen. Mira geht mehr wegen der Eltern zu Hanna als wegen Hanna selbst. Sie hat das Gefühl, dass sie dort in einen täuschend echt wirkenden Märchenfilm eintaucht, wo sie sich von einem normalen Mädchen in eine Prinzessin verwandelt, der man alle Aufmerksamkeit schenkt, die sie haben will. Und Hanna stört sie dabei nicht, im Gegenteil, Mira glaubt, dass Hanna eine Schwester braucht, weil sie ganz allein ist, und sie ist diese fehlende Schwester. So spielen sie alle gemeinsam Familie, und das ist für Mira wie ein warmes Bad, wie ein Sonnentag, wie ein großes gemütliches Bett, in dem alle Platz finden.

Währenddessen beobachtet Mira und lernt. Sie beobachtet, wie die Eltern sich miteinander unterhalten, ihre Gesten, die Gesichter, die sie machen, wenn die Mutter etwas bestimmt, was der Vater bereits anders entschieden hat. Das sind Momente, die Mira spannend findet, dann versucht sie, so unauffällig wie möglich, alles mitzubekommen, was zwischen Hannas Eltern geschieht, und sie merkt es sich, denn eines Tages, wenn sie und Arian heiraten und Kinder haben, will sie es ganz genau so machen. Denn Hannas Eltern streiten sich nie. Sie gehen so vernünftig miteinander um, dass Mira sich manchmal wünscht, sie wäre wirklich Hannas Schwester und könnte für immer bleiben.

Am schönsten findet Mira die gemeinsamen Mahlzeiten, wenn sie zu viert am Tisch sitzen und die Eltern mit ihnen reden und scherzen. Dann ist alles so perfekt, dass Mira anschließend gar nicht mehr in Hannas Zimmer zurück will. Sie zögert diesen Moment hinaus, indem sie immer neue Themen findet, über die man sprechen kann, und dabei fühlt sie sich selbst fast so vernünftig wie Hannas Eltern.

Immer wenn es am besten ist, wenn Mira beinahe vergisst, dass sie nur zu Besuch ist, spürt sie eine eigenartige Furcht in sich. Sie kommt scheinbar aus dem Nichts und ist zunächst nur eine Art Anspannung im Bauch, auf die sie nicht weiter achtet. So ist es auch heute. Nachdem sie sämtliche Brettspiele gespielt haben, die es in der Wohnung gibt, will Hanna gemeinsam mit Mira ein Bild malen. Mira willigt unter der Bedingung ein, dass sie es im Wohnzimmer machen, wo Hannas Eltern sich befinden. Hanna ist einverstanden, obwohl sie sich viel lieber mit ihrer Freundin ein- und die Eltern ausschließen würde. Aber sie weiß, dass Mira dann vielleicht geht.

Mira malt lustlos, sie fühlt sich wie eine Erwachsene, die ein Kind bei Laune hält, während sie immer wieder zu Hannas Eltern hinüberschaut. Hanna ist unzufrieden mit dem Gemälde, sie fängt an, sich zu beschweren. Mira versucht, ihre Ungeduld zu beherrschen, aber Hanna spielt einfach nicht mehr mit, und so beginnt Mira, die künstlerischen Intentionen der Freundin mit ihren Beiträgen zu sabotieren.

Plötzlich wirft Hanna ihren Stift auf das Blatt und beginnt zu schmollen. Dabei sieht sie genau so aus wie Chiara, findet Mira. Sie verdreht die Augen und zischt Hanna leise an: »Du Baby!« Hanna starrt sie einen Moment lang an, dann steht sie auf und rennt in ihr Zimmer. Bevor die Eltern reagieren können, setzt Mira ein Lächeln auf und sagt: »Ich muss jetzt gehen.«
Hannas Vater lächelt zurück und sagt: »Komm morgen wieder, wenn du Lust hast.« Hannas Mutter steht auf und begleitet Mira zu Tür. Mira ruft einen Abschiedsgruß in Hannas Zimmer, doch es kommt keine Antwort. An der Tür sagt die Mutter: »Alles in Ordnung bei euch?« Mira nickt. Die Mutter erwartet keine Erklärungen. Sie lächelt und sagt: »Manchmal braucht man einfach eine Pause voneinander, nicht wahr?« Wieder nickt Mira. Dann verabschiedet sie sich.

Sie hat es lange genug ausgehalten, es ist fast sechs Uhr. Ohne noch einmal nach Hause zu gehen, macht sie sich auf den Weg zu ihrem Treffpunkt. Sie ärgert sich, dass sie am Ende doch die Kontrolle über sich und die Situation verloren hat. Jedes Mal ist es so. Während sie durch den Regen geht, nimmt sie sich vor, dass beim nächsten Mal alles perfekt sein wird, von Anfang bis Ende.

Der Treffpunkt ist ein Spielplatz in der Nähe der Schule. Dort gibt es einen hohen überdachten Pfahlbau, zu dem eine kurze Hängebrücke von einem künstlichen Hügel führt. Auf der gegenüberliegenden Seite der Plattform befindet sich eine Rutschbahn, über die man wieder nach unten gelangt. Der Bau ist wie ein richtiges Haus angelegt, mit Wänden aus Holz und darin eingelassenen Fensteröffnungen. Wenn man sich auf den Boden setzt, kann man von außen nicht gesehen werden.

Arian ist schon da. Er hat den ganzen Tag im Geschäft seiner Eltern geholfen, die Kunden bedient, an der Kasse gestanden. Jetzt sitzt er in dem Häuschen und raucht mit seinen Freunden Zigaretten, während sie auf Mira warten. Murat, sein bester Kumpel, schaut immer wieder auf die Uhr seines Handys. Er ist ungeduldig. Er sagt: »Alter, die Kleine ist nie pünktlich.« Arians Zigarette glimmt auf, als er an ihr zieht.
»Na und?«, erwidert er, »Wir haben doch Zeit.«
Aber Murat ist unzufrieden. Er sagt: »Was willst du mit der? Die ist ein Kind. Kannst sie nicht mal flachlegen. Außerdem ist sie 'ne Deutsche.«
Arian zuckt mit den Schultern. »Sie ist süß. Ich mag sie.«
Murat schnaubt verächtlich durch die Nase.
»Außerdem bist du selber Deutscher«, fügt Arian hinzu, »tu nicht immer so!«.
Murat schüttelt heftig den Kopf, während er an seiner Zigarette zieht. Er sagt: »Quatsch nicht rum! Ich bin Türke, meine Eltern sind Türken, meine Großeltern sind aus Anatolien eingewandert. Einmal Türke, immer Türke!«
Arian lacht ihn aus. »Alter! So reden die Glatzen auch!«

Die anderen beiden Jungen haben schweigend zugehört. Wie Murat sind es Klassenkameraden von Arian. Jetzt ergreift Faris das Wort: »Die Deutschen haben uns gut aufgenommen, als wir auf der Flucht waren.«
Murat wirft ihm einen lauernden Blick zu. Er sagt: »Und du glaubst, deshalb hörst du auf, Syrer zu sein?«
Faris schüttelt den Kopf. »Nein. Aber die Rassisten, die es hier gibt, sind mir egal. Ich kenne andere Deutsche. Und Mira ist eine von den anderen.«

Sharham pflichtet ihm bei. »Sie ist in Ordnung. Außerdem gehört sie zu uns, wenn sie Arians Freundin ist.«
Murat schaut ihn mürrisch an. Er sagt: »Mal halblang, Sharham, du hast doch gar nichts zu bieten. Vater Iraker, Mutter Weißrussin – weißt du überhaupt, was du bist?«
Sharham nickt. »Klar. Ich bin Deutscher. Wie Mira.«
Murat will etwas erwidern, doch in diesem Augenblick sehen sie, dass Mira sich auf der Hängebrücke nähert. Ganz klein und schmal wirkt sie, und einen Augenblick lang hat Arian den Gedanken, dass sie an ihnen vorbeigehen und auf der anderen Seite hinunterrutschen wird. Er vertreibt die Vision. Er beugt sich vor und sagt leise zu Murat: »Wehe, du redest Scheiß, solange sie dabei ist!«
Murat hebt abwehrend die Hände. »Chill mal, Alter! Du kennst mich doch.«
»Eben! Wäre nicht das erste Mal.«
»Ich werd' sie behandeln, als wär' sie eine von uns. Darauf stehen hier ja alle.« Er grinst. Arian schaut ihn skeptisch an. Dann erhebt er sich, um seine Freundin zu begrüßen.

Es ist ein Ritual, das nach festen Regeln abläuft. Sie müssen sich umarmen und sie müssen sich küssen. Sie ist die Freundin des Anführers dieser kleinen Gruppe, und Arian bestätigt es durch seine Begrüßung.

Anschließend lassen sie sich gemeinsam auf dem Boden nieder.
»Gib mir eine Zigarette«, sagt Mira, »ich will's jetzt endlich mal ausprobieren.«
Arian schüttelt den Kopf. »Kommt nicht in Frage. Das wär' ja, als würde ich meinen Schwestern Drogen verkaufen.«

Mira wirft ihm einen wütenden Blick zu, doch sie fügt sich. Murat macht ein vielsagendes Gesicht. Dann ergreift er das Wort: »Leute! Jetzt, da wir endlich vollständig sind, kann ich's euch sagen: Es regnet.« Gelächter. Murat öffnet eine Website auf seinem Handy. »Deshalb haben der große Arian und ich uns gedacht, dass wir im Trockenen mehr Spaß haben werden. Wir gehen ins Kino. Die nächsten Vorstellungen beginnen in einer halben Stunde.«

Sie gehen zu einer U-Bahn-Haltestelle und fahren schwarz zu einem großen Einkaufszentrum am Rand der Stadt. Dort betreten sie eine schmale Seitenstraße. Über ihnen ragt ein fensterloser Komplex auf, in ihrem Rücken befinden sich kleinere Lagerhallen. Niemand außer ihnen ist auf der Straße. Es ist düster, bald wird es Nacht sein.
»Hier ist es«, sagt Murat, als sie zu einer unscheinbaren Eisentür gelangen. Murat hat sein Handy im Blick, er weiß genau, wann die Filme beginnen und enden.

Sie stehen eine Weile herum und treten von einem Fuß auf den anderen, um die Kälte zu vertreiben, die allmählich von ihnen Besitz ergreift. Murat hat die Zeit fest im Blick. Plötzlich sagt er: »Jetzt müsste es gleich losgehen.« Sie stellen sich an der Scharnierseite der Tür auf.

Unvermittelt öffnet sich die Eisentür und Menschen strömen ins Freie. Sie haben müde Augen, als wären sie gerade erst aufgewacht. Niemand achtet auf die Kinder, die sich im Schutz der offenen Tür an die Außenwand pressen. Als der letzte Zuschauer draußen ist, hält Arian die Tür fest, damit sie nicht ins Schloss fallen kann. Sie spähen hinein, dann betreten sie den schmalen

Gang, der zu den Kinosälen führt. Das Kino ist groß, es gibt dreizehn Säle.

Nach dem ersten Film verstecken sie sich vor dem Personal und stehlen sich in einen anderen Saal. Auf diese Weise schauen sie vier Filme hintereinander. Mira und Arian sitzen die ganze Zeit über eng umschlungen und genießen ihre wortlose Intimität. In der gemeinsamen Konzentration auf die Handlung fühlen sie sich im vollkommenen Gleichklang. Sie lachen über dieselben Dinge und sind von denselben Dingen überrascht.

Der letzte Film, den sie schauen, ist nicht lustig. Er handelt von einem Bandenkrieg. Sie sehen, wie Menschen aus nächster Nähe in den Kopf geschossen wird, wie deren Blut fontänenartig herausschießt, sie sehen nackte Frauen, die Sex mit Mördern haben, und Männer, die sich gegenseitig mit Eisenstangen zu Tode prügeln. Keiner von ihnen, mit Ausnahme von Murat, hat jemals einen solchen Film gesehen. Nachdem er den ersten Schrecken überwunden hat, macht Arian sich Sorgen um Mira. Er ärgert sich, dass er nicht besser hingeschaut hat, als Murat vom Kinoprogramm sprach. Ein paar Mal hält er Mira die Hand vor die Augen. Sie kichert halb erleichtert, halb gerührt von seiner Geste. Aber sie will nicht wie ein kleines Mädchen behandelt werden.

Als Arian ihr wieder einmal die Augen zuhalten will, findet sie es nicht mehr lustig. Sie zischt ihn an: »Lass das jetzt!« Arian nimmt die Hand herunter. Miras scharfer Ton hat ihn verärgert. Seine älteste Schwester ist genau so alt wie Mira, ihr würde er einen solchen Film einfach verbieten. Doch das kann er mit Mira

nicht tun. Trotzdem will er nicht klein beigeben. Leise sagt er zu Mira: »Mir ist das zu viel, ich gehe jetzt raus.«
Mira schaut ihn ungläubig an. In der Dunkelheit kann sie nicht sehen, ob Arian blufft. Sie schaut wieder zur Leinwand und sagt knapp: »O.k., bis gleich.«
Damit hat Arian nicht gerechnet. Er hatte gehofft, dass sie ihm folgen würde. Wenn er jetzt hinausgeht, lässt er sie allein. Wenn er bleibt, richtet er sich nach ihr und Murat wird ihm hinterher sagen, Du tanzt schon nach ihrer Pfeife, oder irgendetwas Ähnliches. Er kämpft mit sich, doch sein Stolz ist stärker. Er beugt sich zu ihr und sagt: »Ich warte an der Eisentür am Ende des Korridors auf Euch. Überleg's dir.« Er steht auf und verlässt den Kinosaal. Mira schaut ihm nach. Sie unterdrückt den Impuls, ihm doch zu folgen. Soll er draußen stehen und sich langweilen, denkt sie dann. Ich bleibe und schaue bis zum Ende.

Plötzlich setzt sich Murat neben sie und flüstert ihr zu: »He, Kleine, was hast du mit meinem Freund gemacht, dass er rausgegangen ist?«
Mira kann sein Gesicht kaum erkennen in der Dunkelheit. Sie ist empört über Murats Worte. Am liebsten würde sie ihn anschreien. Doch sie hat Angst vor Murat. Deshalb zuckt sie mit den Schultern und flüstert: »Frag doch meinen Freund, wenn du es wissen willst.«
Sie schaut wieder nach vorn, entschlossen, ihn fortan zu ignorieren. Murat schnaubt verächtlich durch die Nase. Er nähert sich ihr und flüstert: »Wusstest du eigentlich, dass Arian eine Albanerin heiraten muss, wenn er achtzehn ist? Arian kennt sogar schon ihren Namen.« Dann steht er auf und setzt sich auf seinen alten Platz, ohne ihre Reaktion abzuwarten.

Als der Film zu Ende ist, verlassen die Kinder schnell den Saal, bevor die Lichter angehen. Arian kommt ihnen durch den Korridor entgegen. Es ist fast Mitternacht. Sie müssen zu Fuß gehen und vorsichtig sein, damit die Polizei sie nicht aufgreift. Vor jedem Auto, das sich nähert, verstecken sie sich. Es regnet immer noch. Nach kurzer Zeit sind alle durchnässt.

Murat und Sharham übernachten offiziell bei Faris, dessen Eltern nicht da sind. Deshalb trennen sich die Freunde, und Arian geht mit Mira allein weiter.

Eine Zeitlang gehen sie wortlos nebeneinander her. Obwohl Mira friert, verbietet sie sich jeden Annäherungsversuch an ihren Freund.
Plötzlich sagt sie: »Wann stellst du mich deinen Eltern vor?«
Auf eine solche Frage ist Arian nicht gefasst gewesen. Er sagt ausweichend: »Das ist nicht so leicht.«
»Warum?«
»Na ja, sie sind sehr konservativ. Sie ... hätten vielleicht ein Problem damit.« Mira schweigt. Die Kälte hat sich in ihrem Körper eingenistet wie ein Fremder, der für immer bleiben will.

Als sie in ihrem Viertel ankommen und Mira hinter der nächsten Häuserzeile bereits das große Gebäude ausmachen kann, in dem sie wohnt, sagt sie, ohne stehenzubleiben: »Ich gehe jetzt allein weiter, Tschüss.« Arian bleibt verwirrt stehen und sieht Mira nach, die sich nicht mehr umdreht.

Als sie allein ist, beginnt Mira zu weinen. Erst nach und nach findet sie in ihrer Wut auf Arian einen Halt. Die nasse Kälte zieht ihren Körper zusammen, sie fühlt sich erschöpft, jeder Schritt fällt ihr schwer. Wenn sie sich jetzt einfach auf den Boden setzt und sich nicht mehr bewegt, ist sie bald nur noch ein Körper. Vielleicht ein Körper mit Lungenentzündung. Vielleicht ein Körper, der zur Seite kippt und liegenbleibt. Am nächsten Tag werden Menschen kommen, um den Körper wegzuschaffen, man wird ein Loch schaufeln und den Körper hineinlegen, dann ist er fort. Mira stellt sich undurchdringliche, endlose Schwärze vor, der nie wieder ein Tag folgt.

Als sie endlich nach Hause kommt und feststellt, dass ihre Mutter nicht da ist, lässt sie ein Bad einlaufen und legt sich hinein. Etwas in ihr will alles loslassen. Doch sie verbietet es sich, wie man einem kleinen Kind Dinge verbietet. Sie badet so heiß, dass sie es kaum erträgt. Sie spannt alle ihre Muskeln an und macht sich ganz steif und betrachtet ihren Kinderkörper durch das dampfende Wasser hindurch und wünschte, sie wäre eine Frau und könnte fortgehen.

Irgendwann kühlt das Wasser ab. Mira erhebt sich, die Haut an ihren Händen ist verschrumpelt, ganz matt fühlt sie sich. Sie trocknet sich ab, zieht einen Schlafanzug an, holt sich die Pizza aus der Küche, die ihre Mutter dort stehen gelassen hat, und geht ins Wohnzimmer. Dort schaltet sie den Fernseher ein und legt sich auf die Couch. Das Bettzeug riecht nach ihrer Mutter. Sie rollt sich zusammen und schaut so lange fern, bis sie einschläft.

Sie träumt. Genau vor ihren Augen öffnet sich eine große rote Blume, und in dieser Blume öffnen sich blaue Blütenblätter, und so geht es immer weiter, alle Blumen der Welt stecken in dieser einen Blume, die sich endlos öffnet.

In seiner Wohnung, ein paar Häuserblocks entfernt, träumt ein Mann von einem schneebedeckten Vulkan.

17

VERONIKA TRÄUMT, dass sie wach wird und aufsteht. Sie träumt, dass sie und Tim wieder tanzen, dass die Diskothek ein einziger pulsierender Rhythmus aus Klängen, Farben und Leibern ist. Dass Tim ihr noch einen Whiskey spendiert. Sie träumt, dass sie denkt, So schlecht sieht er gar nicht aus, sie träumt, dass ihr sein Lächeln gefällt. Sie träumt, dass sie ein Ziehen zwischen den Beinen verspürt, ein Ziehen, das sie immer näher zu ihm bringt, bis sie irgendwann eng umschlungen in einer Ecke der Diskothek stehen und sich küssen, und sie spürt, dass auch Tim dieses Ziehen zwischen den Beinen hat. Sie träumt, dass er ihr ins Ohr sagt: »Lass uns zu mir gehen!«, dass sie nickt und sie sich auf den Weg machen. Dass draußen die Nässe und Kälte und Stille sie empfangen und das ganze Leben in ein anderes Gefühl tunken. Dass Tim ein Taxi ruft und ihr die Tür aufhält, während sie einsteigt. Sie träumt, dass sie sich während der gesamten Fahrt küssen und gegenseitig mit den Händen in den Schritt fahren, sie träumt, dass sie so erregt ist, dass sie kaum noch sprechen kann. Dass der Taxifahrer sie durch den Rückspiegel beobachtet. Dass sie irgendwo ankommen. Dass Tim bezahlt, dass er ihr hilft, auszusteigen, dass er auf das Haus weist, ein graues, eckiges Gebäude mit vier langen Reihen quadratischer Fenster übereinander und einem flachen Dach. Dass er sie anlächelt, den Schlüssel aus seiner Hosentasche zieht, die Glastür aufschließt. Dass er sie zum Fahrstuhl führt, dass sie im Fahrstuhl wieder ihre Lippen, ihre Hände spielen lassen, dass sie oben ankommen, dass er sie zu seiner Wohnungstür führt, dass er aufsperrt. Dass sie sich im Flur gegenseitig die Kleider vom Leib ziehen und nackt sein Schlafzimmer betreten, dass er sich auf sie legt, dass sie fühlt, wie sein Ziehen sich mit ihrem Ziehen vereinigt, wie ihre

Gedanken zerfließen, sich auflösen, und sie sich treiben lässt und vor ihren geschlossenen Augen Farben zum Rhythmus ihrer Körper tanzen. Sie träumt, dass sie den Gips nicht mehr spürt, nicht mehr das Pochen in ihrem rechten Ellenbogen, nicht ihren Magen, der sich noch nicht erholt hat von der Mischung aus Schmerztabletten und Alkohol. Sie träumt, dass sie in Tims Gesicht sieht und sich vorstellt, er sei nicht Tim, sondern Leo, und genau in diesem Augenblick erreicht sie ihren Höhepunkt, und darauf hat er gewartet, denn nun muss er sich nicht mehr zurückhalten, und sie träumt, dass sie ihm dabei zusieht, wie er sich auf ihr bewegt, aber nun ist sie nicht mehr beteiligt, nun macht sich eine Erschöpfung in ihr breit und eine Ernüchterung und eine Trostlosigkeit und eine Einsamkeit, die ihr alle Kraft aus dem Körper ziehen, und so ist sie nur noch eine leere Hülle, als Tim endlich zum Höhepunkt kommt und anschließend erschöpft auf ihr liegen bleibt. Und jetzt fühlt sie sein Gewicht, es ist, als werde Tim mit jeder Sekunde, die verstreicht, schwerer und schwerer, bis sie es nicht mehr erträgt und ihn bittet, von ihr herunter zu gehen. Er rollt sich zur Seite und legt ihr einen Arm auf den Bauch, aber auch der Arm fühlt sich zu schwer an, viel zu schwer, so dass sie sich nun selbst zur Seite rollt und seinen Arm auf ihrer Hüfte platziert, damit er nicht so lastet. Und sie träumt, dass er in ihr Gesäß greift, vielleicht, weil er ihre Geste falsch verstanden hat, und sie träumt, dass er sie anlächelt aus nächster Nähe, aber jetzt kann sie keinen Leo mehr aus ihm machen, er bleibt Tim aus der Diskothek, schlechter als nichts, und sie erwidert sein Lächeln, weil sie genau weiß, dass sie in diesem Spiel gefangen ist. Und jetzt spürt sie, dass sein Geschlecht sie erneut sucht, und sie sucht fieberhaft nach einem Versteck in diesem fremden Bett, doch es gibt keines, sie muss ihre Rolle zu Ende spielen auf der Bühne, die sie gewählt hat, und als Tim sich wieder auf sie legt, als er in sie eindringt, ohne zu bemerken, dass sie längst nicht mehr will, als er ihr seinen Rhythmus aufzwingt und glaubt, sie täten auch nun alles zu gleichen Teilen, ist der Traum vom Glück längst ausgeträumt.

Erwacht ist Veronika. Nachdem Tim zu einem weiteren einsamen Höhepunkt gekommen ist und gleich darauf pflichtbewusst von ihr herunterrollt, geschieht, was sie hofft: Er schläft ein. Sie wartet noch eine Weile, sie fühlt noch eine Weile den Schmutz, der in ihrer Seele steckt, während Tims Samen langsam aus ihr herausläuft, sie erinnert sich bitter an Leo, dem sie alles anvertraut hatte, ihr ganzes Leben, alle ihre Gefühle, ihre Hoffnungen, ihre Ängste. Sie fragt sich wieder einmal, wem sie all das nun geben soll. Sie weint leise in die Dunkelheit des fremden Zimmers, während Tim neben ihr tief atmet und womöglich etwas Schönes träumt.

Dann erhebt sie sich, rafft ihre Kleider zusammen und verlässt das Zimmer. Sie sucht das Bad, findet es, wäscht sich, macht sich frisch, kleidet sich an und verlässt die Wohnung, geht die Treppe hinunter, öffnet die Glastür.

Draußen empfängt sie der frühe Morgen. Die Sonne ist noch nicht aufgegangen, doch fern im Osten ist der wolkenlose Himmel rosa gefärbt. Veronika schaut sich um. Sie hat keine Ahnung, wo sie sich befindet. Langsam geht sie die schmale Wohnstraße entlang, der kalte Tau liegt auf den geparkten Autos, der Asphalt glänzt nass vor Feuchtigkeit, doch es ist wärmer und die Luft riecht anders. Sie riecht nach Frühling. Die

Häuser stehen links und rechts der Straße wie Schlafende, die Menschen im Inneren liegen wie Aufgebahrte, Veronika kann sie durch die Mauern hindurch sehen, lauter Leos und Irenes, die sich gefunden haben, obwohl das Schicksal einen anderen Plan verfolgte.

In einiger Entfernung entdeckt sie eine Bushaltestelle. Sie steuert darauf zu.

18

AM SONNTAGMORGEN FRÜHSTÜCKEN SIE ausgiebig im Esszimmer. Das schlechte Wetter hat sich verzogen, draußen scheint die Sonne. Leo wirkt gut gelaunt, Frido ist erleichtert, dass der Vater die Niederlage seines Vereins verwunden hat. Chiara sitzt neben Emma und bringt sie mit Grimassen und Kapriolen zum Lachen. Irene will, dass Emma stattdessen ihren Haferbrei isst, sie hält einen vollen Löffel in der Hand und versucht, ihn ihrer Tochter in den Mund zu schieben. Doch Emma beachtet ihn nicht, und Irene wagt es nicht, die gute Stimmung mit Ermahnungen zu stören. Deshalb lächelt sie jedes Mal, wenn Emma vor Lachen gluckst. Chiara hat Irenes Anspannung längst bemerkt, es bereitet ihr eine diebische Freude, sie zu ignorieren.

Leo erzählt seinem Sohn und seiner Frau ein wenig von seinem Auftrag. Er soll ein Verwaltungsgebäude für eine Kleinstadt entwerfen. Er sagt: »Ist 'ne große Sache. Bisher hab ich höchstens an Details gearbeitet.«
Frido ist beeindruckt und glücklich, dass der Vater ihm solche Dinge anvertraut. Er sagt: »Dann wissen sie jetzt, dass du gut bist, oder?«
Leo schüttelt den Kopf. »Nee, die sind einfach überlastet, nehmen an x Ausschreibungen gleichzeitig teil. Deshalb.«
Frido nickt, er versteht nicht, was sein Vater meint, doch er will ihn nicht mit Fragen nerven. Er will das Gefühl genießen, das dieser harmonische Morgen ihm beschert.

Irgendwann wechseln Leo und Irene einen Blick, dann beugt er sich zu seinem Sohn hinüber und sagt leise: »Frido, lass uns mal nach nebenan gehen und uns ein wenig unterhalten, o.k.?«

Frido nickt arglos. Sie stehen auf, durchqueren das anliegende Wohnzimmer und betreten das Arbeitszimmer des Vaters, gefolgt von Irenes und Chiaras Blicken. Leo schließt die Tür, er weist auf einen schwarzen Ledersessel, der vor einem niedrigen viereckigen Holztisch steht. Frido gehorcht und setzt sich, sein Vater nimmt gegenüber auf einem alten Sofa mit geschwungenen, holzgerahmten Lehnen Platz. Leo seufzt und schaut seinen Sohn ernst an. Frido erwidert den Blick seines Vaters unsicher, in seinem Kopf findet eine fieberhafte Suche nach Fehlern statt, die er begangen haben könnte, doch er findet nichts. Außer vielleicht die Sache mit dem Bild. Er schluckt. Leo sagt: »Frido, das Bild, das Chiara gestern gemacht hat ...« Er hält inne und beobachtet seinen Sohn. Dann schaut er zu Boden, schüttelt leicht den Kopf und lächelt dabei. Er hebt den Kopf wieder und sagt: »Sie hat das Baby ›Marie‹ genannt. Kannst du mir sagen, woher sie den Namen hat?«
Frido schluckt erneut. Er weiß, dass er in der Falle sitzt. Er könnte zwar den Ahnungslosen spielen, doch sein Vater würde es durchschauen. Leise sagt er: »Von mir.«
Leo nickt, als sei ihm das längst klar gewesen. Er sagt: »Was hast du deiner Schwester gesagt? Raus mit der Sprache!«
Frido sagt schnell: »Gar nichts, Papa! Ich hab ihr nur eine Geschichte erzählt, ein Märchen sozusagen, mehr nicht!«
»Ein Märchen? Ein Märchen, in dem ein Baby im Müll landet?«
»Nein, so war das nicht, es war anders!«
»Wie war es denn?«
»Es war ... ich habe ihr zuerst was anderes erzählt, und dann wollte sie immer mehr wissen über die Geschichte, und ich ... ich wusste doch nicht, was ich ihr sagen darf und was nicht.

Ich wollte nichts Böses, Papa. Es sollte nur eine Gute-Nacht-Geschichte sein!«
»Eine Gute-Nacht-Geschichte? Bist du denn völlig von Sinnen, Junge? Was hast du dir dabei gedacht?« Leo Kelber brüllt jetzt fast. Das führt dazu, dass Irene nebenan beginnt, laut auf Chiara und Emma einzureden, um den Lärm zu übertönen. Doch Chiara ignoriert sie und versucht zu verstehen, was der Vater zu Frido sagt. Leo ist außer sich. Er herrscht seinen Sohn an: »Mach so was nie wieder, hast du mich verstanden? Diese ganze Angelegenheit liegt jetzt sechseinhalb Jahre zurück, und es ist mir scheißegal, ob deine Mutter und dieser Hans das Gericht verarscht haben, oder ob sie die Wahrheit sagen, hörst du? Scheiß-e-g-a-l! Es interessiert mich auch nicht, woran du dich im Einzelnen erinnerst, Frido. Ich kann es absolut nicht gebrauchen, dass irgendjemand diese Sache wieder aufwärmt, und am wenigsten mein eigener Sohn! Ich versuche hier, Karriere zu machen, damit genug Geld reinkommt, ist dir das klar? Ich arbeite mir den Rücken krumm, damit es euch an nichts fehlt! Eure Mutter kriegt das ja nicht auf die Reihe.« Er schweigt, starrt seinen Sohn an, dann schweift sein Blick ab, er schüttelt fassungslos den Kopf und sagt vor sich hin, als sei er allein im Raum: »Eine Gute-Nacht-Geschichte! Der pure Wahnsinn!« Dann sieht er seinen Sohn kühl an und sagt: »Mensch, Frido, ich hätte wirklich gedacht, dass du mehr auf dem Kasten hast.« Mit diesen Worten erhebt er sich und sagt: »Geh jetzt bitte wieder in die Küche, ich habe zu arbeiten.« Frido gehorcht. Er würde am liebsten laut losheulen, doch das würde den Vater bestimmt noch wütender machen.

Als er die Küche betritt, springt Chiara auf, läuft ihrem Bruder entgegen und klammert sich an ihn. Sie will ihn trösten, denn sie sieht, wie schlecht es ihm geht. Vom Tisch aus ruft Irene: »Ich habe eine Idee: Wir vier machen einen schönen Sonntagsausflug in den Park! Ich sage Clarissa Bescheid, die hat bestimmt auch Lust.« Sie greift zum Handy und lächelt dabei ihre Tochter an.
Frido möchte seine Schwester am liebsten wegstoßen. Doch er kann nicht. Er selbst ist an allem schuld, der Vater hat es ihm deutlich gesagt. Er hätte Chiara niemals diese Geschichte erzählen dürfen. Er fühlt sich schwach, die Aussicht, jetzt einen Spaziergang zu machen, erfüllt ihn mit noch mehr Schwäche. Aber er weiß auch, dass er mitgehen wird, er muss die Fehler, die er begangen hat, wieder gutmachen, er muss dem Vater zeigen, dass er sich bessern kann.

Aber so sehr er sich auch den ganzen Sonntag über bemüht – die letzten Worte seines Vaters wiederholen sich in seinem Kopf in einer endlosen Schleife und graben sich in ihm ein.

Natürlich wird es wieder so wie am Vortag im Schwimmbad, Chiara hat nichts anderes erwartet. Die beiden Frauen gehen nebeneinander durch den Park und unterhalten sich über ihre Kinder, während Emma und Max in ihren Kinderwagen sitzen und die Welt anschauen. Chiara und Frido folgen ihnen in einigem Abstand. Ab und zu dreht Irene sich zu ihnen um und bringt ihr Lächeln zum Vorschein. Frido weiß, dass sie ihm und Chiara zeigen will, Ich habe euch nicht vergessen. Doch die immer gleiche Art und Weise, mit der sie dies tut, erfüllt ihn mit Misstrauen und Gleichgültigkeit.

Chiara marschiert in ihren Winterstiefeln neben ihm her, manchmal rennt sie plötzlich irgendwohin und bringt ihm einen Ast oder ein Blatt, manchmal bleibt sie stehen und buchstabiert ein Schild. Frido bewundert seine kleine Schwester heimlich für ihre Fröhlichkeit, er fragt sich, wie sie das nur macht. Vor allem, wenn man bedenkt, was ihr widerfahren ist. Bei dem Gedanken erschrickt er, als habe er vermintes Gebiet betreten. Ich darf nicht mehr darüber nachdenken, denkt Frido mit Nachdruck und versucht, alle Gedanken aus seinem Kopf zu vertreiben. Dabei strengt er sich so sehr an, dass er die Fäuste ballt und die Zähne aufeinander presst.

»Was hast du?«, fragt Chiara plötzlich von der Seite.

Frido erschrickt. »Ach, nichts“, sagt er so leichthin wie möglich.

»Lügner!«, erwidert Chiara.

»Pscht! Willst du, dass Irene dich hört?«

»Die hört mich nicht, sie plappert mit Clarissa, siehst du doch.«

»Red' nicht so über sie!«

»Tu ich wohl!«, bekräftigt Chiara und schaut wütend nach vorn, wo die beiden Frauen ihre Kinderwagen schieben und sich unterhalten. Frido seufzt. Einen Moment lang wünscht er sich, Chiara wäre gar nicht da. Doch in diesem Moment taucht das Bild seiner Mutter wieder vor seinem inneren Auge auf, wie sie damals allein in den Kindergarten kam, um ihn und Mira abzuholen. Ohne ein Wort der Erklärung, als hätte es nie ein Baby gegeben, eingehüllt in ein Schweigen, das so stark war, dass Frido nicht einmal nachfragte, Wo ist denn Chiara? Das Schweigen lag im Lächeln der Mutter, ein warmes Lächeln, Frido kann sich noch genau daran erinnern. Sie nahm ihn in ihre Arme, die wieder frei waren für ihn, und sie flüsterte: »Bald kommt der Papa wieder nach Hause, du wirst sehen.«

»Frido!«, ruft Chiara leise und zerrt an seinem Ärmel, »du bist ja ganz weiß geworden!«
»Ich ... bin nur müde.«
»Jetzt lügst du schon wieder!«, sagt Chiara. Sie entfernt sich von ihm, weil sie eine schöne Feder am Wegrand entdeckt hat. Sie hebt sie auf und steckt sie sich an den Mantel, während sie weiterhüpft.

Der Park öffnet sich hier, zur Linken sieht man hinter einer ausgedehnten Wiese einen kleinen See mit einer Insel. Dort fahren im Sommer Tretboote. Zur Rechten des Weges erstreckt sich die Wiese weiter Richtung Süden und endet vor dichtem Baumbestand. Hinter den Bäumen erheben sich Gebäude. Der Weg, über den sie gehen, führt auf die andere Seite der großen Wiese, auf einen bewaldeten Hügel, dessen Gipfel eine Statue krönt. Dort befindet sich der Kiosk mit dem Spielplatz, dorthin streben Irene und Clarissa. Sie werden einen Kaffee trinken und den Kindern erlauben, etwas Süßes zu essen. Es ist immer das Gleiche, denkt Frido, Und es ist immer gleich langweilig.

Er sieht den wütenden Vater vor seinem inneren Auge, der Vater brüllt ihn an, er redet von seiner Karriere, davon, dass er viel arbeitet, dass die Mutter nichts taugt, alles Sätze, die Frido schon oft gehört hat. Doch diesmal mischen sich in die Worte des Vaters Fragen, die aus dem Nichts auftauchen und nicht mehr verschwinden, so sehr Frido auch versucht, sie zu ignorieren. Unwillkürlich runzelt er die Stirn und bemerkt nicht, dass Chiara ihn beobachtet. Sie hat fast alles, was der Vater ihrem Bruder im Arbeitszimmer sagte, gehört, und besonders deutlich diesen Namen, den sie von Zeit zu Zeit mit lautlosen Mundbewegungen wiederholt: Hans. Hans und Marie. Marie und Hans.

19

DIE SONNE STEHT SCHON ein gutes Stück über dem Horizont, als Veronika endlich zu Hause eintrifft. Sie begibt sich in die Küche und verschlingt mehrere Butterbrote, trinkt fast einen Liter Wasser.

Im Wohnzimmer erlebt sie eine Überraschung. Dort liegt Mira auf der Couch und schläft, während der Fernseher läuft. Veronika spürt, wie der Ärger in ihr aufsteigt. Am allerwenigsten kann sie jetzt ein Kind in ihrem Bett gebrauchen. Sie beugt sich herunter, um ihre Tochter zu wecken. Sie schaut in ihr friedliches Gesicht und verharrt eine Weile. Dann wendet sie sich ab, schaltet den Fernseher aus, verlässt das Wohnzimmer, begibt sich ins Zimmer der Mädchen und legt sich in Miras Bett, ohne sich vorher die Kleidung auszuziehen. Bevor sie einschläft, wandert ihr Blick zu dem leeren Bett an der gegenüberliegenden Wand, wo bald wieder Chiara darauf warten wird, dass die Mutter auch ihr einmal einen Gute-Nacht-Kuss gibt.

20

ES LÄUTET AN DER TÜR. Veronika öffnet die Augen und fühlt einen stechenden Schmerz in der rechten Kopfhälfte. Einen Moment lang befällt sie die Furcht, sie liege noch neben Tim. Dann erkennt sie das Zimmer ihrer Töchter. Sie erinnert sich an die vergangene Nacht, fühlt den Schmutz, der immer noch irgendwo in ihr haftet. Am liebsten würde sie einfach liegenbleiben. Sie muss den Hals verdrehen, um aus dem Fenster zu schauen. Es ist dunkel, sie hat den ganzen Tag verschlafen.

Die Tür öffnet sich und Miras Kopf erscheint. Sie sagt: »Das ist der Papa. Er bringt Frido und Chiara zurück.«
Veronika sagt: »Aha.« Die Aussicht, jetzt kochen zu müssen und womöglich von Chiara mit Geschichten überhäuft zu werden, behagt ihr überhaupt nicht.
Mira sagt: »Der Papa kommt auch.«
Veronika fährt hoch. »Was?«
»Sie sind gleich da.«
Mühsam steht Veronika auf. Der Kopf schmerzt noch stärker, er zieht ins rechte Ohr und in den Nacken. Eine Migräne. Und ausgerechnet jetzt kommt auch noch Leo. Sie fühlt sich elend, das Ganze ist zum Heulen. Zum Glück trägt sie noch das schöne rote Kleid mit der weißen Strickweste darüber. Sie eilt ins Badezimmer und macht sich notdürftig zurecht, etwas Lippenstift, aber nicht zu stark, etwas Rouge, aber nicht zu auffällig, etwas Eye-Liner, aber nicht zu dick, etwas Parfum, aber nicht zu aufdringlich. Mit der linken Hand geht es nicht so schnell wie gewöhnlich, aber nach ein paar Handgriffen ist sie einigermaßen zufrieden. Sie zieht ihr Kleid zurecht, betrachtet sich im Spiegel, sieht eine Frau mit müden, geschwollenen Augen. In diesem Augenblick hört sie Stimmen im Flur. Sie schluckt

schnell noch eine von den Schmerztabletten aus dem Krankenhaus und verlässt das Bad. Sie setzt ein Lächeln auf, als Frido hereinkommt, gefolgt von Chiara. Das Mädchen ruft: »Mama!« Sie läuft an Frido vorbei auf ihre Mutter zu und umklammert ihre Beine.
Frido wirft ihr einen Blick zu, sagt tonlos: »Hallo, Mama«, und verschwindet in seinem Zimmer.
Im nächsten Moment erscheint Leo mit gerunzelter Stirn und ernstem Gesichtsausdruck. Er sagt: »Veronika«, und nickt kurz mit dem Kopf. Veronikas Lächeln erlischt, sie bemerkt Chiara nicht mehr, die sie immer noch festhält und zu ihr aufschaut. Leo wendet sich zur Küche, wo Mira steht und alles beobachtet hat. Er sagt: »Komm her, mein Schatz! Ich muss dich doch wenigstens einmal umarmen.« Er geht auf Mira zu und nimmt sie in den Arm. Mira versucht, unbeteiligt zu bleiben, doch es gelingt ihr nicht. Genau das hat sie gebraucht, jetzt weiß sie es. Sie schmiegt sich an ihren Vater und vergisst alles andere. Leo drückt ihr einen Kuss aufs Haar und sagt leise: »Das nächste Mal machen wir beide etwas zusammen, o.k.?«
Mira nickt stumm. Später wird sie darüber nachdenken, dass er ihr das schon öfter versprochen hat, ohne es einzulösen, aber das spielt jetzt keine Rolle für sie.

Chiara hat ihre Mutter losgelassen und schaut nun auch ihrer Schwester und ihrem Vater zu. Leo gibt Mira einen letzten Kuss, dann lässt er sie los, betritt erneut den Flur, geht in die Hocke und breitet die Arme aus: »Prinzessin!«
Chiara rennt auf ihren Vater zu und lässt sich in seine Arme fallen. Leo hebt sie hoch und dreht sich einmal im Kreis mit ihr. Chiara lacht. Leo küsst sie mehrmals auf die Wangen und lässt

sie wieder herunter. Er sagt: »Mach's gut, Engelchen. Und mal' keine Babys mehr, die in Mülltonnen liegen, das ist doch nicht schön. O.k.?«
Chiara nickt und strahlt ihren Vater an, dann geht sie in die Küche, wo Mira sich Schoko-Crisps zubereitet.

Ohne auf Veronika zu achten, betritt Leo Fridos Zimmer und schließt die Tür hinter sich. Veronika kann seine Stimme hören, doch sie versteht nicht, was er sagt. Sie hat sich nicht vom Fleck gerührt. Reglos hat sie im Flur gestanden und dabei zugesehen, wie Leo mit jeder Geste zu ihr gesagt hat, Die Kinder ja, du nicht. Nie mehr.

Fridos Zimmertür öffnet sich, Leo tritt wieder auf den Flur. Er nickt seiner Ex-Frau zu, gerunzelte Stirn, distanzierter Gesichtsausdruck, und sagt erneut: »Veronika.« Dann verlässt er die Wohnung und schließt die Tür hinter sich. Veronika hört, wie sich seine Schritte im Treppenhaus entfernen. Das leise Surren des Aufzugs dringt an ihr Ohr. Das dumpfe Scheppern der Aufzugstür, die geöffnet wird und wieder zufällt. Wieder das Surren. Stille.

Sie steht noch eine Weile im Flur, die Mädchen in der Küche machen ihre eigenen Geräusche, Löffel auf Porzellan, Flaschenhals auf Tassenrand, ab und zu ein Wort. Aus Fridos Zimmer dringt die Begrüßungsmelodie des Computers, der eingeschaltet worden ist.

Sie wendet sich zum Bad, betritt es, schließt die Tür hinter sich, dreht den Schlüssel im Schloss. Der Kopfschmerz hat kaum nachgelassen, das grelle Licht der Neonröhre über dem Spiegel sticht ihr in die Augen. Sie kneift sie zusammen und betrachtet sich im Spiegel. Sie kann sich nicht auf die Ringe unter ihren Augen konzentrieren, auf ihr ungeordnetes Haar, den Schweißgeruch, der jetzt wieder die Oberhand gewinnt, den Eye-Liner, den sie in der Eile schief gezogen hat. Nicht einmal der Kopfschmerz ist stark genug, um die Woge, die in ihr anschwillt, aufzuhalten. Sie flüstert: »Schwein.« Der Schmerz breitet sich wie Lava in ihrem Inneren aus, sie nimmt es wahr, sie weiß, was es für den weiteren Verlauf des Abends bedeutet. Doch es spielt keine Rolle. Sie flüstert: »Wie kann er mir das antun?« Sie flüstert: »Ich liebe ihn doch.« Sie flüstert: »Er gehört doch zu mir.« Sie weint in den Kopfschmerz hinein. Sie wird lauter, als sie sagt: »Schwein! Die Kinder, aber ich nicht? Ich habe doch für dich damals ...«, sie bricht ab. Es ist alles seine Schuld. Er wollte die Kleine nicht, er hat gesagt, Das ist mir zu viel, er hat sich dieses Flittchen angelacht, kaum dass sie schwanger war, er hatte seinen Spaß, während sie ahnungslos war, während sie glaubte, alles sei in Ordnung, während sie ihn noch mehr liebte, während sie schon Pläne für den Umzug in eine größere Wohnung machte, sie zeigte ihm sogar die Anzeigen, und der Heuchler tat, als sei er interessiert, und eine von diesen Wohnungen hat er dann auch gemietet, aber nicht für seine Familie. Schwein. Veronika greift nach der Bürste und schleudert sie gegen den Spiegel. Sie brüllt: »Schwein! Schwein! Schwein!« Sie greift wahllos nach Gegenständen, Zahnbürsten, Parfumflaschen, Fön, Seife, und schleudert sie gegen den Spiegel, durch die Anstrengung wird der Kopfschmerz rasend, aber sie achtet nicht darauf, sie brüllt nur noch dieses eine Wort und wirft Gegenstände gegen den Spiegel, der immer stärker zersplittert, sie kann sich kaum noch erkennen, Scherben fallen in das Becken darunter, sie ergreift eine besonders große Scherbe und rammt sie sich in den Unterleib. Der Schmerz schlägt wie ein Blitz ein. Sie schreit auf und krümmt sich zusammen, ihr Kopf schlägt gegen den Rand des Beckens. Dann stürzt sie zu Boden und bleibt reglos liegen. Das rote Kleid vergießt seine Farbe auf den weißen Fliesen.

21

CHIARA HAT DEN LÄRM ALS ERSTE GEHÖRT. Sie rennt zur Badezimmertür und lauscht. Sie kennt die Wut der Mutter, Sorge und Furcht mischen sich in ihrem Herzen zu einer Starre, aus der sie erst erwacht, als sie den Schrei hört, das dumpfe Geräusch eines Aufpralls und dann die Stille. Sie hämmert gegen die Tür und ruft nach ihrer Mutter. Mira kommt angerannt. Zu zweit versuchen die Mädchen, mit Gewalt ins Badezimmer einzudringen, aber die Tür öffnet sich in den Korridor, man kann sich nicht dagegen werfen. Mira ruft nach Frido, doch ihr Bruder sitzt mit Kopfhörern vor dem Computer und spielt online mit seinen Freunden. Er ist vollkommen vereinnahmt, denn er spielt, um das Wochenende zu vergessen, die Langeweile, die Anspannung, die Demütigung durch den Vater. Er vertreibt die Bilder seines Lebens mit den Bildern, die ihm das Spiel beschert. Als Mira ihm die Kopfhörer herunterreißt und ihn anbrüllt, er müsse sofort kommen, schrickt er zusammen und ist verärgert. Doch ein Blick in das ängstliche Gesicht seiner Schwester lässt ihn aufspringen. Als Chiara ihren Bruder erblickt, sagt sie schluchzend: »Die Mama hat sich wehgetan! Sie hat Sachen kaputtgemacht und dann ist sie hingefallen!« Frido rüttelt an der Tür, er ruft nach seiner Mutter, er zieht daran und stemmt sich mit einem Fuß von der Wand ab. Mira schaut ihm zu, dann geht sie zum Telefon. Chiara kauert sich auf den Boden, sie umklammert ihre angezogenen Beine und wimmert unentwegt. Sie hat das sichere Gefühl, dass etwas Unumkehrbares geschehen ist, etwas, das alles verändern wird.

Frido gibt auf, er kann die Tür nicht öffnen. Er rennt durch die ganze Wohnung, zieht die Schlüssel der anderen Türen ab und steckt einen nach dem anderen in das Schloss der

Badezimmertür. Doch keiner passt. Mira sagt: »Ich hab die Feuerwehr gerufen.«
Frido nickt, er presst ein Ohr an die Tür und lauscht. Nichts. Mira verschränkt die Arme und zieht die Schultern hoch, obwohl die Wohnung warm ist, verspürt sie eine plötzliche Kälte im Leib. Sie denkt an Arian, Wenn er doch jetzt da wäre, denkt sie, aber dann verbietet sie sich den Gedanken. Sie würde am liebsten in ihr Zimmer gehen, die Kopfhörer aufsetzen und Musik hören und alles vergessen und nichts mitbekommen, nichts sehen, nichts hören. Sie sucht nach der kühlen, kontrollierten, erwachsenen Mira, die sie seit Langem einstudiert, doch sie ist nirgends zu finden. Es bleibt ihr nichts anderes übrig, als zu warten.

Frido gibt den Versuch auf, die Badezimmertür zu öffnen. Er lehnt sich erschöpft gegen die Wand, auch er kann nichts mehr tun, er wischt ein paar Tränen aus dem Gesicht und hofft, dass alles nicht so schlimm ist.

In der Stille hören sie nur Chiaras Wimmern. Sie hockt immer noch auf dem Boden, hält immer noch die Beine umschlungen, den Kopf auf den Knien, ganz in sich gekehrt. Mira wartet darauf, dass sie aufhört, sie will, dass es ganz still ist, sie muss sich sammeln, muss zu sich kommen, sie kann jetzt kein Wimmern gebrauchen, erst recht nicht das Wimmern ihrer kleinen, lästigen Schwester, die immer genau das tut, was sie nicht tun soll. Doch Chiara wimmert immer weiter, sie will einfach nicht wahrhaben, dass es jetzt ganz fehl am Platz ist, dass es nur stört, dass sie nur das Schlimme herbeijammert mit ihrem nutzlosen Gewimmer. Mira kann auf nichts anderes mehr achten als auf Chiara, jetzt muss sie doch bald aufhören, sie muss doch

endlich einmal ausgeheult haben, es reicht doch, dass alles andere schon so unerträglich ist, warum begreift sie das nicht endlich. Plötzlich kann Mira sich nicht mehr beherrschen. Sie schreit: »Sei still!«
Frido schaut seine Schwester erschrocken an. Mira starrt an ihm vorbei zu Chiara, die nicht reagiert.
»Sei endlich still!«, brüllt Mira.
Chiara hebt den Kopf. Sie schaut ihre Schwester aus verquollenen Augen an. Sie sagt: »Und wenn die Mama tot ist?«
Mira schreit auf, sie rennt auf ihre Schwester los, um sie zum Schweigen zu bringen. Frido fängt sie ab und hält sie fest. Mira tritt um sich, sie versucht, sich zu befreien. Frido muss seine ganze Kraft aufbieten, um seine Schwester zu bändigen. Mira schreit aus Leibeskräften, ihre Wut wendet sich gegen den Bruder. Die plötzliche Richtungsänderung führt dazu, dass beide auf den Boden fallen. Frido hat nicht losgelassen, es gelingt ihm, seiner Schwester einen Arm auf den Rücken zu drehen. Sie kann jetzt nichts mehr tun, ihre Kräfte lassen nach, ihre Wut verpufft. Plötzlich beginnt sie, laut zu weinen, sie klammert sich an ihren Bruder, das Schluchzen wird zu einem Krampf, den sie nicht mehr unter Kontrolle hat. Mira heult und sieht sich selbst überrascht dabei zu. Sie kann gar nicht glauben, dass sie tut, was sie tut. Sie versucht, sich lächerlich zu finden, doch das Heulen ist übermächtig und sie verliert vollends die Kontrolle.

Frido hält seine Schwester umarmt. Chiara kommt angerannt, noch nie hat sie die Schwester oder überhaupt einen Menschen so gesehen. Sie legt sich neben Mira und umarmt sie.

So liegen sie zu dritt im Flur, unweit der Mutter, als es an der Tür läutet. Frido springt auf und drückt den Türöffner. Die abrupte Veränderung bringt Mira zur Besinnung, allmählich lässt der Krampf nach. Anschließend liegt sie erschöpft am Boden und spürt, wie der kleine Körper ihrer Schwester sich an den ihren drückt. Sie nimmt ihre Schwester in den Arm, sie will etwas sagen, die Worte sind schon in ihrem Kopf, schon in der Kehle, doch sie kann sie nicht aussprechen. Beide wissen sie, dass jeden Augenblick fremde Männer die Wohnung betreten werden. Sie lassen einander los und stehen auf, wischen sich die Gesichter mit den Ärmeln trocken. Chiara muss trotz allem kurz lächeln über die Gleichzeitigkeit ihrer Bewegungen, und trotz allem erwidert Mira es einen Augenblick lang. Dann läutet es an der Wohnungstür.

Es sind zwei junge Männer in dunkelblauen Overalls. Sie tragen weiße Helme auf dem Kopf, einer von ihnen hat ein Stemmeisen in der Hand. Er sagt: »Welche Tür ist es?«
Frido zeigt sie ihm, der Mann setzt das Eisen an. Nach wenigen Hebelbewegungen bricht das Schloss heraus, die Tür öffnet sich, und sie sehen die Frau, die dort inmitten einer Blutlache und umgeben von Scherben und anderen Bruchstücken reglos auf dem Boden liegt. Die Kinder starren auf ihre Mutter, bis der andere Mann sich vor sie schiebt und sie abdrängt.
»Das ist nichts für euch«, sagt er, obwohl es längst zu spät ist. Er bringt sie in die Küche, die Kinder gehorchen apathisch, dann schließt er die Tür.

Durch das Milchglas der Küchentür sehen die Kinder hektische Bewegungen, sie hören laute Stimmen, kurze Zeit später dringen noch mehr Männer in die Wohnung, sie tragen etwas

Langes. Unbekannte Stimmen beraten sich mit knappen Worten, kommen zu einem Entschluss. Schritte jetzt, mehrere Männer manövrieren vorsichtig durch den Flur, Sie müssen Fridos Zimmertür öffnen, um die Trage um die Kurve zu bringen. Dann sind sie draußen, man hört viele eilige Schritte, der Aufzug wird gerufen.

Jemand öffnet die Küchentür. Eine junge Frau in Polizeiuniform erscheint, im Hintergrund sieht man einen weiteren Polizisten im Gespräch mit einem Feuerwehrmann. Die Frau betritt die Küche und schließt die Tür hinter sich. Sie lächelt und sagt so unbekümmert wie möglich: »Hallo Kinder.« Sie nennt ihren Namen, setzt sich an den Tisch, dorthin, wo normalerweise die Mutter sitzt. Sie lächelt jedes Kind einzeln an. Sie seufzt wie jemand, der sich auf etwas Schweres vorbereitet. Sie sagt:
»Ich muss euch mitteilen, dass eure Mutter sich sehr wehgetan hat, und«, sie sucht nach Worten, die Kinder warten mit bangen Blicken, »und ich weiß noch nicht, wie lange sie im Krankenhaus bleiben muss.« Alle vier atmen unhörbar auf, die Polizistin, weil sie glaubt, die richtigen Worte gefunden zu haben, die Kinder, weil sie an die Hoffnung glauben wollen, die in diesen Worten steckt. Die Frau lächelt erneut und versucht, so einladend wie möglich zu sagen: »Und ihr drei kommt jetzt mit mir zur Polizeiwache!«
Die Erleichterung der Kinder verfliegt sofort. Frido sagt: »Wir können doch unseren Vater anrufen, damit er uns hier abholt.« Die Polizistin schüttelt bedauernd den Kopf, sie sagt: »Ich darf euch leider nicht allein in der Wohnung zurücklassen.«

Frido, Mira und Chiara werden in einem Polizeiwagen zur Hauptwache gebracht, wo sie in einem kleinen fensterlosen Zimmer

Platz nehmen müssen. Es gibt einen leeren Tisch und drei Stühle. Die Polizistin verabschiedet sich und kehrt kurze Zeit später mit der Nachricht zurück, dass der Vater auf dem Weg ist. Ein anderer Polizist bringt den Kindern etwas zu trinken und fragt, ob sie hungrig sind, aber sie wollen nichts essen.

Als der Mann fort ist und die Tür wieder verschlossen, verändert die Zeit ihre Geschwindigkeit und beginnt leise zu kriechen. Chiara baumelt ein wenig mit den Beinen, doch sie ist jetzt sehr müde und würde sich am liebsten auf den Fußboden legen. Die Mutter kommt ihr wieder in den Sinn, sie liegt auf dem Boden, man sieht nicht, wo das Kleid aufhört und das Blut beginnt, es ist, als hätte der Stoff sich ausgebreitet und dabei seine Form verloren. Chiara sieht das Gesicht der Mutter, es ruht auf dem weißen Boden, ganz still und friedlich sieht sie aus, aber mitten auf ihrer Stirn thront eine dicke Beule, die sich schon rötlich verfärbt hat. Plötzlich fühlt sie etwas Feuchtes zwischen ihren Beinen. Sie fasst mit einer Hand hin und stellt zu ihrer Überraschung fest, dass sie sich in die Hose gemacht hat. Es muss länger her sein, denn die Unterhose ist bereits dabei zu trocknen. Sie sieht das Gesicht der Mutter, die Mutter ist wütend darüber, dass ihr ein solches Missgeschick unterlaufen ist. Sie sieht das Gesicht der Mutter, die Mutter liegt still auf der Seite. Sie versucht, die Bilder nicht mehr zu sehen, aber stattdessen wechseln sie sich ab, die Mutter leblos auf dem Boden, die wütende Mutter, hin und her geht das, je stärker sich Chiara dagegen stemmt, desto schneller wird der Wechsel. Plötzlich sieht sie Marie, Marie ist eine erwachsene Frau, sie ähnelt der Polizistin, sie lächelt Chiara an und sagt, Ich bin glücklich. In diesem Moment wünscht Chiara sich, auch sie hätte im Müll gelegen und wäre von einem freundlichen alten Herrn wie Hans gefunden worden und hätte bei ihm bleiben können. Doch wie zur Antwort vermisst sie ihre Mutter mit einem Mal so sehr, dass es ihr die Tränen in die Augen treibt. Diesmal wimmert sie nicht. Ganz still rollen ihr die Tränen über die Wangen, eine nach der anderen, sie nimmt es kaum wahr, so sehr ist sie gefangen von dem Schmerz in ihrer Mitte. Unvermittelt nimmt Mira sie in den Arm, ausgerechnet Mira, die immer so gemein zu ihr gewesen ist, Was ist nur los mit ihr?, denkt Chiara. Aber es fühlt sich gut an, und es kommt ihr fast so vor, als würde die Schwester endlich einmal eine der vielen Gute-Nacht-Umarmungen, die sie von der Mutter bekommen hat, an sie weitergeben.

Die Tür öffnet sich, die junge Polizistin steht dort, hinter ihr erscheint Leo Kelber mit sorgenvollem Gesichtsausdruck. Die Kinder springen auf und drängen sich an ihren Vater. Leo umarmt sie stumm, dann sagt er: »Wir fahren nach Hause.«

Frido darf vorne sitzen.

22

SIE MÜSSEN WEGEN DER SCHULSACHEN zuerst zurück in die Wohnung. Sie ist hell erleuchtet, niemand hat die Lampen ausgeschaltet. Das Badezimmer ist von der Polizei versiegelt worden, es ist jetzt ein Tatort. Frido benutzt wieder seine Sporttasche. Im Wohnzimmer finden sie den vollgehängten Wäscheständer am Fenster vor der Heizung, alles frisch gewaschen, wie die Mutter gesagt hat. Die Wäsche ist trocken, die Kinder packen das Nötigste ein, Leo steht im Flur und wartet. Er hält es kaum aus in dieser Wohnung, die ihm zu viele Erinnerungen aufbürdet. Frido hilft Chiara, ihre Schulsachen einzupacken, dann sucht er sich seine eigenen heraus. In der Luft liegt ein Geruch nach Blut, alle nehmen ihn wahr, das Blut der Mutter, das auf dem Fliesenboden getrocknet ist und sich nun allmählich verfärbt, bis es ganz schwarz ist und sich nicht mehr aus den Fugen herauswaschen lässt, ohne Schatten zu hinterlassen.

Niemand spricht ein Wort, die Kinder sind konzentriert bei der Sache, obwohl sie sich kaum noch auf den Beinen halten können vor Müdigkeit. Die Wohnung selbst treibt sie an, sie hat etwas Feindliches, voller Schrecken und Furcht ist sie, die Kinder wollen nur fort, sie wissen, dass dies ein Umzug ist.

Auf der Fahrt zur Wohnung der Kelbers schlafen Chiara und Mira ein. Frido sitzt auf dem Beifahrersitz und schaut hinaus in die dunkle Stadt. Es sind nur wenige Menschen unterwegs, die meisten haben sich früh zurückgezogen, um am Montagmorgen bei Kräften zu sein. Die Aussicht, für längere Zeit bei seinem Vater und Irene zu wohnen, behagt Frido gar nicht, er sieht sich um seinen Rückzugsort gebracht, bestimmt gibt es Streit, wenn sie längere Zeit zu dritt in dem kleinen Durchgangszimmer untergebracht sind. Seinen Computer hat er zurücklassen müssen, er wird den Anschluss im Spiel verlieren. Vorsichtig lugt er zum Vater hinüber. Leo Kelber sitzt am Steuer seines Wagens und starrt angestrengt durch die Windschutzscheibe. Frido fürchtet sich vor seiner Ungeduld und davor, seinen Ansprüchen nicht gerecht zu werden.

Er schaut erneut aus dem Seitenfenster. Der Schulweg wird jetzt ein gutes Stück länger sein, und der Vater hat keine Zeit, sie hinzubringen. Frido ist also weiterhin für seine Schwestern zuständig. Er wird noch später zur Schule kommen als bisher, und dann werden die Lehrer den Vater informieren, und der Vater wird von ihm enttäuscht sein. Frido seufzt. Wie konnte sie das tun?, denkt er. Zum ersten Mal erhebt sich in seinem Innern eine Anklage gegen die Mutter.

23

IRENE TRÄGT EINE BLASSROSA FROTTEEHOSE, ein hellgraues Sweatshirt, ihre Füße stecken in violetten Sportschuhen. Sie steht vor dem Spiegel im Bad und putzt sich die Zähne mit einer elektrischen Bürste. Sie blickt sich an und denkt an Veronika. In ihrem Inneren spielt sich ein Widerstreit ab, den sie nicht genau benennen kann. Einerseits bemitleidet sie ihre Vorgängerin. Es muss schrecklich sein, herauszufinden, dass der Mann, den man liebt, eine Affäre mit einer anderen hat, während man selbst hochschwanger ist und seine volle Unterstützung braucht. Sie weiß, wovon sie spricht, denkt sie. Als sie mit Emma schwanger war, hatte sie ganz seltsame Ängste. Aber Leo liebt sie wirklich, dessen ist sie sich seitdem sicher.

Während Irene nachdenkt, sucht sie ihr Gesicht nach Fältchen ab. Der Elektromotor summt vor sich hin, die Bewegungen der Bürste entlang der Zahnreihen entstellen ihr den Mund. Sie achtet nicht darauf. Sie sucht um die Augen herum und vor allem an der Nasenwurzel, denn dort hat ihre Mutter eine besonders tiefe Falte. Sie verläuft fast waagerecht von einer Seite der Nase zur anderen, genau auf Höhe der Augenlider, und wirkt wie ein Schnitt, der die Stirn vom Rest des Gesichts abtrennt. Diese Falte will Irene auf keinen Fall erben. Ihre Suche ist Routine, wann immer sie in den Spiegel schaut, verirren sich ihre Augen dorthin. Bisher ist alles in Ordnung, und Irene hofft, dass der Kelch an ihr vorübergeht.

Sie wendet sich ab, verlässt das Bad, streift ein wenig ziellos durch die Wohnung, geht noch einmal in das Durchgangszimmer, wo sie und Leo zwischen Fridos und Chiaras Bett eine zusätzliche Matratze für Mira gezwängt haben. Wie ein Bettenlager sieht es jetzt aus, das Mädchen wird mit dem Kopf direkt an der Tür zum Flur schlafen müssen, aber es geht nun mal nicht anders. Irene ist froh, dass Leo sich überzeugen ließ, Emma nicht in diesen Raum zu verfrachten und seinen Kindern das große Zimmer zu geben. Sie hat gesagt, Lass es uns für heute Nacht so regeln, und wenn wir Näheres wissen, dann sehen wir weiter. Sie hat hinzugefügt, Emma ist noch so klein, in diesem Zimmer ist ständig Durchzug wegen der vielen Türen. Und Leo hat genickt und nichts weiter gesagt. Sie war erleichtert über seine Reaktion, es wäre ihr nicht recht, wenn Emma, die nichts mit dieser Angelegenheit zu tun hat, trotzdem einen Nachteil dadurch erlitte.

Irene kehrt in die Küche zurück, durchquert den Flur und betritt das Esszimmer. Sie wirft einen Blick auf ihre Armbanduhr. Sie müssten bald hier sein. Veronika. Warum hab ich mich jemals schuldig gefühlt, fragt Irene sich und schüttelt den Kopf. Seit heute weiß sie, dass das völlig überflüssig war. Leo hätte sie so oder so verlassen, früher oder später hätte er es nicht mehr bei ihr ausgehalten. Ich war nur zufällig der Auslöser, denkt sie. Sechseinhalb Jahre, denkt sie und schüttelt den Kopf. Das ist so lange her! Jeder normale Mensch wäre längst darüber hinweg. Irene weiß genau, wie es abgelaufen sein muss. Leo hat die Kinder zurückgebracht, sie hat ihn mal wieder völlig aufgedonnert empfangen, er hat sie wie immer abblitzen lassen, und dann ist sie durchgedreht. Sie schüttelt erneut den Kopf. Wie kann man die Realität nur so verkennen?, fragt sie sich. Morgen müssen wir einen zusätzlichen Stuhl kaufen, denkt sie, als ihr Blick auf den Esszimmertisch fällt.

Ihr Spaziergang führt sie nun ins Wohnzimmer. Sie nähert sich einem der beiden hohen Doppelfenster und schaut hinaus in die

Nacht. Warum ausgerechnet jetzt?, fragt sie sich, Warum nicht schon viel früher? Irene stellt sich vor, dass Veronika wie ein Fass immer voller gelaufen ist, jede Begegnung mit Leo ist wie ein Tropfen, der in das Fass Veronika fiel, und so ist es erklärbar, warum es seit der Trennung sechseinhalb Jahre gedauert hat, bis sie übergelaufen ist. Irenes Blick wandert nach unten zur Straße. Durch die Zweige japanischer Kirschbäume hindurch kann sie den dunklen Asphalt sehen, der dort, wo der Schein der Straßenlaternen auf ihn trifft, milchig wirkt. Die geparkten Autos stehen in zwei Längsreihen dicht an dicht, in letzter Zeit sind es immer mehr geworden, manchmal muss Leo mehrmals um den Block fahren, bis er einen freien Platz findet, und das, obwohl man hier nur mit Anwohnerausweis parken darf.

Es ist ruhig auf der Straße, kaum ein Auto fährt vorbei, kein Mensch ist zu sehen. Bald werden sie kommen, denkt sie und seufzt. Alle drei. Natürlich hat sie nicht Nein gesagt, wie hätte sie auch, es sind ja seine Kinder, die können schließlich nichts dafür, dass ihre Mutter so krank ist. Aber es sind auch schwer traumatisierte Kinder, Kinder aus einem konfliktträchtigen Umfeld. Irene denkt an Mira. Vor allem Mira erscheint ihr problematisch. Dieser undurchsichtige Ausdruck, den sie im Gesicht hat. Man weiß nie, ob es Verschlagenheit oder Unverschämtheit oder sonst irgendetwas ist. Mit Chiara und Frido gibt es keine Probleme, denkt sie. Sicher, Chiara ist etwas unruhig, und das überträgt sich leider auch auf Emma. Aber das ist alles harmlos. Und Frido ist so ein lieber Junge! Sie wird ihn auf jeden Fall als Babysitter einspannen, irgendeinen Vorteil muss die Situation ja haben. Aber bei Mira weiß man nicht, was sich alles auf Emma übertragen kann, denkt sie. Irgendwo weit hinten weiß Irene, dass sie sich vor Mira fürchtet. Doch weil dieses Wissen nicht zu ihrem Selbstbild einer erwachsenen Frau passt, verkleidet sie es mit Gedanken, die es als etwas anderes erscheinen und möglichst ganz verschwinden lassen, wie die Mutter ihre waagerechte Falte an der Nasenwurzel mit einer modischen Sonnenbrille verdeckt. Irene wird auf jeden Fall wachsam sein und Mira nicht mit Emma allein in der Wohnung lassen, das nimmt sie sich vor. Vielleicht ist ja auch alles nur vorübergehend und ich mache mir unnötige Sorgen, denkt sie. Bisher ist ja gar nicht klar, was genau geschehen ist und wie schwer Veronikas Verletzungen sind. Zum Glück hat sie keinem der Kinder was angetan, denkt sie. Andererseits: Wenn eine Frau in der Lage ist, ihre Kinder so sehr zu vergessen, dass sie sich selbst in Lebensgefahr bringt, nur weil der Ex-Mann einfach nicht zu ihr zurückkehren will – dann ist sie vielleicht doch in der Lage gewesen, ihr Neugeborenes in den Müll zu werfen, nur weil er sie verlassen hat. Dieser Gedanke macht Irene nervös. Obwohl sie sich immer wieder davon überzeugt, dass es Unsinn ist, fühlt sie sich jedes Mal mitschuldig, wenn dieses leidige Thema hochkommt. Deshalb war sie damals heilfroh, als Chiara plötzlich wieder da war. Wie hieß dieser Alte noch, der sie hergebracht hat?, fragt sie sich. Wieso hätte der denn lügen sollen? Sie hat nie verstanden, warum Leo trotz der Gerichtsentscheidung bis heute glaubt, der Kerl habe alle hinters Licht geführt. Der hätte doch gar nichts davon gehabt, denkt sie. Nein, nein, es wird schon seine Richtigkeit haben mit dem Freispruch.

Sie schaut erneut auf die Uhr. Wo bleiben sie denn, fragt sie sich. Sie will jetzt nicht mehr allein mit sich sein. Das bringt sie nur auf dumme Gedanken. Die Sache ist doch die: Sie ist großzügig genug, die drei (!) Kinder ihres Mannes, die in diesem Augenblick vielleicht schon Halbwaisen sind, bei sich zu Hause aufzunehmen, obwohl sie ein eigenes Kind und weiß Gott genug zu tun hat. Das ist die Realität, denkt sie, und das soll ihr erst einmal einer nachmachen.

Es läutet an der Tür. Irene stutzt, denn Leo hat seinen Hausschlüssel immer in der Hosentasche. Sie geht trotzdem zur Tür und öffnet. Und da steht ihr Mann mit seiner zweitältesten Tochter auf dem Arm und nickt ihr ernst und angestrengt zu. Chiaras Kopf liegt auf Leos Schulter, ihre Augen sind geschlossen, sie atmet tief und regelmäßig. Neben Leo steht Frido, er hält Miras Hand, die völlig verschlafen ins Licht blinzelt. Der Junge schaut sie todmüde an und bringt ein schwaches Lächeln hervor, das so traurig auf Irene wirkt, dass sie gar nicht hingucken mag. Sie öffnet die Tür weit als Geste des Willkommens, sie sagt: »Jetzt kommt erst einmal herein. Habt ihr Hunger?«
Frido schüttelt den Kopf, Mira reagiert nicht. Leo geht an Irene vorbei, er will seine Tochter hinlegen. Er hat diesen sorgenvollen Gesichtsausdruck, den Irene kaum aushält, weil er ihr das Gefühl vermittelt, das Schlimmste stehe bevor. Sie wird alles daran setzen, ihm die Stirn zu glätten, um diese Miene nicht mehr sehen zu müssen. Und sie weiß auch wie, vorausgesetzt, er ist nicht zu müde dafür.

24

PLÖTZLICH BEGINNT DER AUFZUG ZU FALLEN, und sie und die Mutter verlieren den Halt. Jeden Moment kommen sie unten an und zersplittern. Die Mutter schreit, Chiara, komm her! Sie hält ihre Tochter ganz fest, und ihre Tochter fühlt den Druck und die Wärme, und dann kommen sie unten an und fallen einfach durch den Boden ohne aufzuprallen und stürzen weiter und kommen auf der anderen Seite der Erde wieder heraus und fallen jetzt geradewegs in den Himmel hinauf, immer weiter. Sie will noch einmal die Umarmung spüren, aber es geschieht nicht mehr von selbst, sie muss nachhelfen. Die Mutter lächelt, sie breitet die Arme aus, doch Chiara gelangt nicht zu ihr. Sie spürt, wie der Traum ihr entgleitet, als führe er allein in den Himmel und ließe sie zurück, bis er nur noch ein vages Gefühl ist, der freie Fall, die Mutter, die Umarmung, das Glück. Dann ist es fort. Chiara erwacht.

Sie öffnet die Augen und schaut sich im Halbdunkel um. Aus der Küche dringen Stimmen. Sie sieht ihre Schwester und ihren Bruder, beide schlafen noch. Plötzlich fällt ihr der Vortag wieder ein. Die Mutter fährt nicht mehr mit dem Aufzug in den Himmel, sie liegt auf dem Badezimmerboden, in ihrem Bauch steckt eine Glasscherbe, ihre Hände haben sich daran geschnitten, sie bluten, alles blutet, und das Blut sieht aus, als wolle es fort von der Mutter, als suche es irgendwo einen sicheren Unterschlupf jetzt, da es befreit ist aus ihrem Körper. Chiara krümmt sich zusammen, sie kann den Schmerz im Bauch spüren, ihre Handflächen brennen wie Feuer, sie hat keine Haut mehr, das Blut fließt aus ihr heraus, doch sie weiß, dass sie das aushalten muss, wenn sie die Mutter retten will. Sie schließt die Augen und konzentriert sich allein darauf. Als das Licht angeht und die Stimme des Vaters ertönt, die davon spricht, es sei Zeit aufzustehen, Montag, Schule, wendet sie sich rasch auf den Bauch und drückt ihr Gesicht ins Kissen, um nicht abgelenkt zu werden.

Leo Kelber hält die Reaktion seiner Tochter für normal. Er seufzt, während er seine Kinder betrachtet. Nach dem schweren Tag wird es einige Mühe kosten, sie zurück in die Spur zu bringen. Er mag sich gar nicht ausmalen, wie das wird, wenn Veronika wirklich ... Leo denkt den Gedanken nicht zu Ende, er fürchtet sich davor. Vier Kinder! Und Irene. Als sie noch kein eigenes Kind hatte, wäre es vielleicht gegangen. Aber schon damals war sie nicht von der Vorstellung begeistert, die Kinder einer anderen großzuziehen. Er denkt an Veronika und spürt, wie die Wut in ihm hochkommt. Schlampe, verdammte Schlampe! Er ballt die Fäuste und denkt, Wenn du nicht tot bist, bring ich dich eigenhändig um, du Miststück! Leo ist kurz davor, sich weiter hineinzusteigern, doch er muss zur Arbeit. Er räuspert sich und versucht, seine Kinder so freundlich wie möglich zu wecken. Währenddessen vertreibt er alte Gedanken, die wie Luftblasen aus dem Wasser steigen, Gedanken, die sagen, Ich wollte gar kein Kind mit dir, Gedanken, die sagen, Nicht einmal Frido, Gedanken, die sagen, Deinetwegen wollte ich keine Kinder mit dir, schmerzende Gedanken, die sagen, Wieso hast du sie nicht verlassen, bevor es zu spät war, die sagen, Du bist selbst schuld, Leo. Er vertreibt sie mit der Eile, die er hat, die Eile ist sein bestes Gegengift, es wirkt immer, und er wendet es ständig an. Leo verabschiedet sich von seinen Kindern, ermahnt sie, Irene zu gehorchen, er küsst seine Frau in der Küche und verlässt die Wohnung.

Als der Vater fort ist, betritt Irene zögerlich das Durchgangszimmer. Sie lächelt und sagt: »Guten Morgen, Kinder! Wer möchte ein Ei?« Etwas anderes fällt ihr nicht ein.
Mira und Frido schälen sich mit schwerfälligen Bewegungen aus den Betten, die vergangenen Ereignisse lasten wie Gewichte auf ihnen. Als hätten sie instinktiv begriffen, dass jetzt nur Sturheit hilft, vollziehen sie die Alltagsbewegungen eine nach der anderen, sie ziehen sich an, sie erheben sich, werfen sich einen kurzen Blick zu. Nur Chiara nicht, Chiara liegt immer noch auf dem Bauch, presst immer noch das Gesicht in ihr Kissen.
Irene fühlt sich zuständig für den reibungslosen Ablauf, sie verschränkt die Arme vor der Brust und sagt: »Chiara, du musst aber nun wirklich aufstehen, sonst kriegt ihr die Straßenbahn nicht mehr.« Sie sagt es mit gedämpfter Stimme, damit Emma nicht wach wird, aber es wäre ihr fast lieber, denn dann könnte sie ihr Kind auf den Arm nehmen und alles wäre klarer, eindeutiger, sicherer.

Wie zur Antwort hält Chiara sich die Ohren zu. Irene ist empört, diese Geste ist ein weiteres Indiz dafür, dass das Mädchen sie nicht mag. Doch sie versucht, es nicht zu zeigen. Als Erwachsene muss sie darüberstehen. Sie schaut Frido hilfesuchend an und sagt: »Vielleicht kannst du ...«
Frido zuckt mit den Schultern, er fühlt sich nicht stark genug für seine Schwester. Ohne es zu versuchen, geht er in die Küche, lässt sich auf einen Stuhl fallen und sagt: »Kannst du mir ein Spiegelei machen?«
»Natürlich! Du auch, Mira?«

Mira nickt ihr kurz zu. Irene ist froh, dass sie etwas tun kann und gleichzeitig fühlt sie sich wie eine Küchenmagd. Sie nimmt zwei Eier aus dem Kühlschrank und macht sich an die Arbeit.

Als Irene und Frido draußen sind, beugt Mira sich zu Chiara hinunter und flüstert ihr ins Ohr: »Ich hab einen Plan. Aber pssst!«
Chiara hebt den Kopf und schaut ihre Schwester an. Mira grinst. Sie sagt: »Ich hab doch einen Wohnungsschlüssel von zu Hause.« Sie macht ein verschwörerisches Gesicht und wartet, bis Chiara versteht. Dann sagt sie: »Nach der Schule, o.k.?«
Chiara nickt, sie ist begeistert von Miras Plan. Zu Hause kann sie sich bestimmt viel besser auf die Genesung ihrer Mutter konzentrieren. Ohne die doofe Irene und den angestrengten Vater, denkt sie. Plötzlich fällt ihr der Bruder ein. Sie flüstert: »Und Frido?«
Mira zuckt mit den Schultern. Sie sagt: »Wenn er unbedingt bei Irene bleiben und Spiegeleier essen will, soll er doch.«
Gegen ihren Willen muss Chiara kichern. Dann beeilt sie sich. Wenn der Plan funktionieren soll, muss sie so tun, als gehorche sie.

Trotz seiner Müdigkeit zieht Frido überrascht die Augenbrauen hoch, als Chiara kurze Zeit später vollständig bekleidet die Küche betritt. Irene schaut das Mädchen ratlos an, sie weiß nicht, ob Chiara nun auf ihre Worte gehört hat, oder ob etwas anderes geschehen ist.
Frido sagt zu Mira: »Wie hast du das denn gemacht?«
Mira schaut ihn unschuldig an. Sie erwidert: »Ich? Ich hab gar nichts gemacht.« Dann wirft sie Chiara wieder einen verschwörerischen Blick zu, doch der ist diesmal für Frido gedacht, der ruhig wissen soll, dass sie etwas im Schilde führen. Irene hat

nichts davon bemerkt. Als sie die Pfanne herüberschwenkt, um Spiegeleier zu verteilen, sagt sie: »Wisst ihr, wie ihr zur Schule kommt?«
Frido nickt, er ist die Strecke ein- oder zweimal mit dem Vater gefahren, es wird schon klappen. Er hat jedenfalls keine Lust, sich von Irene den Weg erklären zu lassen.

Nach einem schnellen Frühstück drängeln sich die Kinder im Bad um das Waschbecken und putzen sich die Zähne. Anschließend schlüpfen sie in ihre Schuhe, ziehen die Mäntel an, schultern ihre Ranzen. Dann verlassen sie das Haus, begleitet von Irenes Abschiedsgrüßen, die heilfroh ist, dass sie endlich wieder mit ihrer Tochter allein ist.

So schnell sie können, gehen Frido, Mira und Chiara zur Haltestelle der Straßenbahn. Sie befindet sich in der nächsten Querstraße. Es gibt hier fast nur Altbauten, kleine Geschäfte und Cafés säumen die Bürgersteige zu beiden Seiten, obwohl es so früh ist, herrscht bereits reger Betrieb. Die meisten Menschen sind zu Fuß oder mit dem Fahrrad unterwegs, Studenten, die zur Universität fahren, Rentner, die ihren Hund spazieren führen oder einkaufen, Berufstätige, die zu ihrem Auto gehen oder zur weiter entfernten U-Bahn. Und viele Schüler, die in kleinen Grüppchen oder allein unterwegs sind. Der Himmel ist leicht bewölkt, es ist nicht mehr kalt, der Winter hat seine Kraft an den nahenden Frühling verloren, und alle können es spüren.

Die Haltestelle liegt zwischen der Fahrbahn und den Geleisen, ein blau gestrichener Unterstand aus Metall und Plexiglas auf einer schmalen Verkehrsinsel, die voller Wartender ist. Aus der Entfernung wirken sie ein wenig wie Menschen auf einem überfüllten Boot. Die Geschwister müssen sich in die Menge drängeln, um nicht auf der Straße zu stehen. Als die Bahn kommt, gibt es ein großes Geschiebe, bis sich die Ströme der Ein- und Aussteigenden geordnet haben. Frido will Chiaras Hand nehmen, doch sie entzieht sie ihm und hält sich stattdessen an Mira fest. Gemeinsam schaffen sie es ins Innere der Bahn, wo sie mitten im Gang zwischen lauter großen Leibern stehen müssen. Als die Bahn anfährt, wogen die Menschen zuerst zurück und dann nach vorn, Chiara taumelt gegen die Beine eines älteren Herrn, der ihr einen mürrischen Blick zuwirft. Frido macht sich Sorgen, weil er nicht nach draußen schauen kann. An den Namen der Haltestelle kann er sich nicht erinnern, deshalb ist die Anzeige über ihren Köpfen keine Hilfe. Doch es sind noch andere Kinder in der Bahn. An der sechsten Haltestelle steigen viele von ihnen aus, Frido folgt ihnen spontan und zieht seine Geschwister mit. Draußen stellt er zu seiner Erleichterung fest, dass sie richtig sind. Jetzt ist es nicht mehr weit.

Als Frido seine Geschwister an der Schule verabschiedet, will er sofort weitereilen. Doch Mira hält ihn am Ärmel fest und weiht ihn in ihren Plan ein. Sie kennt ihren Bruder und weiß, dass er Regelverstöße nicht gutheißt. Deshalb hat sie diesen Moment gewählt. Ehe er antworten kann, ergreift sie Chiaras Hand, zieht sie mit sich fort und sagt im Weggehen: »Überleg's dir!«

Frido schaut ihnen nach. Er hat völlig vergessen, dass er rennen wollte, um seine Verspätung so gering wie möglich zu halten. Langsam geht er weiter. Bilder und Gefühle stürzen durcheinander, die Mutter auf dem Fußboden, das Blut, er hat kein Verlangen danach, das Bad zu putzen, der Vater wird wütend werden, aber wer weiß, vielleicht auch nicht. Es ist verlockend, nach Hause zu gehen, im eigenen Zimmer sein zu können, nicht so früh aufstehen zu müssen, ein ganz normales Leben zu führen. Aber ohne die Mutter? Frido spürt, dass er seine Mutter vermisst, er weiß nicht einmal, in welchem Krankenhaus sie liegt. Dass sie tot sein könnte, hält er für ausgeschlossen, er bildet sich ein, dass er das gespürt hätte, und doch verunsichert ihn der Gedanke. Ohne die Mutter sind sie allein auf der Welt. Der Vater? Er schüttelt unwillkürlich den Kopf, auf den Vater kann man sich nicht verlassen, das weiß Frido seit damals, als er auszog. Auf die Mutter aber auch nicht, das weiß er, seit der Vater mit dem Schlüssel, den er noch besaß, in die Wohnung kam und die Polizei mitbrachte. Eben noch saßen sie am Küchentisch, während die Mutter kochte – oder war sie im Wohnzimmer und sie aßen allein? Frido kann sich nicht mehr erinnern –, und mit einem Mal packt ein Polizist die Mutter am Oberarm und führt sie weg. Sie wehrte sich nicht einmal. Frido wird nie den Blick vergessen, den sie ihm zuwarf, als sie vom Korridor aus zurückblickte. Die Mutter ist der einsamste Mensch, den er kennt, das begriff er in jenem Augenblick, ohne es in Worte fassen zu können. Und jetzt war schon wieder Polizei wegen der Mutter im Haus, und schon wieder müssen sie zum Vater, der immer nur von allem gestresst ist.

Frido ist auf der Höhe des Lotto-Toto-Ladens angekommen. Er wirft einen Blick durch das Schaufenster. Und da steht er auch heute an der Kasse und bedient seine Kunden, als wäre nichts geschehen in der Zwischenzeit: Der Mann, der Chiara zurückbrachte. Hans D., so heißt er, Frido hat es im Internet gelesen. Und wer hatte ihm die Schwester gegeben? Die Mutter? Oder hatte er sie wirklich im Müll gefunden? Frido geht weiter. Er hat plötzlich das Gefühl, dass es gar keinen Unterschied macht. Warum kann seine Familie nicht ganz normal sein, warum können sie nicht glücklich sein? Er wischt sich die Tränen aus den Augen, er will nicht heulend zur Schule kommen, was sollen seine Freunde denken. Aber eigentlich ist es ihm gleichgültig, was sie denken. Eigentlich ist ihm alles egal.

25

NOCH NIE HAT CHIARA einen so langen Schultag erlebt. Nicht, dass sie mehr Unterrichtsstunden gehabt hätten. Sie hat sogar nachgezählt, es waren so viele wie immer. Doch die Zeit hat sich langsam wie eine Schildkröte bewegt, selbst in den Pausen. Sie hat auf ihrem Stuhl gesessen und versucht, die Mutter nicht zu vergessen und trotzdem alles mitzubekommen. Das hat nicht besonders gut funktioniert, Frau Wanger hat sie einige Male angesprochen, ohne dass sie es überhaupt bemerkte. Doch das ist alles nicht so schlimm, denkt Chiara, viel schlimmer wäre es, wenn der Mutter etwas zustieße. Zum Glück hat sie gelernt, den Mund zu halten, sonst hätte sie ihrer Freundin Moni bestimmt alles erzählt. Aber es ist ihr schwergefallen.

Als die Schule endlich vorbei ist, packt Chiara in aller Eile ihre Hefte in den Ranzen und begibt sich auf den Hof. Um sie herum strömen Schüler aus dem Eingang, von weiter hinten kommen die Realschüler. Alle bewegen sich Richtung Straße. Plötzlich legt jemand eine Hand auf ihre Schulter. Sie dreht sich um und schaut in Arians Gesicht. Er beugt sich herunter und lächelt sie freundlich an. Er sagt: »Hallo, du bist doch Miras kleine Schwester, nicht wahr?«
Chiara nickt. Arian macht sie verlegen. Er bemerkt es und hockt sich vor sie hin. Dann lächelt er noch einmal, doch jetzt wirkt es traurig, findet Chiara. Er seufzt, dann sagt er: »Bitte sag deiner Schwester, dass ich unbedingt mit ihr reden muss, o.k.?«
Chiara schaut ihn mit großen Augen an und erwidert: »Kannst du es ihr nicht selbst sagen?«
Arian zuckt mit den Schultern und sagt: »Sie ignoriert mich. Wenn ich versuche, mit ihr zu sprechen, läuft sie weg. Aber ich muss mit ihr reden, es ist wichtig. Wirst du es ihr sagen?« Er

schaut Chiara erwartungsvoll an und Chiara sieht, dass es ihm vollkommen ernst ist. Sie nickt stumm. Arian schenkt ihr ein strahlendes Lächeln, das sie erneut verlegen macht, und sagt: »Danke! Vielen Dank! Wie war noch dein Name?«

»Marie. Aber du kannst mich Chiara nennen.«

Arian schaut sie verblüfft an. Ehe er reagieren kann, wendet Chiara sich ab und geht durch das Gewühl der Schüler zum Eingang zurück. Sie entdeckt Mira, die bereits dort gestanden hat und sie jetzt missmutig empfängt.

»Was hat er gewollt?«, fragt sie, ohne ihre Schwester zu begrüßen.

»Er sagt, er muss unbedingt mit dir reden.«

Mira lächelt kurz, unterdrückt es aber und setzt wieder ihre mürrische Mine auf. Sie sagt: »Da muss er sich hinten anstellen. Komm, wir gehen Frido entgegen.«

Sie gehen zur Pforte, wo Erstklässler von ihren Eltern in Empfang genommen werden, treten zwischen den Pfosten der Einfriedung hindurch auf den Bürgersteig und wenden sich nach rechts. Chiara sagt: »Puhh, es war sooo schwer, niemandem was zu sagen!«

Mira lacht. »Gutes Training für so eine Quasseltante wie dich!«

Chiara lacht auch, aber sie tut es vor allem, weil sie endlich eine echte Schwester hat. Sie wirft Mira einen Blick zu. Hoffentlich bleibt sie so, denkt sie.

Als sie fast am Lotto-Toto-Laden angelangt sind, kommt ihnen Frido entgegen. Chiara bemerkt das Geschäft nicht, sie denkt nicht an den alten Mann und die Geschichten, die der Bruder ihr von ihm erzählt hat. Sie ist aufgeregt, denn nun werden sie erfahren, was Frido von dem Plan hält.

»Und?«, sagt Mira, als er in Hörweite ist.
Frido antwortet nicht, er stellt sich zu ihnen, schaut sie nacheinander an. Er runzelt die Stirn und sieht dabei aus wie der Vater, findet Chiara. »Ich mach nur mit, wenn wir alles gemeinsam machen. Aufräumen, putzen, waschen, alle diese Sachen.« Er schaut seine Schwestern kritisch an, doch beide grinsen nun breit und nicken eifrig. Er sagt: »Und ich bringe niemanden ins Bett und lese keinem was vor, damit das klar ist.« Er macht eine Pause, die Mädchen schütteln den Kopf und grinsen immer noch. Er sagt: »Und ich rufe den Papa an, sobald wir zu Hause sind.« Die Mädchen hören auf zu grinsen. Mira sagt: »Warum das denn? Dann kommt er doch sofort und holt uns wieder ab.« Frido schüttelt den Kopf. »Ich glaube nicht. Wenn ich ihm sage, dass der Schulweg viel kürzer ist, und dass wir sowieso alles immer allein gemacht haben, auch als die Mama noch da war«, er bemerkt Chiaras bestürztes Gesicht und sagt schnell: »Ich meine, als sie noch nicht im Krankenhaus lag.« Er atmet tief durch. »Und dass wir nur Geld brauchen – er bezahlt doch schon jeden Monat für uns. Wenn wir dieses Geld bekommen, können wir alles einkaufen, was nötig ist.« Er horcht auf seine eigenen Worte und überprüft noch einmal, ob das, was er sich in der Schule überlegt hat, ihn auch jetzt noch überzeugt. Er sagt: »Dann wird der Papa sehen, dass es viel weniger stressig für ihn ist, als wenn wir bei ihm sind.«
Mira betrachtet ihren Bruder nachdenklich. Dann nimmt sie Chiara an der Hand und sagt: »O.k.«

Sie machen sich auf den Weg nach Hause. Keiner von ihnen bemerkt die kleine Frau mit dem runden Gesicht, die hinter ihnen die Straße überquert und den Lotto-Toto-Laden betritt. Sie trägt einen Bastkorb in der Hand, denn heute wird sie ihrem Nachbarn einen persischen Imbiss ins Geschäft bringen, damit er auch einmal etwas Gutes isst, während er arbeitet.

26

SIE STEHEN VOR DEM HAUPTEINGANG des Mietshauses. Mira schließt auf, weil es ihre Idee war. Sie fahren mit dem Fahrstuhl in den siebten Stock, niemand spricht. Sie gehen durch den Korridor bis zur Wohnung. Sie stehen vor der Tür, niemand regt sich, Chiara hält fast die Luft an, so groß ist die Spannung. Als würde dahinter ein Wunder auf sie warten und nicht die leere Wohnung, nicht das versiegelte Bad mit dem getrockneten Blut auf dem Boden.

Endlich steckt Mira den Schlüssel ins Schloss und sperrt auf. Sie betreten nacheinander die Wohnung. Frido schaltet das Licht im Flur an. Ihre Blicke wandern zum Badezimmer. Zu ihrer Überraschung ist das Siegel der Polizei fort.
»Sie waren wohl schon da«, sagt Frido. Er ist erleichtert, denn er weiß, dass seine Schwestern vor dem Siegel nicht Halt gemacht hätten. Sie nähern sich dem Bad. Frido greift nach der Türklinke, aber Mira hält ihn zurück. Sie sagt: »Bevor wir da reingehen, müssen wir uns etwas schwören.«
»Was denn?«, fragt Chiara.
Mira überlegt. Dann sagt sie: »Wir müssen uns schwören, dass wir alles für die Mama saubermachen.« Sie schaut ihre Geschwister an und fügt hinzu: »Ich meine, damit sie es nicht machen muss, wenn sie wieder nach Hause kommt.«
Chiara hebt sofort ihre Hand und sagt feierlich: »Ich schwöre!«
Frido findet es übertrieben und peinlich, doch er gibt sich einen Ruck und sagt: »O.k.. Ich schwöre.«
»Du musst aber die rechte Hand hochheben!«, beharrt Chiara.
Frido seufzt, hebt die rechte Hand und wiederholt seinen Schwur. Mira nickt zufrieden. Jetzt ist sie an der Reihe.

Nachdem auch sie geschworen hat, darf Frido die Badezimmertür öffnen. Die Sonne scheint genau durch das Fenster auf das Blut der Mutter. Einen Moment lang sind sie geblendet. Dann sehen sie den Abdruck der Mutter mitten in der getrockneten Blutlache. Und Spuren von Schuhsohlen sind auch zu sehen. Die Bruchstücke der Gegenstände, die die Mutter gegen den Spiegel geschleudert hat, sind am Blut festgetrocknet. Das Waschbecken ist voller Scherben.
»Die arme Mama«, sagt Chiara leise.
Mira legt einen Arm um die Schulter der Schwester, sie hat plötzlich das Gefühl, dass sie alles so lassen müssen, wie es ist. Weil es vielleicht das Letzte ist, was von der Mutter übrig bleibt. Dann schüttelt sie den Gedanken ab. Frido sagt: »Ich hole den Mülleimer.«
»Und Handschuhe«, fügt Mira hinzu, »für die Scherben.«
Chiara folgt ihrem Bruder in die Küche, sie wird den Handfeger bringen.

Die Kinder sind den ganzen Nachmittag damit beschäftigt, das Badezimmer zu putzen und aufzuräumen. Mira und Frido klauben scharfe Gegenstände mit ihren Winterhandschuhen auf. Chiara besteht darauf, dass sie alles zuerst auf ihr Kehrblech legen, damit sie es in den Mülleimer schütten kann. Auf diese Weise kommen sie nur langsam voran. Nachdem alle Gegenstände eingesammelt sind, schaben sie das Blut zu dritt mit Küchenmessern ab, saugen die Stückchen mit dem Staubsauger auf und wischen den Rest nass ab.

Als sie fertig sind, hat die Dämmerung eingesetzt, es ist fast fünf Uhr und ihre Mägen sind leer. Sie setzen sich ins Wohnzimmer auf die Couch, um zu verschnaufen. Das Bettzeug der

Mutter liegt immer noch hier. Frido sagt: »Wir müssen einkaufen gehen.«
»Haben wir denn Geld?«, fragt Mira.
Sie haben kein Geld.
»Und jetzt?«, sagt Chiara bang, die befürchtet, dass sie am Ende doch wieder zum Vater müssen.
»Vielleicht hat die Mama irgendwo noch welches«, sagt Frido.
Sie machen sich auf die Suche.

In einer Schublade in der Küche finden sie ein paar Münzen, acht Euro. Jetzt können sie das Nötigste einkaufen. Frido sagt: »Chiara, du bleibst hier, o.k.? Mira und ich gehen zum Supermarkt. Vielleicht kannst du ja Hausaufgaben machen.«
Chiara nickt. Sie würde gern mitgehen, aber sie ist zu müde.

Als ihre Geschwister fort sind, schaltet sie den Fernseher ein. Sie zappt ein wenig durch die Kanäle, doch lange kann sie sich nicht konzentrieren. Die Tür zum Flur befindet sich in ihrem Rücken. Das macht sie nervös. Sie war noch nie allein in der Wohnung. Plötzlich hat sie die Vorstellung, die Mutter sei ein Geist, der versteckt in einem Winkel hockt, ein wütender, jähzorniger Geist, der sie von hinten packen will. Sie versucht sich einzureden, dass das gar nicht sein kann, weil ihre Mutter lieb ist. Doch die Angst wird immer größer, sie kann sich nicht dagegen wehren. Vielleicht ist der Geist wütend, weil sie auf dem Bett der Mutter sitzt, denkt Chiara. Sie muss nur in ihr eigenes Bett gehen, dann wird er sie in Ruhe lassen. Doch sie fürchtet sich vor dem dunklen Flur. Sie hört, wie Marie in ihrem Kopf sagt, Stell dich nicht so an! Du Feigling!

Draußen ist es jetzt fast dunkel, und die Türöffnung zum Flur ist ein schwarzes rechteckiges Loch. Wenn sie sich bewegt, wird der Geist sie entdecken und über sie herfallen. Sie versucht, so still wie möglich zu sitzen, doch nach kurzer Zeit schon schmerzt ihr Körper vor Anstrengung. Sie muss sich bewegen.

Plötzlich läutet das Telefon. Chiara will aufspringen und hinlaufen. Doch sie rührt sich nicht. Was, wenn es ein Trick des Geistes ist, um sie dorthin zu locken? Das Telefon läutet sehr lange. Genauso plötzlich, wie es angefangen hat, hört es auf. Mit einem Schlag ist die Wohnung wieder still.

Chiara rennt los, aus dem Wohnzimmer, durch den Flur, sie reißt die Tür ihres Zimmers auf, wirft sie hinter sich zu, schaltet alle Lichter ein und setzt sich anschließend mit dem Rücken zur Wand auf ihr Bett. Jetzt erst fühlt sie sich ein wenig sicherer.

Als sie sich ein wenig beruhigt hat, beginnt sie nachzudenken. Der Geist der Mutter ist nicht die Mutter selbst, und doch hat er mit ihr zu tun. Vielleicht, denkt sie, hat die Mutter genau solche Angst vor ihm wie sie. Vielleicht hat sie sich deshalb die Glasscherbe in den Bauch gestoßen. Um ihren Geist endlich loszuwerden. Und jetzt ist er hier und wartet genau wie sie darauf, dass die Mutter zurückkehrt. Laut sagt sie: »Wenn du versprichst, meine Mama in Ruhe zu lassen, kannst du bei mir bleiben.«
Es kommt keine Antwort. Draußen ist es inzwischen vollkommen dunkel geworden, Mira und Frido müssen bald vom Einkaufen zurückkehren. Sie sagt: »Überleg es dir.« Sie steht auf und zwingt sich, langsam durch den Flur zurück ins Wohnzimmer zu gehen. Sie lässt die Tür offenstehen, setzt sich an

dieselbe Stelle wie vorher und schaut den ausgeschalteten Fernseher an. Sie sagt: »Jetzt kannst du kommen!« Ein Schauer läuft ihr über den Rücken, am liebsten würde sie sich umdrehen und die Tür im Auge behalten. Doch sie bleibt sitzen. Sie denkt an Marie. Marie ist stark und ruhig. Genau so muss sie sein. Sie sitzt da, tut nichts und erträgt die Furcht, die ihr im Nacken sitzt. Sie malt sich aus, was der Geist mit ihr anstellen wird. Er wird sie vielleicht von hinten packen und erwürgen. Vielleicht kriecht er durch ein Ohr in ihren Kopf und befiehlt ihr, sich ein Messer in die Brust zu stoßen. Etwas Schlimmeres als verschiedene Arten und Weisen zu sterben, fällt ihr nicht ein. Plötzlich spürt sie ihren Magen wieder. Sie ist so hungrig, dass er schmerzt. Vielleicht sperrt der Geist ihre Geschwister aus und lässt sie hier verhungern.

Je länger Chiara über ihren bevorstehenden Tod nachdenkt, desto weniger Furcht verspürt sie, und desto mehr beschäftigt sie ihr Magen. Sie erhebt sich vom Sofa, geht durch den Flur in die Küche und öffnet den Kühlschrank. Halb erwartet sie, dass der Geist dort hockt und ihr entgegenspringt, aber es ist nur eine Möglichkeit. Im Eisfach findet sie zwei verwaiste Fischstäbchen, die irgendwann aus der Packung gerutscht sein müssen und jetzt von weißen Eiskristallen überwuchert sind. Sie nimmt eine kleine Pfanne, stellt sie auf den Herd, schaltet ihn ein, schüttet ein wenig Öl hinein und bereitet sich die beiden Fischstäbchen zu. Die Angst ist fort, sie überlegt, ob der Geist ihr Angebot angenommen hat. Sie stellt sich vor, dass er hinter ihr am Tisch sitzt wie ein kleiner Sohn und mit den Beinen baumelt. Ohne sich umzudrehen sagt sie: »Keine Sorge, gleich ist es fertig, dann können wir essen.« Sie fühlt sich wie eine Mutter, es ist ein gutes Gefühl.

Die Fischstäbchen werden braun und knusprig. Chiara schaltet den Herd aus, sie nimmt einen Teller und Besteck aus dem Schrank, schiebt die Stäbchen vorsichtig auf den Teller, setzt sich an den Tisch, genau dem Geist gegenüber und isst. Es schmeckt so gut, dass Chiara eine Weile alles andere vergisst. Doch es sind nur zwei kleine Häppchen, viel zu schnell ist sie fertig und immer noch hungrig. Sie nimmt ein Glas, füllt es mit Leitungswasser und leert es in einem Zug. Sie zuckt mit den Schultern und sagt zu ihrem unsichtbaren Gegenüber: »Tut mir leid, jetzt müssen wir warten.«

Das Telefon läutet. Sie steht auf, geht in den Flur, hebt den Hörer ab und sagt: »Guten Abend, hier spricht Marie Kelber.«
Am anderen Ende entsteht eine kurze Pause. Dann sagt die Stimme ihres Vaters: »Chiara? Was zum Teufel macht ihr in der Wohnung eurer Mutter!«
Chiara erschrickt, doch sie fasst sich wieder. Der Vater ist kein Geist, sie hat keine Angst vor ihm. Sie sagt: »Mach dir keine Sorgen, Papa, wir bleiben hier.«
Leo Kelber sagt: »Ihr was? Seid ihr von Sinnen? Ihr kommt sofort nach Hause!«
Fast kühl erwidert Chiara: »Tut mir leid, Papa, aber das geht nicht. Wir haben das Bad geputzt und jetzt sind Frido und Mira einkaufen gegangen.« Dann wiederholt sie Fridos Argumente so gut sie kann. Am anderen Ende entsteht wieder eine Pause. Dann sagt der Vater: »Frido soll mich sofort anrufen, wenn er kommt. Und er soll sein verdammtes Handy einschalten, man erreicht ihn ja nicht!« Ohne Gruß legt Leo auf.

Chiara sagt trotzdem: »Ich sag es ihm, Papa. Schlaf gut!« Sie tut es, damit der kleine Geisterjunge in der Küche nicht Angst hat, er müsse womöglich wieder allein auf die Rückkehr der Mutter warten.

Die Wohnungstür wird geöffnet und Frido und Mira kommen herein. Frido trägt eine Plastiktüte. Chiara will die Nachricht des Vaters sofort weitergeben, doch die Geschwister sehen wütend aus. Frido sagt: »Morgen früh bringen wir alles zurück, hörst du?«
Mira schaut ihn trotzig an. Sie sagt: »Das ist Mundraub! Haben wir in der Schule gelernt. Und wenn man arm ist, darf man so was. Das ist wie Selbstverteidigung!«
Frido verdreht die Augen. Er sucht nach den richtigen Worten. Er sagt: »Verstehst du denn nicht: Wenn man uns beim Klauen erwischt, dann ist es aus mit unserem Plan. Dann nimmt das Jugendamt uns vielleicht sogar dem Papa weg und wir kommen in ein Heim!« Er ist ganz außer sich. Sie gehen in die Küche, Chiara hinterher. Frido stellt den Beutel auf den Tisch und stutzt kurz über den benutzten Teller, der dort steht. Mira greift in die Taschen ihres Mantels und entnimmt ihnen zwei Tafeln Schokolade und andere Süßigkeiten. Sie legt alles demonstrativ auf den Tisch und sagt: »Ich schwöre, dass ich nichts mehr klaue, wenn wir morgen Geld vom Papa bekommen. Aber ich bringe nichts zurück!«
Frido seufzt und beginnt, den Beutel zu leeren: einen halben Liter Milch, zwei Fertigpizzas, eine Packung Toastbrot, eine kleine Butter. Chiara erinnert sich wieder an das Telefonat. Sie sagt: »Der Papa hat grad angerufen. Er war sauer. Er sagt, dein Handy ist ausgeschaltet, und er kann dich nicht erreichen.«

Frido schaut sie erschrocken an. Er hat vollkommen vergessen, den Vater beizeiten über ihr Vorhaben zu informieren. Das Handy muss in der Schule ausgeschaltet sein, seitdem hat er es nicht benutzt. Hastig holt er es hervor, schaltet es ein und ruft seinen Vater an. Mira schaut ihn triumphierend an. Sie sagt: »Na, wer hat jetzt den größeren Mist gebaut?«
Frido ignoriert sie. Als der Vater sich am anderen Ende meldet, schauen die Mädchen ihren Bruder gespannt an. Doch Leo brüllt nicht los, wie Frido befürchtet hat. Er sagt: »Junge, hast du dir das auch reiflich überlegt?«
Erleichtert über den Ton, den sein Vater anschlägt, antwortet Frido: »Ja, Papa, hab ich. Wir brauchen nur regelmäßig Geld.«
Leo sagt: »Wenn das Jugendamt oder die Polizei dahinterkommen ...«, er unterbricht sich, dann sagt er: »Ich komme einmal die Woche vorbei und sehe nach dem Rechten, ist das klar?«
»Ja, Papa.«
»Und wehe, ich bekomme Anrufe von der Schule, dass ihr eure Hausaufgaben nicht macht oder zu spät kommt oder sonst irgendwas. Ist das auch klar?«
»Ja, Papa, glasklar.«
»O.k.. Du bist jetzt der Mann im Haus, Frido. Enttäusch mich nicht!« Frido schluckt. Er sagt: »Werd' ich nicht, Papa, verlass dich drauf.«
»Das hoffe ich. Also gut, ich melde mich morgen wieder, dann regeln wir das mit dem Geld. Und lass dein Handy eingeschaltet! Wahnsinn, dass ich euch das erlaube. Wahnsinn.«
»Tschüss, Papa, bis morgen!«
Sie legen auf. Frido schaut seine Geschwister an. Ein Augenblick verstreicht. Dann reißt Mira die Arme hoch und ruft: »Juhuuu!« Chiara tut es ihr gleich. Die beiden Mädchen tanzen

im Kreis herum und jubeln, während Frido die letzten Worte seines Vaters noch einmal hört. Plötzlich zieht er ein übertrieben besorgtes Gesicht, runzelt die Stirn so stark, dass es ihn entstellt, und ruft mit mahnender Stimme: »Du bist der Mann im Haus. Enttäusch mich nicht!«

Die Mädchen lachen. Zu dritt hüpfen sie durch die Küche und schreien ihre Freude hinaus. Ohne es in Gedanken zu fassen, wissen sie alle drei, dass Irene ihren Anteil an der Entscheidung des Vaters gehabt hat. Sie wissen auch, dass Irenes Motive eigennütziger Natur sind. Und zumindest die beiden Älteren ahnen, wie unverantwortlich der Vater handelt. Doch das bekümmert sie nicht. Mira ruft: »Jetzt wird gekocht, und zum Nachtisch gibt's geklaute Schokolade!«

27

NACHDEM SIE BEIDE PIZZAS und die zwei Schokoladentafeln aufgegessen und ihren Durst mit Leitungswasser gelöscht haben, überkommt die Kinder eine große Müdigkeit, die es unmöglich erscheinen lässt, jetzt noch aufzuräumen oder sogar Hausaufgaben zu machen. Außerdem ist es spät, schon fast neun Uhr, und so beschließen sie, ins Bett zu gehen. Die Kulturbeutel sind beim Vater geblieben, nur eine einsame Zahnpastatube steht auf dem Rand des Waschbeckens. Deshalb drücken sie ein wenig Pasta auf ihre Zeigefinger und putzen sich auf diese Weise die Zähne. Sie stehen im Badezimmer und schauen sich gegenseitig zu, während ein jeder seinen Finger durch den Mund hin und herschiebt. Das sieht so lustig aus, findet Chiara, dass sie einen Lachanfall bekommt und losprustet. Ein paar Spritzer des Zahnpastaschaums fallen auf den Boden, den sie so mühsam gesäubert haben. Chiaras Blick fällt auf die Schatten, die das Blut ihrer Mutter zwischen den Fugen hinterlassen hat.

So plötzlich beginnt Chiara zu weinen, dass ihre Geschwister ganz überrascht sind. Mira reagiert als erste. Sie putzt ihrer Schwester den Mund mit einem Handtuch ab und bringt sie in ihr gemeinsames Zimmer. Frido bleibt allein zurück. Er spült sich den Mund aus und blickt in den zerstörten Spiegel. Nur an den Rändern gibt es Stellen, in denen er Teile seines Gesichts sehen kann. Ansonsten ist nur die Rückwand des Rahmens zu sehen. Sie besteht aus dünnem Pressspan. Frido versucht zu verstehen, was die Mutter dazu gebracht hat, ihre Wut gegen sich selbst zu richten, doch es gelingt ihm nicht. Der Gedanke, dass sie drei Kinder hat, stellt sich ihm in den Weg und erfüllt ihn mit einem bitteren Gefühl, das er noch nicht kannte. Es ist, als hätte er verdorrte Erde betreten und wüsste, wenn er nun weitergeht in diese Richtung, wird er nichts Lebendiges mehr antreffen. So schnell es geht, schüttelt er das Gefühl ab und verlässt das Bad. Zu viel ist an diesem Tag geschehen, jetzt mag er nichts mehr denken oder fühlen. Er will nur noch seine Ruhe.

Als er im Bett liegt, die Dunkelheit wie eine Decke auf den Augen, hört er durch die dünne Wand hindurch Miras Stimme, die ihrer Schwester das Märchen von Frau Holle vorliest. Eigentlich ist er zu alt für Märchen, aber an Frau Holle hat ihn stets die Vorstellung fasziniert, dass man in einen Brunnen hinabfällt und doch weit oben in den Wolken landet. Der einzige Brunnen, den Frido kennt, befindet sich bei seiner Großmutter. Aber man kann nicht hineinblicken, denn er wurde abgerissen und versiegelt, als der Hof an die öffentliche Wasserversorgung angeschlossen wurde, lange vor seiner Geburt. Frido wälzt sich hin und her, die Gedanken jagen durch seinen Kopf, er findet keine Ruhe. Nebenan ist Mira an der Stelle angelangt, wo die Goldmarie das Brot aus dem Backofen holt. Vielleicht, denkt er, hat man solche Märchen erfunden, um sich zu trösten, wenn ein Kind im Brunnen ertrank. So, wie man glaubt, dass jemand, der stirbt, in den Himmel kommt. Er denkt an seine Mutter.

Mit einem Ruck wirft er die Bettdecke zurück und steht auf. Er verlässt sein Zimmer und öffnet die Tür der Mädchen. Mira und Chiara liegen gemeinsam in Miras Bett, Chiara ist eng an ihre Schwester gekuschelt, Mira hält ein Buch in der Hand. Jetzt schauen ihn beide an. Frido sagt: »Morgen finden wir heraus, wo die Mama ist, und dann fahren wir zu ihr.«
Mira nickt stumm. Chiara lässt den Kopf wieder ins Kissen sinken und sagt leise: »Arme Mama.«

Frido zieht die Tür zu und geht zurück in sein Bett. Jetzt kann er einschlafen.

Im Zimmer der Mädchen sagt Chiara mit geschlossenen Augen zu ihrer Schwester: »Weißt du, wenn ich an die Mama denke, dann tut alles weh, aber ich kann gar nicht sagen, wo.« Mira nickt. Sie sagt: »Ich weiß, geht mir auch so. Wie wenn es unter der Haut noch eine Haut gäbe. Aber nicht aus Fleisch, sondern aus ...«, sie überlegt, dann sagt sie: »Gefühlen und Gedanken.« »Genau«, sagt Chiara kaum hörbar. Sie schläft ein. Mira weiß einen Moment lang nicht, was sie tun soll. Dann erhebt sie sich vorsichtig. Sie legt das Buch auf ihren Nachttisch, löscht das Licht der kleinen Lampe, die dort steht, und legt sich ins Bett ihrer Schwester.

Nach kurzer Zeit steht sie im Dunkeln auf und geht ins Wohnzimmer. Dort steht der Wecker der Mutter. Sie schüttelt den Kopf über ihren großen Bruder, der sich offenbar nicht mit der Frage beschäftigt hat, wie sie es vermeiden können, am nächsten Morgen zu verschlafen. Mira ist froh, dass sie noch daran gedacht hat. Es war ihr Plan, hierherzukommen, und sie fühlt sich verantwortlich für sein Gelingen. Sie nimmt den Wecker mit in ihr Zimmer. Dort sitzt sie eine Weile in Chiaras Bett und fragt sich, auf welche Zeit sie ihn stellen soll. So gerne würde sie bis zum letztmöglichen Augenblick schlafen. Doch dann hätten sie keine Gelegenheit mehr, noch ihre Hausaufgaben zu machen. Bei dem Gedanken an die Schule huscht Arian durch ihren Kopf. Sie vertreibt ihn, sie muss nachdenken. Sie denkt, Ich werde sowieso auf die Hauptschule gehen, warum soll ich mich überhaupt noch anstrengen. Dann wird sie Arian auch nicht mehr jeden Tag über den Weg laufen. Umso besser, denkt sie trotzig und weiß im selben Moment, dass sie sich etwas vormacht.

Gegen ihren eigenen Widerstand stellt Mira den Wecker eine halbe Stunde früher als gewöhnlich. Zu allem Übel wird sie als erste aufstehen und die anderen wecken müssen, Na ja, denkt sie, Chiara vielleicht nicht. Aber Frido. Das Bild der Mutter, die morgens völlig verschlafen aus dem Wohnzimmer kommt, huscht durch ihren Kopf und erfüllt sie mit einem kurzen Schrecken. Sie legt sich hin und denkt an Arian, dem sie nicht hinterherläuft, obwohl sie es am liebsten täte. Sie schüttelt den Kopf. Arian wird ihr hinterherlaufen müssen, wenn er will, dass nicht Schluss ist. Er will mit mir reden?, denkt sie. Und sagt es meiner kleinen Schwester? Und erwartet, dass ich sofort angerannt komme? Oh, nein! Da muss er schon etwas mutiger sein. Sie schließt die Augen. Das Bild der Mutter auf dem Badezimmerboden taucht vor ihr auf. Sie vertreibt es. Bevor sie einschläft, denkt sie, dass sie gar nicht ins Krankenhaus will. Wer weiß, was sie da erwartet. Lieber will sie warten, bis die Mutter wieder nach Hause kommt.

28

DER WECKER KLINGELT. Mira fühlt sich so müde und zerschlagen, als wäre sie gerade erst zu Bett gegangen. Ohne die Augen zu öffnen, setzt sie sich auf und lehnt den Rücken gegen das Kopfende des Bettes, um nicht wieder einzuschlafen. Von der gegenüberliegenden Wand hört sie Chiaras regelmäßige Atemzüge.

Plötzlich wird die Tür ihres Zimmers geöffnet und jemand schaltet das Licht ein. Die Helligkeit schmerzt durch ihre Lider hindurch. Es ist Frido, der zu Miras Überraschung schon vor ihr aufgestanden ist. Jetzt sagt er laut: »He, ihr beiden Schlafmützen! Aufstehen! Frühstücken und Hausaufgaben machen!« Er klopft laut gegen das Holz der Tür. Dann begibt er sich in die Küche. Mira hört das Klirren von Geschirr. Obwohl sie am liebsten weiterschlafen würde, muss sie über ihren Bruder lächeln. Es ist gut, nicht die Älteste zu sein, denkt sie und öffnet ihre Augen. Sie erhebt sich und geht hinüber zu Chiara. »Hallo!«, ruft sie, »raus aus meinem Bett! Was fällt Ihnen ein! Wer sind Sie überhaupt?«
Aber Chiara lächelt nicht. Sie öffnet ihre Augen und sagt traurig: »Mira, ich hab geträumt, dass die Mama nie wieder zurückkommt.«
Mira erschrickt, schnell sagt sie: »Ach was! Wir fahren doch heute zu ihr!«
Chiara nickt tapfer und fasst sich. Gemeinsam kleiden sie sich an und gehen in die Küche.

Dort hat Frido ein karges Frühstück aus Toastbrot, Butter, ein wenig Milch und einem fast leeren Nutella-Glas aufgetischt.
»Heute muss der Papa uns unbedingt Geld bringen«, sagt er sachlich. Das Telefon läutet. Mira hebt ab. Es ist der Vater.

»Seid ihr schon aufgestanden?«
»Ja, Papa, vor zehn Minuten.«
»So früh?«
»Wir müssen noch Hausaufgaben machen.«
»Ach so. O.k., ich komme heute nach der Schule vorbei und bringe euch eure Kleider und eure Kulturbeutel. Dann kriegt ihr auch Geld. Wann seid ihr ungefähr zu Hause?«
Mira sagt es ihm. Der Vater verabschiedet sich und legt auf. Als Mira sich wieder an den Küchentisch setzt, sagt sie: »Der Papa weiß nicht mal, wann wir Schule aus haben.«
»Hat er noch nie gewusst«, erwidert Frido nüchtern.
»Was weiß er eigentlich von uns?«
»Er weiß, wann wir Geburtstag haben«, sagt Chiara.
Mira verzieht den Mund. »Ein bisschen wenig, findet ihr nicht?«
»Besser als nichts«, sagt Frido knapp. Er hat jetzt keine Lust, sich mit dem Vater zu beschäftigen. Er schlingt sein Toastbrot hinunter, trinkt seine Milch und geht ins Bad. Die Mädchen beeilen sich, ihm zu folgen. Kurze Zeit später sitzen sie alle in der Küche und beugen sich über ihre Hefte.

Chiara kann sich nicht konzentrieren. Sie denkt daran, dass sie heute zur Mutter fahren wollen. Das macht sie ganz unruhig.
»Wackel nicht so!«, herrscht Mira sie an.
Chiara versucht, ruhig zu sitzen. Sie hat keine Lust, Buchstaben zu malen, das erscheint ihr vollkommen unwichtig. Und die Vorstellung, wieder stundenlang in der Schule sitzen zu müssen, erfüllt sie mit immer größerem Widerwillen, je länger sie daran denkt. Sie baumelt mit den Beinen und starrt auf ihr Heft, ohne etwas wahrzunehmen.

Als Frido mit seinen Hausaufgaben fertig ist, zieht er Chiaras Schulsachen kurzerhand zu sich herüber und macht ihre Hausaufgaben. Dabei versucht er, so langsam und kindlich zu schreiben wie sie. Chiara findet das lustig, und es lenkt sie ein wenig ab.

Dann ist es Zeit, aufzubrechen. Frido packt Chiaras Ranzen und führt sie in den Korridor, gefolgt von Mira. Es muss jetzt alles sehr schnell gehen, sonst kommen sie gleich am ersten Tag zu spät. Aber Chiara beginnt zu weinen. Sie will sich die Schuhe nicht anziehen, sie will sich den Mantel nicht überstreifen, sie will nicht ihren Ranzen schultern. Alles müssen Frido und Mira für sie tun. Mira wird ungeduldig, sie sagt: »Chiara, was soll das? Wir fahren doch später zur Mama! Denk an unseren Plan!«
Schluchzend erwidert Chiara: »Aber ich will *jetzt* zu ihr!«
»Das geht aber nicht, Chiara«, sagt Frido, »sei doch vernünftig!«
»Ich will nicht vernünftig sein! Ich will zur Mama!«
Chiaras Weinen wird immer lauter. Frido und Mira reden auf ihre Schwester ein, doch sie hält sich die Ohren zu. Mira verliert die Geduld. Sie schreit: »Hör endlich auf zu heulen, du dummes Ding!« Am liebsten würde sie ihre Schwester schlagen. Doch Frido herrscht sie an: »Halt selber den Mund! Du bist ja schon wie die Mama!«
Das ist zu viel für Mira. Sie stößt einen Wutschrei aus und schlägt ihren Bruder mit der Faust ins Gesicht. Frido taumelt zurück, seine Lippe ist aufgeplatzt, das Blut schießt hervor. Er drückt die Hand darauf und stößt hervor: »Bist du verrückt geworden?« Dann rennt er an ihr vorbei ins Badezimmer.

Chiara hat aufgehört zu weinen. Erschrocken schaut sie ihre Schwester an. Mira steht wie versteinert vor ihr, die rechte

Hand ist noch immer zur Faust geballt, ihr Blick geht ins Leere. Chiara will an ihrem Arm rütteln, um sie wieder zu sich zu bringen, doch sie fürchtet sich. Frido kommt aus dem Bad zurück, sein Gesicht ist nass, er hat die Blutung mit kaltem Wasser gestillt und sich ein Pflaster auf die Wunde geklebt. Ohne seine Schwester zu beachten, sagt er zu Chiara: »Komm, wir gehen.« Er nimmt Chiara an die Hand und verlässt die Wohnung mit ihr. Mira folgt ihnen und zieht die Tür hinter sich zu. Sie sprechen kein Wort miteinander. Fridos Unterlippe ist inzwischen dick angeschwollen. Sie fahren mit dem Fahrstuhl nach unten, verlassen das Haus und gehen an der großen Straße entlang Richtung Schule. Es ist windig, der Himmel ist voller Bewegung, ein großes Wolkenfeld zieht über die Stadt hinweg. Während sie sich von ihrem Bruder führen lässt, schaut Chiara nach oben und denkt beim Anblick der Wolken an ein riesengroßes Tischtuch, das von einer unsichtbaren Hand gezogen wird. Vielleicht vom lieben Gott, denkt sie und schickt ihm schnell ein Gebet für die Mutter hinauf. Bitte, bitte, mach' die Mama wieder gesund, sagt sie mit ihrer inneren Stimme zu ihm, Und mach's nicht wie bei den Geschenken, fügt sie mahnend hinzu.

Frido bemerkt nichts davon, er stemmt sich gegen den Wind und zieht mit verbissener Mine seine kleine Schwester Richtung Schule. Nach Mira schaut er sich nicht um, und Mira geht so langsam, dass sie allmählich zurückfällt.

Als sie an der Schule der Mädchen ankommen, begleitet Frido Chiara bis zum Eingang der Grundschule. Er will sich verabschieden und gleich weitergehen, um Mira nicht zu begegnen, doch Chiara umarmt ihn plötzlich ganz fest. Sie drückt ihr Gesicht an ihn und schließt die Augen. Dann wendet sie sich ab

und betritt den Grundschultrakt, ohne sich noch einmal umzudrehen. Frido sieht ihr kurz nach. Er atmet tief durch, wendet sich ab und geht zurück zur Straße. Auf halbem Weg kommt ihm Mira entgegen. Frido will wortlos an ihr vorbeigehen, doch sie stellt sich ihm in den Weg. Mit gepresster Stimme sagt sie: »Ich bin nicht wie meine Mutter!« Dann zeigt sie vage auf seine Lippe und fügt tonlos hinzu: »Und das mit deiner Lippe tut mir leid.« Bevor Frido etwas erwidern kann, geht sie an ihm vorbei Richtung Realschultrakt. Er ruft ihr nach: »Tolle Entschuldigung, Mira!«
Seine Schwester reagiert nicht. Frido schüttelt wütend den Kopf, dann macht er sich auf den Weg zu seiner eigenen Schule. Das klappt alles nicht, denkt er, Das klappt alles nicht, und immer wieder, der Gedanke frisst sich in seinem Kopf fest. Dieser ganze Plan ist Wahnsinn, denkt er. Am liebsten würde er ihn rückgängig machen und doch zum Vater ziehen. Aber als er es sich wirklich vorstellt – Irene mit ihrem unehrlichen Lächeln, die ihn bittet, auf Emma aufzupassen, damit sie ihre Freundinnen treffen kann, das enge Durchgangszimmer, in dem sie nichts tun können außer zu schlafen, der Vater, der immer nur Druck ausübt und nie Zeit hat –, läuft sein Gefühl ins Leere.

Er kommt am Lotto-Toto-Laden vorbei. Hans D., denkt er automatisch. Ein Satzfetzen des Vaters taucht in seinem Kopf auf: Ob er alle verarscht hat? Frido würde am liebsten das Geschäft betreten und den alten Mann zur Rede stellen. Er würde auf die Theke hauen und ihn anbrüllen: Ich will die Wahrheit wissen! Und wenn der Alte immer noch alle verarschen wollte, würde er ihm mit der Faust ... Frido bricht ab. Er ist viel zu klein, um einen Erwachsenen zu schlagen. Außerdem hat er nicht einmal

Zeit stehenzubleiben. Wenn er nicht schon am ersten Schultag zu spät kommen und riskieren will, dass die Schule den Vater anruft, muss er sich sputen. Nur nicht auffallen, denkt er. Wie eine Zeitungsüberschrift bleibt dieser Satz in seinem Kopf hängen. Komisch, denkt er flüchtig. Doch dann verschwindet das Bild aus seinem Bewusstsein und Frido rennt die Straße entlang. Der große Ranzen tanzt auf seinem Rücken.

29

DER VATER RUFT MITTEN IM UNTERRICHT AN. Frido hat damit gerechnet, deshalb ist sein Handy stumm gestellt. Er bittet um Erlaubnis, auf die Toilette zu gehen. Dort angekommen, schließt er sich ein, hockt sich mit den Füßen auf ein Klosett und ruft seinen Vater zurück. Er hat kein Guthaben mehr, deshalb lässt er nur einmal läuten, legt auf und wartet. Jetzt lässt sein Vater ihn warten. Erst fünf Minuten später, als Frido schon fast wieder in den Unterricht muss, ruft er zurück. Er sagt: »Ich komme in der Mittagspause vorbei, du müsstest dann gerade Schule aus haben.«
Frido klärt ihn darüber auf, dass sein Unterricht länger dauert. Leo wird ungeduldig. »Ich hab' aber später keine Zeit mehr. Dann kommst du eben kurz raus, das muss doch möglich sein!«
Frido verspricht es. Bevor sie auflegen, sagt er: »Papa, weißt du eigentlich, wo die Mama liegt?«
Es entsteht ein kurzes Schweigen. Frido bekommt plötzlich Angst, der Vater werde ihm im nächsten Moment eröffnen, dass seine Mutter gestorben ist. Auf seiner Stirn bildet sich kalter Schweiß. Der Vater sagt: »Nee, weiß ich nicht. Wieso? Wollt ihr sie besuchen?«
»Ja, heute, wenn's geht«, sagt Frido erleichtert.
»Ich kann ja mal in der Polizeiwache anrufen. Dann sag ich's dir später, o.k.?«
Sie verabschieden sich, und Frido beeilt sich, in den Klassenraum zurückzukehren. Er fühlt sich schwach. Den Rest der Zeit bis zur großen Pause erträgt er ohne viel mitzubekommen.

Der Zeitpunkt, den der Vater ihm genannt hat, fällt in den Deutschunterricht. Frido sitzt nervös auf seinem Platz und schaut immer wieder unter dem Tisch auf die Uhr seines

Handys. Herr Köbl bemerkt es. Er kommt zu Frido und streckt die Hand aus.
»Her damit, was immer es ist!«
Frido sagt: »Aber ich brauche es, mein Vater ...«
Weiter kommt er nicht. Herr Köbl unterbricht ihn: »Frido Kelber, Dauerzuspätkommer haben bei mir nichts zu melden. Und jetzt rück es raus, sofort!« Frido zögert immer noch. Er braucht das Handy, es fehlt noch eine Viertelstunde, bis der Vater kommt. Herr Köbl schreit ihn an: »Wird's bald!« Die Hand des Lehrers ist immer noch ausgestreckt, sein Gesicht ist rot angelaufen vor Wut. Frido weiß, dass es keinen Sinn hat, sich zu wehren. Er holt das Handy hervor und reicht es Herrn Köbl. Der Lehrer zieht die Augenbrauen hoch und ruft: »Sieh an, ein Handy! Mit wem müssen wir denn im Deutschunterricht chatten, hm?«
Frido sagt: »Ich hab nur auf die Uhr geschaut.«
»So, so, auf die Uhr hat er geschaut? Ist ihm wohl zu langweilig, mein Unterricht, wie?«
»Nein, ich hab nur ...«
»Ist mir völlig egal! Verabschiede dich von deinem Handy, das siehst du erst wieder, wenn dein Vater oder deine Mutter es bei mir in der Sprechstunde abholen.« Mit diesen Worten wendet Herr Köbl sich ab und geht zurück zum Pult. Frido bleibt nichts anderes übrig, als die Zeit abzuschätzen.

Als ungefähr fünfzehn Minuten vergangen sind, meldet er sich und bittet, auf die Toilette gehen zu dürfen. Doch Herr Köbl sagt ungerührt: »Du kannst warten.«
»Ich muss aber dringend.«
»Du kannst warten.«

Mit diesen Worten setzt er seinen Unterricht fort. Frido sitzt da und weiß nicht, was er tun soll. Er muss einfach hinausgehen, sonst wird der Vater wieder wegfahren und sie werden kein Geld haben und dann wird alles nicht klappen, nicht einmal ins Krankenhaus können sie fahren. Frido nimmt seinen ganzen Mut zusammen und steht auf, als Herr Köbl sich der Tafel zuwendet. Er durchquert den Klassenraum und spürt fast körperlich, wie seine Mitschüler den Atem anhalten vor Spannung. Als er fast an der Tür ist, bemerkt ihn der Lehrer.
»Setz dich sofort wieder hin, Frido!«, brüllt er. »Ich habe dir verboten, auf die Toilette zu gehen! Setz dich sofort hin! Sofort!«
Aber Frido reißt die Tür auf und rennt auf den Korridor. So schnell er kann, sprintet er zur Treppe. Fast stürzt er, so überhastet nimmt er die Stufen. Als er draußen auf dem Hof ist, geht er dicht am Gebäude entlang Richtung Straße, damit man ihn vom Hochparterre aus möglichst nicht bemerkt. Er weiß, dass seine Vorsichtsmaßnahme im Grunde vergeblich ist, denn die Realschule ist wie ein L gebaut, so dass man ihn aus dem anderen Trakt heraus problemlos beobachten kann. Aber er hofft inständig, dass niemand auf ihn aufmerksam wird.

An der Straße angekommen, sucht er nach dem Wagen seines Vaters. Er ist nirgends zu sehen. Der Wind fährt ihm durch die Kleidung und lässt ihn frösteln. Frido drückt sich an die Mauer der Schule, so dass man ihn nicht sehen kann, und wartet.

Es vergehen fast zehn Minuten, bis er das Auto seines Vaters sieht. Leo Kelber stellt sich vor die Schuleinfahrt, schaltet die Warnblinkanlage ein und winkt seinen Sohn heran. Frido steigt zu, er ist froh, aus der Kälte heraus zu sein.

»Tut mir leid, hab im Stau gestanden. Die Leute sind heute mindestens so durch den Wind wie das Wetter, alle verrückt geworden, fahren kreuz und quer, nur nicht da, wo sie sollen.« Er schaut seinen Sohn kritisch an. »Hör mal, Frido, ich hab mir das nochmal durch den Kopf gehen lassen. Hab mit ein paar Kollegen gesprochen, wollte wissen, was die davon halten.« Er macht eine Pause. Frido schaut aus dem Seitenfenster und sieht, wie Herr Köbl gemeinsam mit einem hochgewachsenen schlanken Mann in einem eleganten dunklen Anzug aus dem Eingang kommt. Es ist der Schulrektor. Die beiden Männer schauen sich suchend um. Unwillkürlich rutscht Frido tiefer in seinem Sitz.

Leo Kelber bemerkt es nicht. Er sagt: »Du kennst Henning ja. Er hat was Gutes gesagt: ›Kinder wachsen an der Verantwortung‹. Das fand ich ziemlich klug. Ich hab ihm natürlich nichts von den Umständen erzählt, ist klar. Das gilt übrigens auch für euch. Je weniger Leute, davon wissen, umso besser. Hey, hörst du mir überhaupt zu?«

Frido blickt seinen Vater an. »Klar, Papa. Du willst, dass ich an der Verantwortung wachse. Das tu ich schon, ehrlich.«

Leo stößt einen Lacher aus. Er sagt: »Dafür siehst du aber ganz schön geschrumpft aus. Setz dich doch mal gerade hin.«

Frido rutscht wieder nach oben. Er wendet den Kopf so weit von der Schule ab, dass man sein Gesicht möglichst nicht erkennen kann. Leo Kelber greift in die Innentasche seines Jacketts und zieht einen weißen Umschlag heraus. Er hält ihn Frido hin und sagt: »Da sind hundert Euro in kleinen Scheinen drin. Nimm immer nur so viel mit, wie du brauchst und verwahre den Rest zu Hause an einem sicheren Ort. Alles klar?«

Frido nickt. Er nimmt den Umschlag und schiebt ihn in seine Hosentasche. In seinem Kopf hat eine fieberhafte Suche nach der glaubhaftesten Erklärung für sein Verschwinden eingesetzt. Als er sich umwendet, sieht er, dass die beiden Lehrer nicht mehr auf dem Schulhof stehen. Er öffnet die Tür, um sich zu verabschieden, aber da fällt ihm ein, dass er noch gar nicht nach dem Krankenhaus gefragt hat. Zur Antwort schlägt Leo sich mit der Handfläche gegen die Stirn und ruft: »Sorry, Junge! Hab's total vergessen. Ich hatte aber auch echt viel zu tun. Ständig will irgendeiner was von einem, so geht das den ganzen Tag. Ich mach's gleich, dann schick ich dir 'ne SMS mit dem Namen des Krankenhauses, o.k.?«
Frido will nicken, doch dann fällt ihm ein, dass Herr Köbl sein Handy einbehalten hat. Er sagt: »Ach, weißt du was, Papa, ich kann das auch selbst machen. Du brauchst dich nicht mehr drum zu kümmern.«
»Bist du sicher?«
»Klar, kein Problem.«
»O.k., Junge. Du hast recht, du schaffst das schon.« Er fährt seinem Sohn durch das Haar und sagt: »Komm her, mein Großer, lass dich drücken!«
Sie verabschieden sich. Frido steigt aus, Leo winkt ihm zu und fährt ab. Frido schaut ihm kurz nach, erleichtert, dass sein Vater nichts mitbekommen hat. Ihm fällt auf, dass der Vater ihre Kulturbeutel vergessen hat. Aber jetzt können sie sich ja Zahnbürsten kaufen. Er wendet sich dem Schulgebäude zu. Das Schwerste steht ihm noch bevor, und er hat Angst. Doch es muss sein. Während er auf den Eingang zugeht, sucht er weiter nach einer plausiblen Lüge.

Im ersten Stock stehen die beiden Männer und sprechen miteinander. Als sie Frido bemerken, der die Treppe hochkommt, wendet Herr Köbl sich ab und kehrt in den Klassenraum zurück. Herr Schwartz, der Rektor, kommt auf Frido zu. Er sagt: »Frido, wir müssen uns unterhalten. Komm bitte mit!« Frido nickt und folgt dem Rektor. Wie in Chiaras Grundschule muss man auch hier zuerst das Sekretariat betreten, um in das Büro des Schulleiters zu gelangen. Herr Schwartz öffnet die Tür, wartet, bis Frido an ihm vorbeigegangen ist, und schließt sie wieder. Er sagt: »Setz sich an den runden Tisch.«
Herrn Schwartz' Büro ist geräumig und fast quadratisch, an den Wänden hängen großformatige abstrakte Gemälde ohne Rahmen. In der Mitte des Raumes steht in einem kübelartigen Topf ein Gummibaum, der bis an die Decke reicht. Zwei breite Fenster verstärken den Eindruck von Licht und Weite. Vor einem dieser Fenster befindet sich der runde Tisch. Sechs Bürostühle stehen darum, Frido setzt sich so, dass er das Fenster zu seiner Linken hat. Herr Schwartz setzt sich schräg gegenüber, das Fenster im Rücken. Er räuspert sich kurz, dann eröffnet er das Gespräch: »Bevor wir auf weitere Konsequenzen zu sprechen kommen, will ich erst einmal wissen, wo du eben warst.« Er beugt sich nach vorn, und legt die Hände gefaltet auf den Tisch. Frido hat bisher wenig persönlichen Kontakt zum Leiter seiner Schule gehabt. Herr Schwartz steht unter seinen Klassenkameraden im Ruf, kühl und arrogant zu sein. Frido sagt leise: »Ich musste mal.«
»Aber auf der Toilette warst du nicht, als wir dich dort suchten. Wir haben jede Kabine geöffnet. Wo warst du also wirklich?«
Frido zögert, er befürchtet, durchschaut zu werden, wenn er

lügt. Herr Schwartz sagt: »Je weniger du kooperierst, desto mehr zwingst du uns zu drastischen Maßnahmen.«
Frido sagt: »Ich bin nicht auf die Klos gegangen, weil ich nicht wollte, dass der Herr Köbl mir nachkommt!«
Herr Schwartz schaut seinen Schüler forschend an, Frido zwingt sich, dem Blick des Rektors standzuhalten. »Also gut, und dann warst du also in den Büschen pinkeln?« Frido nickt. Der Rektor sagt: »O.k. Aber Herr Köbl hatte es dir verboten.«
»Ja, aber das kann er doch nicht machen!«, sagt Frido.
»Nicht so vorlaut, junger Mann! Das entscheide immer noch ich.«
Frido schweigt. Jetzt, da seine Lüge hingenommen wurde, ist er empört. Herr Schwartz lehnt sich zurück und steckt die Hände in die Hosentaschen. Er wiegt den Kopf. »Also gut, nehmen wir einmal an, Herr Köbl hätte dir den Toilettengang nicht verbieten dürfen. Nur mal angenommen. Dann bleibt aber immer noch die Tatsache, dass du heimlich mit deinem Handy gechattet hast.«
»Ich habe nicht gechattet. Ich habe auf die Uhr geschaut.«
»Gleich mehrere Male?«
»Ja.«
»Und warum?«
»Weil ...«, Frido schweigt. Wenn er jetzt die Wahrheit sagt, überführt er sich selbst. Mit einem Ruck lehnt Herr Schwartz sich wieder nach vorn. Er sagt: »Weißt du was, Frido? Ich glaube, du bindest mir einen Bären auf.«
»Aber ich kann Ihnen beweisen, dass ich nicht gechattet habe!«, sagt Frido. »Wenn Sie mir das Handy geben, zeig' ich es Ihnen.«
»O.k., du sagst mir also die Wahrheit, was das Handy angeht. Aber wenn du auf die Uhr geschaut hast und dann auf Toilette gehen wolltest, hattest du wohl eine Verabredung, oder?«

Frido starrt den Rektor an. Herr Schwartz sieht sich bestätigt. Er lächelt und sagt: »Die Frage ist nur, was du gemacht hast. Nach Zigaretten riechst du zum Glück nicht. Entweder du hast dich mit jemandem aus einer anderen Klasse getroffen – das lässt sich überprüfen –, oder, weil du offenbar das Schulgelände verlassen hast – was übrigens verboten ist, aber das weißt du ja bestimmt –, oder du hast dich mit jemandem getroffen, der nicht an dieser Schule ist. So, mein Lieber, und jetzt sagst du besser die Wahrheit und führst mich nicht länger an der Nase herum, sonst bin ich gezwungen, deine Eltern zu informieren. Raus mit der Sprache: Was hast du draußen gemacht?«

Frido starrt Herrn Schwartz noch immer an. Er fühlt sich in die Enge getrieben. Wenn er die Wahrheit sagt, ruft der Rektor den Vater an, falls er ihm glaubt. Wenn nicht, nimmt er ihm womöglich das Geld ab. In seiner Not sagt er: »O.k., ich habe doch gechattet.«

»Aha. Weiter, bitte!«

»Ich hatte einen Streit mit ... mit meiner Freundin, heute Morgen. Sie geht in die Realschule an der Hauptstraße.«

»Und?«

»Ich habe ihr gesagt, dass sie wie ihre Mutter ist. Und da ...«, er zögert. »... und da hat sie mir mit der Faust ins Gesicht geschlagen.« Herr Schwartz macht große Augen.

»Deshalb hast du die geschwollene Lippe?«

Frido nickt. Er ist froh, dass zumindest das nicht ganz gelogen ist. Er fährt fort: »Dann wollte sie sich entschuldigen, und weil sie eine Freistunde hatte, ist sie vorbeigekommen.«

Herr Schwartz beobachtet seinen Schüler. Frido hofft inständig, dass der Rektor nicht doch noch das Handy überprüfen will. Aber diesmal gibt Herr Schwartz sich zufrieden. Er sagt: »Lass

dir das eine Lehre sein, mein Junge. Einer Frau zu sagen, sie sei wie ihre Mutter ...«, er schüttelt den Kopf. »Etwas Schlimmeres kannst du gar nicht machen.«
Frido nickt und versucht, schuldbewusst auszusehen, um seine Erleichterung zu verbergen. Er hofft, dass der Rektor ihn nun endlich gehen lässt. Aber Herr Schwartz denkt nicht daran. Er sagt: »Nun, da das geklärt ist, muss ich dir leider noch mitteilen, dass du unter allen Schülern an dieser Schule derjenige bist, der am häufigsten zu spät kommt. Hast du eine Erklärung dafür?«
Frido nickt. Er sagt: »Ich bringe meine beiden Schwestern immer zuerst in die Grundschule an der Hauptstraße, und wenn sie langsam sind, komme ich zu spät.«
Es tut gut, die Wahrheit zu sagen, Frido genießt es beinahe.
»Aha«, sagt der Rektor dumpf. Mit einer so einfachen Erklärung hat er nicht gerechnet. Wenn es nach Herrn Köbl ginge, müsste er diesem Jungen mit Schulverweis drohen. Aber der Deutschlehrer ist schnell bei der Hand mit solchen Forderungen, das weiß Herr Schwartz aus Erfahrung. Er wirft einen Blick auf seine Armbanduhr. Er hat nun schon lange genug mit dieser Angelegenheit zugebracht. Kurz entschlossen langt er in seine Jackett-Tasche, zieht Fridos Handy heraus und sagt: »Unerlaubte Benutzung des Handys im Unterricht, unerlaubtes Verlassen des Schulgeländes, ständiges Zuspätkommen. Du bist ein guter Schüler, aber wenn so was nochmal passiert, wirst du ernsthafte Probleme bekommen, ist dir das klar?«
»Ja, Herr Schwartz, vollkommen klar.«
Der Rektor reicht Frido das Handy. Er sagt: »Du wirst heute eine Stunde Nacharbeit machen.«

»Aber ich muss meine Schwestern von der Schule abholen!«, sagt Frido erschrocken.
Herr Schwartz seufzt. »In Ordnung, keine Nacharbeit. Aber nimm dich in Acht!« Dann erhebt er sich. »Du kannst jetzt wieder in deine Klasse gehen.«
Frido bedankt sich und verlässt das Büro des Rektors, durchquert das Sekretariat, tritt auf den Korridor hinaus. Niemand ist zu sehen, die Stunde ist noch nicht zu Ende. So langsam wie möglich legt Frido die Strecke bis zu seinem Klassenzimmer zurück.

Als die Schule endlich aus ist, verabschiedet Frido sich von seinen Freunden und geht so schnell er kann zur Schule der Mädchen.

Die Mädchen warten bereits auf dem Bürgersteig, als er eintrifft. Chiara ist aufgeregt, sie hüpft von einem Bein aufs andere. Mira vermeidet es, ihren Bruder anzusehen. Ohne zu grüßen, fragt sie: »Und, hast du das Geld?«
Frido nickt. Er sagt: »Lasst uns nach Hause gehen!«
Sie machen sich auf den Weg. Nach kurzer Zeit ruft jemand hinter ihnen: »Wartet!« Es ist Arian, er wirkt abgehetzt. Mira wendet sich ab und verdreht die Augen, als sei sie genervt. Währenddessen schießt ihr das Blut ins Gesicht.
»Hallo!«, grüßt Arian, als er die Geschwister eingeholt hat. Dann wendet er sich Mira zu. »Können wir kurz reden?«
Mira zuckt mit den Schultern. Sie sagt: »Klar, rede!« Arian lächelt verlegen, er sagt: »Unter vier Augen?«
»Ich hab' jetzt keine Zeit.«
»Wann dann?«
»Ich ruf' dich an.«

»O.k., geht klar.«
Arian sieht erleichtert aus, er macht langsam ein paar Schritte rückwärts, während er sagt: »Ich warte dann auf deinen Anruf. Also ... tschüss!«
Mira erwidert seinen Gruß nicht. Sie wendet sich ab und sagt zu ihren Geschwistern: »Gehen wir!« Es fällt ihr schwer, nicht zu lächeln.

Auf dem Heimweg gehen sie im Supermarkt einkaufen. Mit zwei Plastiktüten voller Lebensmittel kommen sie wieder heraus. Chiara ist zufrieden. Gegen Miras und Fridos Willen hat sie eine teure Pralinenschachtel als Geschenk für ihre Mutter durchgesetzt. Sie geht nach Hause mit dem Gefühl, älter geworden zu sein. Während die Großen die Mahlzeit zubereiten, macht sie im Wohnzimmer ihre Hausaufgaben. Anstatt Zeit zu verlieren wie sonst, ist sie konzentriert bei der Sache. Deshalb benötigt sie nur zehn Minuten. Als Frido sie ruft, ist sie längst mit allem fertig. So muss es sein, wenn man erwachsen ist, denkt sie, während sie gemeinsam am Tisch sitzen und Spaghetti mit Ketchup essen.

»Wir müssen die Polizei anrufen«, sagt Frido und schiebt seinen leeren Teller von sich.
»Ich kann das machen«, sagt Chiara und findet, dass sogar ihre Stimme schon älter klingt. Frido reagiert nicht, er schaut Mira an. Mira sagt: »Das ist dein Job.«
Frido atmet tief durch. Dann erhebt er sich und geht zum Telefon. Er wird mehrere Male durchgestellt, dann spricht er mit einem Beamten, der Bescheid weiß und ihm eine Adresse geben kann. Frido will sich bedanken, als der Mann sagt:

»Du rufst von dort an, wo der ... Unfall passiert ist, nicht wahr?« Frido erschrickt und sagt schnell: »Ja, wir sind mit unserem Vater hier, um ein paar Sachen zu holen.«
»Aha, und er wollte nicht selbst anrufen?«
»Nein, ... er ... ihn interessiert das nicht so.«
»Ach so, hm. Dann viel Glück.«
Sie verabschieden sich und legen auf. Frido bleibt eine Weile stehen. Dann viel Glück, der Satz geht ihm durch den Kopf, er scheint sogar lauter zu werden. Frido wundert sich darüber. Er wendet sich an seine Schwestern: »Ich hab' die Adresse.«
»Und wie kommen wir dahin?«, fragt Mira. Sie suchen das Krankenhaus im Internet und stellen fest, dass es nicht so weit entfernt ist, und dass sie den Weg zum Teil sogar kennen.
»Wir müssen das Geschenk noch einpacken!«, sagt Chiara. Sie wird ganz traurig, als sie feststellen, dass es in der Wohnung kein Geschenkpapier gibt. Frido sagt: »Bestimmt freut sie sich trotzdem.« Chiara steckt die Pralinen in eine Plastiktüte. Sie brechen auf.

30

DER ERSTE TEIL DES WEGES führt sie zur Grundschule. Das Gebäude wirkt jetzt verlassen, ein Fahrrad und ein Roller stehen an Ständern angekettet dort und verstärken den Eindruck. Die Geschwister gehen schweigend, jeder ist mit sich selbst beschäftigt.

Als sie am Lotto-Toto-Laden vorbeikommen, sagt Chiara plötzlich: »Hier können wir Geschenkpapier kaufen!« Sie bleiben stehen. Mira schaut Frido an und zuckt mit den Schultern. Frido späht durch das Schaufenster. Zu seiner Überraschung steht dort nicht der alte Mann, sondern eine Frau. »O.k.«, sagt er.
»Ich bleib' draußen«, verkündet Mira. Chiara ist schon auf dem Weg zur Tür, Frido folgt ihr. Gemeinsam betreten sie das Geschäft. Über ihren Köpfen gibt es ein Bimmeln, als sie die Tür öffnen. Hinter dem Tresen steht die kleine dunkle Frau, die Frido schon häufiger gesehen hat. Sie lächelt und sagt: »Hallo!«
Frido nickt mit dem Kopf. Sie sind unwillkürlich an der Eingangstür stehen geblieben, bis zu der Frau sind es ein paar Meter.
»Wie kann ich euch helfen?«, fragt die Frau, als sie das Zögern der Kinder bemerkt. Chiara hatte damit gerechnet, Hans zu begegnen. Jetzt setzt sie sich kurz entschlossen in Bewegung und zieht beim Gehen die Pralinenschachtel aus der Tüte. Sie sagt: »Wir wollen unsere Mutter im Krankenhaus besuchen und ihr Pralinen mitbringen. Aber wir haben kein Geschenkpapier.« Sie steht jetzt genau vor der Theke und hält die Pralinenschachtel mit ausgestrecktem Arm hoch in die Luft, damit die Frau ihre Größe genau erkennen kann.
Die Frau lächelt freundlich, wodurch ihr Gesicht noch runder wirkt, und sagt: »Geschenkpapier braucht ihr also! Da haben

wir bestimmt das Richtige.« Sie kommt hinter der Theke hervor und gibt Chiara ein Zeichen, ihr zu folgen. Im Raum stehen drei Regale hintereinander und parallel zum Schaufenster. Sie sind fast so lang wie die Strecke von der Tür bis zum Tresen und von oben bis unten vollgestellt mit Schreibwaren, Schulheften, Stiften, Karteikarten, Linealen, Radiergummis, Aktenordnern. Und alles gibt es in unterschiedlichen Größen und Farben. Die Frau begibt sich zur rückwärtigen Wand. Ganz hinten links in der Ecke steht ein hoher runder Tisch, in dessen Mitte Stapel von Lottoscheinen liegen. Daneben stehen weiße Kugelschreiber in Haltern mit runden Füßen. Während die Frau vor ihr hergeht, stellt Chiara überrascht fest, dass sie höchstens einen Kopf größer ist als sie selbst, vielleicht ein bisschen mehr, aber dennoch sehr klein für eine Erwachsene.

»Hier sind wir!«, sagt die Frau plötzlich und zeigt auf eine runde Tonne, aus der bunte Papierrollen ragen.

»Welche Farbe möchtest du denn?«, fragt sie und lächelt. Chiara beugt sich über die Rollen und betrachtet sie. Im Hintergrund hört sie, wie die Ladentür sich öffnet. Es bimmelt erneut. Eine Männerstimme ruft: »Frau Tarsi?«

»Ja! Hier!«, ruft die kleine Frau zurück.

»Ich bin jetzt wieder da!«

»Sehr schön! Ich bediene noch eine Kundin und dann bin ich weg.« Sie zwinkert Chiara zu und sagt: »Die Kundin bist du.« Dann kichert sie wie ein kleines Mädchen. Chiara muss auch kichern. Frau Tarsi wird wieder ernst, sie zieht eine der Rollen heraus, eine dunkelrote mit feinen Blumenmustern, und sagt: »Was hältst du von dieser hier?«

Chiara runzelt die Stirn. Zögerlich sagt sie: »Das sieht aus wie getrocknetes Blut.«

Frau Tarsi macht große Augen. Sie sagt: »Oh. Ja, wenn das so ist.« Sie stellt die Rolle wieder zurück. Im Hintergrund erkundigt sich dieselbe Männerstimme: »Junger Mann, kann ich dir vielleicht helfen?«
Chiara hört, wie ihr Bruder antwortet: »Nein danke, ich bin mit ... mit der Kundin hier.«
»Ach so«, erwidert die Männerstimme.
Chiara muss erneut kichern. Auch Frau Tarsi hat es gehört und lächelt Chiara verschmitzt an. Dann zieht sie eine neue Rolle heraus. Sie ist blassgelb mit zartgrünen Blumen hier und da. Frau Tarsi sieht Chiara fragend an. Chiara überlegt. Vor ihrem inneren Auge sieht sie, wie die Mutter das Paket erblickt. Sie sitzt in ihrem Krankenhausbett, die weiße Decke ganz straff um ihren Körper gezogen, und schaut Chiara entgegen, die das Paket genau so hochhält wie zuvor für die Verkäuferin. Dann lächelt die Mutter. Chiara lächelt auch und sagt: »Ja, das ist schön.«
»Prima, dann nehmen wir das!«
»Die ganze Rolle?«
»Oh. Ihr braucht nicht so viel, was?«, sagt Frau Tarsi verständnisvoll. Sie überlegt. »Da müssen wir den Besitzer fragen. Komm!« Sie geht zurück zum Tresen. »Ja, wo ist er denn geblieben?«, fragt sie, als sie dort ankommen. Hinter der Theke gibt es eine Tür, sie steht halb offen. Von dort ertönt die Männerstimme. Sie ruft: »Ich bin hier! Mache nur schnell einen Kaffee!«
Frau Tarsi wendet sich zu Chiara und sagt: »Warte einen Moment hier.« Sie begibt sich hinter die Theke und verschwindet durch die Tür. Chiara schaut sich nach ihrem Bruder um. Frido steht immer noch am Eingang und wartet. Er wirkt angespannt. Jetzt sieht er sie fragend an. Zur Antwort zuckt Chiara mit den Schultern. In diesem Augenblick kommt Frau Tarsi zurück. Hinter ihr

erscheint der alte Mann. Er lächelt das Mädchen an und sagt: »Nur ein Paket möchtest du einpacken?«
Chiara starrt den Mann an. Jetzt, da er vor ihr steht, fühlt sie sich ganz eigenartig. Von hinten kommt Frido zu ihr, er antwortet an ihrer Stelle: »Ja, es ist für unsere Mutter.«
»So, so«, sagt der Mann. Er betrachtet Frido eingehender und sagt: »Ich kenne dich«, er macht eine Pause, als versuche er, sich besser zu erinnern. Dann sagt er: »Du kommst auf dem Weg zur Schule hier vorbei, nicht wahr?«
»Ja«, sagt Frido und senkt den Blick. Der Mann wirkt, als wolle er noch etwas sagen. Dann fasst er sich, lächelt Chiara erneut an und sagt: »Dann wollen wir mal! Kommst du mit?« Er begibt sich zu dem runden Tisch, der hinten in der Ecke steht. Chiara folgt ihm, Frido bleibt zurück. Frau Tarsi lächelt ihn an. Dann greift sie zu einer Dose mit Gummibärchen, öffnet sie und hält sie ihm hin.
»Hier, junger Mann, damit du nicht bloß warten musst.« Dabei lächelt sie ihn verschmitzt an. Frido zögert. Am liebsten würde er ablehnen, um nicht noch in ein Gespräch verwickelt zu werden. Aber er will nicht unhöflich sein. Deshalb greift er zu und bedankt sich.

In diesem Moment ertönt aus dem Nebenraum ein röchelndes Geräusch. »Oh!«, ruft Frau Tarsi, »das ist die Kaffeemaschine!« Sie eilt hinter die Theke und verschwindet. Frido ist erleichtert.

In der Zwischenzeit hat der alte Mann einen Hocker, der hinter dem Tisch stand, herangezogen und vor Chiara gestellt.
»Hab ich immer hier für kleinere Leute«, sagt er zufrieden.
»Ich bin aber schon groß«, sagt Chiara, während sie auf den Hocker steigt.

»Natürlich bist du das«, erwidert der Mann. »Wie alt bist du denn, wenn ich fragen darf?«
»Sechs.«
»Aha. Das ist wirklich schon groß.«
Chiara legt die Pralinenschachtel auf den Tisch und der Alte zieht die Plastikfolie von der Papierrolle ab.
»Ich weiß auch, wie du heißt«, sagt Chiara.
»So, so, das ist ja allerhand. Wie heiß ich denn?«
»Du heißt Hans.«
Der Alte lacht. »Volltreffer! ja, so heiß ich. Und wer hat dir das gesagt?«
Chiara schweigt. Hans schlägt sich plötzlich mit der flachen Hand gegen die Stirn.
»Jetzt hab ich doch glatt die Schere und den Tesafilm vergessen! Ich bin gleich zurück.« Er eilt zur Theke. Chiara schaut ihm nach. Er öffnet eine Schublade unterhalb des Tresens, entnimmt ihr eine große Papierschere und eine Rolle Klebstreifen. Dann kommt er zurück. Als er Chiaras Blick bemerkt, lächelt er sie an.
»Du bist nett«, sagt Chiara.
»Danke, das ist sehr liebenswürdig von dir, mir so etwas zu sagen!«, entgegnet Hans und macht sich daran, Geschenkpapier abzuschneiden. »Wie heißt denn du?«, fragt er, während er sich bemüht, gerade zu schneiden.
Chiara zögert. Dann sagt sie: »Chiara.«
Hans verschneidet sich. Er wirft Chiara einen kurzen Blick zu.
»Da muss ich wohl noch mal von vorne anfangen. Entschuldige bitte, Chiara.«
»Das macht nichts. Wir haben nicht weit zu gehen.«
»Wo müsst ihr denn hin?«

»In ein Krankenhaus.«
»Und da liegt eure Mutter?«
»Genau.«
»Was hat sie denn?«
»Sie hat sich wehgetan.«
»Aha. Ich hoffe, es ist nichts Schlimmes.«
»Hm«, macht Chiara und schweigt.
Hans wirft ihr einen weiteren Blick zu, während er die Pralinenschachtel in das Geschenkpapier einschlägt.
»Ich will zukleben!«, ruft Chiara.
»Selbstverständlich«, sagt Hans und gibt ihr den Tesafilm. Während Hans ihr die Schachtel so hinhält, wie sie es braucht, reißt Chiara kurze Streifen ab und klebt sie auf das Geschenkpapier.
»Hat dein Bruder auch einen italienischen Namen?«, fragt Hans, ohne den Blick von der Schachtel zu heben.
»Ach, nein«, sagt Chiara, »er heißt nur Frido.« Dann kichert sie.
Hans lächelt auch, wird aber sofort wieder ernst.

Jetzt sind sie fertig mit dem Verpacken. Chiara nimmt die Schachtel in beide Hände und betrachtet sie zufrieden.
»Das haben wir toll gemacht«, sagt sie. Sie runzelt die Stirn.
»Was wird das denn kosten?«
Hans muss lachen. Er sagt: »Das kostet gar nichts, Chiara. Es ist ja nur ganz wenig Papier.«
»Aber du kannst doch jetzt die Rolle nicht mehr verkaufen«, wendet das Mädchen ein.
Hans wiegt den Kopf. Er sagt: »Da hast du schon recht. Aber ich heb' sie im Nebenraum auf. Für den Fall, dass du nochmal etwas verschenken willst und kein Papier hast. Dann kommst du einfach vorbei und wir verpacken es wieder. Einverstanden?«

Chiara lächelt Hans an. Sie sagt: »Du bist wirklich so nett, wie Frido sagt. Ich glaube nicht, dass du alle verarscht hast.«
Hans schaut sie verblüfft an. Ehe er etwas sagen kann, springt Chiara vom Hocker herunter und geht zum Tresen, wo Frido mit Frau Tarsi steht. »Schau mal!«, ruft sie ihrem Bruder entgegen. Frido nickt und sagt: »Super.« Er ist erleichtert, dass sie endlich gehen können.
»Wiedersehen!«, ruft Chiara, während sie ihm zum Ausgang folgt. An der Tür dreht sie sich noch einmal um und winkt Frau Tarsi und Hans zu. Die beiden winken zurück. Dann verlässt sie den Laden.

Draußen erwartet Mira sie mit vorwurfsvoller Mine, weil es so lange gedauert hat. Chiara achtet nicht darauf. Sie ist zufrieden und freut sich, dass sie ihrer Mutter nun dieses schöne Geschenk mitbringen kann. Die Kinder setzen sich in Bewegung. Sie bemerken die beiden Erwachsenen nicht, die hinter der großen Schaufensterscheibe des Lotto-Toto-Ladens stehen und ihnen nachschauen und dabei Tränen in den Augen haben.

31

DIE KINDER GEHEN WEITER die Straße entlang. Sie überqueren die Abzweigung, die zu Fridos Schule führt. Unwillkürlich blickt er in diese Richtung und denkt an die Ereignisse vom Vormittag. Die Worte des Schulrektors fallen ihm wieder ein: Einer Frau zu sagen, sie sei wie ihre Mutter. Er wirft Mira einen Seitenblick zu. Seit der Begegnung mit Arian wirkt sie nicht mehr so düster.

Auf der anderen Seite erstreckt sich eine lange Bretterwand, hinter der die Kinder Kräne und Rohbauten sehen. Am Ende der Baustelle fällt Fridos Blick auf ein hohes Gebäude. Er zeigt darauf und sagt: »Da drin arbeitet die Mama.« Er weiß es, weil seine Mutter ihn einmal mitgenommen hat, um ihn ihrer neuen Chefin vorzustellen. Das ist mindestens vier oder fünf Jahre her, kalkuliert er. Seitdem war er nicht mehr hier. Die Mädchen betrachten das Gebäude, während sie daran entlanggehen. Ein moderner Sichtbetonbau, zweckmäßig, ohne überflüssige Schnörkel.

»Komisch«, murmelt Frido, als spreche er mit sich selbst, »warum sie wohl immer hinten rum geht? Dieser Weg ist viel kürzer.«

Mira sagt: »Wer weiß schon, warum die Mama die Sachen macht, die sie macht.«

Chiara fragt: »Was hast du mit der Frau in dem Laden geredet, Frido?«

»Ach nichts. Sie hat mir von ihrem Enkelsohn erzählt. Sie hat gesagt, er war zuerst auch auf einer Realschule und hat dann auf ein Gymnasium gewechselt.«

»Das geht?«, fragt Mira.

»Scheinbar ja.«

»Auch von der Hauptschule?«

»Keine Ahnung.«
»Bestimmt nicht«, sagt Mira und verzieht das Gesicht.

Nach einer Weile gelangen sie an eine hohe Ziegelmauer, die sich entlang des Bürgersteigs erstreckt. Dahinter sieht man kahle Baumkronen in den Himmel ragen. Es ist der Beginn des Krankenhausgeländes. Die Kinder kommen an eine Schranke. Rechts von ihr führt ein Fußweg hinein.
»Was genau hat die Polizei dir gesagt?«, fragt Mira ihren Bruder, als sie die Schranke passiert haben.
»Unfallchirurgie«, antwortet Frido. Sie schauen sich um. In der Nähe befinden sich mehrere Gebäude.
»Da steht was!«, ruft Chiara. Ein Stück weiter vorn verzweigt sich die Zufahrtsstraße. Rechts daneben steht eine große weiße Tafel. Die Kinder steuern darauf zu. Die Tafel enthält eine Liste der verschiedenen Abteilungen. Neben jedem Eintrag ist ein Pfeil angebracht.
»Da!«, sagt Frido, »Unfallchirurgie.«
»Der zeigt ja in den Himmel!«, ruft Chiara.
»Das bedeutet ›geradeaus‹«, erklärt Mira. Sie gehen in die angegebene Richtung. Da es heute kalt ist, sind kaum Menschen zu sehen. Ab und zu fährt ein Auto an ihnen vorbei, um zu einem der kleineren Parkplätze zu gelangen, die sich neben den verschiedenen Gebäuden befinden. Das Gelände ist groß, Chiara spürt, wie ihre Beine immer müder werden.

Sie müssen bis auf die andere Seite gehen, um zur Unfallchirurgie zu gelangen. Als sie sich der Rückseite eines monumentalen, viergeschossigen Altbaus mit hohen Giebeln nähern, erkennen sie, dass sie das Krankenhausareal durch den Hintereingang betreten haben. Um sich nicht zu verirren, umrunden sie das Gebäude und gehen auf seiner Vorderseite zum Haupteingang. Eine breite Freitreppe führt hinauf. Hinter dem Eingang und in der Mitte eines großen Foyers, dessen Fußboden und eckige Säulen mit hellbraunen Marmorplatten verkleidet sind, sitzt eine ältere Frau hinter einem Tresen aus demselben Material. Sie schaut in einen kleinen Flachbildschirm. Über ihrem Kopf hängt an zwei Ketten ein breites Marmorschild von der hohen Decke. Darauf steht in großen goldfarbenen Lettern ›Information‹. Die Kinder gehen auf die Frau zu.

»Ja, bitte?«, sagt sie, wendet den Blick vom Bildschirm und schaut die Kinder an. Ihr Gesicht zeigt keine Regung. Frido räuspert sich. Die Frau sitzt so hoch, dass er zu ihr aufblicken muss. Mit schüchterner Stimme sagt er: »Wir suchen die Unfallchirurgie.«

Die Frau runzelt die Stirn. Sie sagt: »Wollt ihr jemanden besuchen?« Die Kinder nicken. »Wie ist der Name?«

»Veronika Kelber.«

Sie blickt erneut in den Bildschirm, drückt ein paar Tasten, wartet, drückt wieder ein paar Tasten, wartet erneut. Sie sagt: »Gehört ihr zur Familie?«

»Sie ist unsere Mutter!«, antwortet Chiara empört.

»Das kann ich ja nicht wissen«, gibt die Frau säuerlich zurück. Jetzt zeigt ihr der Bildschirm etwas. Sie zieht die Augenbrauen zusammen, ihre Lider flackern kurz, ihre Backenmuskeln zucken. Sie schaut die Kinder erneut an, doch jetzt liegt in ihrem Blick eine unbestimmte Milde. Sie sagt: »Nun, eure Mutter ... schläft gerade, wie es scheint. Aber ihr könnt mit dem Stationsarzt reden.« Sie nennt ihnen einen Namen, ein Stockwerk und eine Zimmernummer. Sie beschreibt ihnen den Weg dorthin und schärft ihnen ein, sich zuerst im Schwesternzimmer zu melden. Die Kinder versprechen es und gehen nach links, wo eine Marmortreppe nach oben führt.

Kurz vor der Treppe bleibt Mira abrupt stehen. Frido und Chiara bemerken es zunächst nicht. Erst als sie dem Treppenverlauf nach rechts folgen wollen, sehen sie, dass ihre Schwester noch ganz unten steht.
»Was ist?«, fragt Frido.
»Ich geh' nicht mit hoch«, antwortet Mira.
»Was? Warum?«
»Ich …« Mira ringt um Worte, doch sie weiß nicht, was sie sagen könnte.
»Wir wollten doch alles zusammen machen«, sagt Chiara bittend.
»Ich kann nicht«, sagt Mira mit schwacher Stimme.
Frido macht ein genervtes Gesicht. Er sagt: »Warum sind wir denn hierher gekommen?«
Mira zuckt mit den Schultern, ohne etwas zu entgegnen.
»Wir warten hier, bis die Mama wach wird«, schlägt Chiara vor.
Bevor Frido etwas erwidern kann, schreit Mira plötzlich: »Wisst ihr nicht, was das heißt?« Sie bricht in Tränen aus und sagt schluchzend: »Es heißt, dass sie nicht mehr wach wird!«
Mit diesen Worten setzt sie sich auf die unterste Treppenstufe, vergräbt ihren Kopf in den Armen und weint. Chiara steht einen Moment lang unbeweglich und starrt zu Mira hinunter. Dann stürzt sie die Treppe hinauf. Frido, der schon auf dem Weg nach unten war, um seine Schwester zu trösten, zögert. Als Chiara aus seinem Blick verschwindet, folgt er ihr. Mira hat nichts davon mitbekommen. Sie bekommt gar nichts mehr mit.

in ihrem Inneren hat sich ein großer Schmerz aufgetan wie eine Schlucht ohne Boden, in die sie fällt und fällt.

Aus der Ferne beobachtet die Frau an der Information das weinende Mädchen und weiß nicht, wie sie reagieren soll.

Frido holt seine kleine Schwester erst ein, als sie den zweiten Stock erreicht. Er hält sie fest und zwingt sie wortlos, ihm die Hand zu geben. Gemeinsam gehen sie durch einen weiß gestrichenen Gang, von dem links und rechts Türen abzweigen. Lange Neonröhren verströmen weißes Licht von der Decke. Im Vorbeigehen sieht Frido das Schwesternzimmer. Die Tür steht weit offen, am anderen Ende des Zimmers vor einem hohen Fenster stehen und sitzen drei Frauen und ein Mann in weißen Kitteln. Chiara hat nicht darauf geachtet. Sie zieht ihn vorwärts, und er lässt es geschehen.

Dann stehen sie vor dem gesuchten Zimmer. Die Tür ist hellgrau und so breit, dass ein Bett hindurchpasst. Eine schwarze Zahl prangt auf ihr, sonst verrät sie nichts. Dahinter ist die Mutter. Wenn sie die Tür öffnen, werden sie die Wahrheit sehen. Plötzlich verspüren sie dieselbe Angst, die Mira begleitet hat, seit Frido den Entschluss fasste, herzukommen. Chiara macht einen Schritt nach vorn. Sie drückt die Türklinke herunter.
»Was macht ihr beiden denn da?«, ertönt eine Stimme hinter ihnen. Es ist die Frau von der Information. Sie hält Mira an der Hand, die noch immer verheult aussieht.
»Ich habe doch gesagt, ihr sollt euch bei den Schwestern melden«, sagt die Frau und schüttelt missbilligend den Kopf. Chiara nimmt die Hand von der Türklinke. »Kommt mit!«,

befiehlt die Frau und kehrt wieder um, ohne Mira loszulassen. Frido und Chiara folgen ihr zögernd.

Vor dem Schwesternzimmer macht sie Halt. »Ihr geht jetzt da hinein, stellt euch vor und sagt, was ihr wollt!« Sie lässt Mira los. Als die Kinder zögern, schiebt sie sie kurzerhand in den Raum, grüßt die Anwesenden und zieht sich zurück. Eine der Frauen nähert sich ihnen. »Hallo! Ich bin Schwester Martina. Womit kann ich euch helfen?«
»Wir wollen zu Veronika Kelber«, sagt Frido.
»Oh! Ihr wollt eure Mutter besuchen, nehme ich an?«
Frido nickt.
»Nun«, sagt Schwester Martina, »das ist im Augenblick nicht so leicht. Sie ist heute Morgen noch einmal operiert worden und hat deshalb eine Vollnarkose bekommen.« Sie schaut in die Gesichter der Kinder und fügt hinzu: »Ich kann ja mal nachschauen, ob sie in der Zwischenzeit aufgewacht ist. Ihr wartet am besten hier, o.k.?«
Die Kinder nicken und Schwester Martina macht sich auf den Weg. Die Kinder treten zurück auf den Korridor und schauen ihr nach. Frido sagt: »Hatte die andere dir das mit der Narkose schon erzählt?«
Mira nickt.
»Und du hast gesagt, die Mama wacht nie mehr auf!«, sagt Chiara anklagend.
Mira zuckt nur mit den Schultern. Sie muss immer noch achtgeben, dass sie nicht erneut zu weinen anfängt.

Schwester Martina verschwindet in dem Zimmer und taucht kurze Zeit später wieder auf. Sie lächelt. »Ihr habt Glück!«, sagt sie, »sie ist wach und freut sich auf euch.« Chiara macht einen

Luftsprung und will loslaufen, aber Schwester Martina sagt: »Seid nicht zu stürmisch. Sie ist noch sehr schwach.«
Frido verspricht es, aber Chiara ist schon unterwegs. Sie rennt durch den Flur bis zu derselben hellgrauen Tür, vor der sie schon gestanden hat. Dort bleibt sie stehen. Diesmal zögert sie nicht. Sie versucht, alles ganz langsam und leise zu tun. Leise drückt sie die Klinke herunter, leise öffnet sie die große Tür. Ihre Geschwister holen sie ein, und gemeinsam betreten sie den abgedunkelten Raum. Es ist ein großes Krankenzimmer, vier oder fünf Patienten hätten hier Platz. Aber dort steht nur ein einziges Bett auf Rollen, genau in der Flucht der Tür und am anderen Ende des Zimmers. Rechts hinter dem Bett hängt ein dunkler Vorhang von einer hohen Eisenstange. An den äußeren Seiten des Vorhangs stiehlt sich helles Tageslicht in den Raum, fließt die Wände entlang und fällt auf das Bett und die Frau, die dort unter einer weißen Decke auf dem Rücken liegt und ihnen den Kopf zugewandt hat. Das Haar fällt ihr über die Stirn, ihr Gesicht ist voller Schatten.

Die Kinder nähern sich langsam dem Bett. Als sie vor der Mutter stehen, schaut sie zu ihnen auf. Ihre Augen glänzen. Chiara greift in ihre Tüte und zieht das Geschenk hervor.
»Wir haben dir Pralinen mitgebracht«, sagt sie leise und legt die Schachtel neben die Mutter auf den Bettrand.
»Danke«, sagt Veronika kaum hörbar.
»Wirst du wieder gesund?«, fragt Mira.
Die Mutter nickt langsam, ohne den Kopf zu heben.
»Und wie lange musst du noch im Krankenhaus sein?«, fragt Frido.

Die Mutter schaut ihren ältesten Sohn an. »Ein Weilchen«, flüstert sie.

Es entsteht ein Schweigen. Die Kinder wissen nicht, was sie tun oder sagen sollen, die Mutter liegt da und schaut sie mit ihren glänzenden Augen an. »Seid ihr bei eurem Vater?«, fragt sie dann.

Frido und Mira schauen einander an, doch bevor sie etwas entscheiden, sagt Chiara: »Der Papa hat uns erlaubt, zu Hause zu sein.«

Die Mutter hebt leicht den Kopf. Aber sie lässt ihn wieder in das Kissen fallen, als ein Reißen durch ihren Bauch fährt. Als der Schmerz abebbt, sagt sie: »Schafft ihr das?«

Die Kinder nicken mit dem Kopf.

»Aber es ist ganz schwer ohne dich«, fügt Chiara hinzu. Die Mutter bricht in Tränen aus, doch ihr Schluchzen weckt erneut den Schmerz, der in ihrer Körpermitte wohnt. Sie wendet den Kopf zur Decke und versucht sich zu entspannen, während ihr Tränen aus den äußeren Augenwinkeln rinnen und auf das Kissen tropfen, wo sie dunkle Flecken bilden. Im Rücken der Kinder öffnet jemand die Tür. Schwester Martina betritt den Raum. Sie sagt: »Ihr geht jetzt am besten, eure Mutter braucht noch viel Ruhe.«

Die Kinder haben der Mutter bestürzt zugeschaut. Die Worte der Krankenschwester nehmen sie kaum wahr. Schwester Martina tritt an Veronikas Bett und sagt bestimmt: »Ihr müsst jetzt gehen! Morgen könnt ihr wiederkommen.«

Frido nickt abwesend, ohne den Blick von der Mutter zu wenden, die darum kämpft, ihre Körpervorderseite zu entspannen, während die Tränen immer weiterfließen wie zwei geräuschlose kleine Bäche. Schwester Martina sagt mit Nachdruck: »Bitte, Kinder!«

Frido will Chiara an der Hand nehmen, doch sie macht sich los und ruft: »Ich will aber nicht!« Sie beginnt zu weinen.

»Wir kommen morgen wieder, ganz bestimmt!«, verspricht Frido. Er schiebt seine Schwester an den Schultern aus dem Krankenzimmer. Mira folgt ihnen als letzte. An der Tür dreht sie sich noch einmal zur Mutter um, die wieder ganz still liegt, aus der Entfernung könnte sie irgendjemand sein, die Schatten haben sich um ihr Gesicht gelegt wie graue Tücher. Schwester Martina steht hinter dem Bett, sie ist über die Mutter gebeugt, legt ihre eine Tablette auf die Zunge und hebt ihren Kopf an, damit sie aus dem Becher trinken kann, den die Schwester ihr mit der anderen Hand an den Mund hält. Mira sagt leise: »Tschüss, Mama.« Dann tritt sie auf den Flur und zieht die Tür hinter sich zu. Ihre Augen brennen. Zum ersten Mal in ihrem Leben wünschte sie, sie könnte weinen. Doch jetzt geht es nicht.

32

SCHWEIGEND KEHREN DIE KINDER auf demselben Weg zurück. Der Wind hat erneut zugenommen, die Äste der hohen Buchen und Akazien, die dem Krankenhausgelände einen parkhaften Anschein verleihen, rauschen über ihren Köpfen, kleine Wolkenfelder ziehen hastig vorüber. Weit oben stehen vereinzelte Cirruswolken ganz still. Sie sehen aus wie zarte Pinselstriche, und die Kinder würden sie bewundern, wären sie in besserer Stimmung. Doch jetzt wollen sie nur den langen Weg hinter sich bringen. Sie ziehen die Köpfe zwischen die Schultern, um sich vor der Kälte zu schützen. Die Sonne steht weit im Westen, bald wird sie untergehen.

Als sie das Krankenhausgelände verlassen haben und an der hohen Ziegelmauer entlanggehen, sagt Chiara: »Meinst du, die Mama hat sich über die Pralinen gefreut?«
Frido hebt die Schultern. Er sagt: »Bestimmt.«
Chiara hört die Unsicherheit in der Stimme ihres Bruders. Sie fühlt sich müde und hungrig. Die Aussicht, nach Hause zu gehen und dort wieder nur mit ihren Geschwistern zu sein, kommt ihr trostlos vor.

Als sie am Lotto-Toto-Geschäft vorbeigehen, öffnet sich die Ladentür und Hans D. tritt heraus. Er winkt den Kindern: »Wartet mal!«, ruft er.
Die Geschwister bleiben stehen. Frido gefällt diese erneute Begegnung mit dem Alten nicht. Chiara schaut Hans neugierig entgegen. Mira verdreht die Augen und hofft, dass es diesmal nicht wieder so lange dauert.

Hans nähert sich den Kindern. Er lächelt in die Runde. »Du bist also Mira«, sagt er.

»Hallo«, gibt Mira abweisend zurück.
Hans kümmert das nicht. Er hält etwas in der Hand. »Schaut mal: Das ist Waldmeisterbrause. Ich weiß, dass eure Mutter die gerne isst. Wenn ihr wieder ins Krankenhaus geht, könnt ihr ihr doch welche mitbringen.«
»Woher weißt du denn so was?«, fragt Chiara mit großen Augen.
»Ach«, sagt Hans und schaut sie lächelnd an, »sie kommt manchmal her und kauft welche.«
»Lüge!«, entfährt es Frido, »meine Mutter geht immer hinten rum zur Arbeit, damit sie nicht bei Ihnen vorbei muss!« Er sieht Hans wütend an. Hans erwidert den Blick des Jungen schweigend. Dann senkt er den Kopf und nickt leicht. »Ja, du hast recht. Das war nicht die Wahrheit. Aber früher, als das Geschäft noch einem Freund von mir gehörte, ist sie oft hergekommen – auch mit euch. Und sie hat immer Waldmeisterbrause gekauft und sie sofort gegessen.« Er lächelt gewinnend.
»Wir müssen jetzt weiter!«, sagt Frido laut. Er will seine Schwestern von Hans wegziehen, doch Mira windet sich aus seinem Griff.
»Lass mich! Ich kann allein gehen.«
Chiara schreit: »Ich will der Mama die Brause mitbringen!«
Hans streckt sie ihr entgegen, doch Frido schlägt mit der Hand darauf, so dass die Päckchen auf den Boden fallen. Er zerrt Chiara weiter und ruft nach Mira. Hans bückt sich, hebt die Brausepäckchen auf und hält sie Mira hin. Er sagt: »Sie mag sie wirklich sehr gern.«
Mira ergreift die Päckchen und steckt sie in ihre Manteltasche. Dann rennt sie Frido und Chiara hinterher. Hans steht in der Kälte des Nachmittags und schaut den drei Kindern lange nach. Dann wendet er sich in die entgegengesetzte Richtung und

überlegt, dass es bestimmt leicht wäre, Veronika Kelber zu finden. Doch was sollte er ihr sagen? Er seufzt. Sei bescheiden, denkt er. Heute hast du Chiara wiedergesehen, und jetzt weißt du, dass es ihr gut geht. Sein Blick wandert zu den sechs großen Müllcontainern, die schräg gegenüber auf der anderen Straßenseite ihren eigenen kleinen Hof bilden, gleich neben dem Gebäude, in dem sich seine Wohnung befindet. Alles ist noch genau so da, als wäre keine Zeit vergangen. Aber das ist eine Illusion. Du bist alt geworden, denkt er. Er wendet sich um und geht zurück in sein Geschäft.

33

»DA STIMMT DOCH ETWAS NICHT«, sagt Frau Tarsi, als sie am Abend in der Wohnung der Tarsis beisammensitzen. Zur Feier des Tages hat Herr Tarsi eine persische Fleischsoße mit Duftreis gekocht. Hans hat einen Rotwein besorgt. Dann haben sie im Wohnzimmer an dem neuen Esstisch der Tarsis gesessen, ihre Gläser gehoben, und Frau Tarsi hat gesagt: »Auf das Schicksal, das es heute gut mit uns gemeint hat!«

Doch als Hans von seiner zweiten Begegnung mit Veronika Kelbers Kindern berichtet, runzelt die kleine Frau die Stirn.
»Wie meinst du das?«, fragt Herr Tarsi, der bereits aufgestanden ist, um das Geschirr in die Küche zu bringen, damit es gemütlicher wird.
»Ich meine«, sagt Frau Tarsi und zieht die Augenbrauen hoch: »Wo ist der Vater? Veronika Kelber liegt im Krankenhaus und die Kinder laufen allein in der Gegend herum.«
»Vielleicht wohnen sie wieder bei ihm«, sagt Hans, dem der Wein einen schweren Kopf gemacht hat.
»Hoffen wir es«, erwidert Frau Tarsi skeptisch. »Aber wenn sie wieder bei ihrem Vater wohnen, dann ist es doch komisch, dass der Junge denselben Schulweg hat wie vorher.«
»Hm«, macht Hans, »ich kann mich nicht erinnern, ob ich ihn heute Morgen gesehen habe.« Er überlegt. »Vielleicht haben sie weiter unten die Straßenbahn genommen.«

Sie reden noch eine Weile von Chiara und erinnern sich daran, wie es war, als sie plötzlich in Hans' Leben trat und er wieder begann, sich zu waschen. Frau Tarsi lacht, als sie den Gestank erwähnt, der zuvor jahrelang aus Hans' Wohnung gedrungen war.

»Wir dachten schon, wir müssen ausziehen!«, ruft Herr Tarsi und lacht mit. Hans lächelt tapfer, doch er kann nicht verhehlen, dass ihm seine Zeit als behauster Obdachloser im Nachhinein peinlich ist.
»Wer weiß, was aus mir geworden wäre, wenn Chiara nicht gewesen wäre«, sagt er nachdenklich.
Frau Tarsi lächelt Hans nachsichtig an. »Wer weiß, was aus Chiara geworden wäre, wenn Sie nicht gewesen wären«, sagt sie.

Plötzlich beugt sie sich vor und ergreift Hans' Hände, die auf dem Tisch liegen. Sie schaut ihn intensiv an und sagt: »Schwören Sie bei Gott, dass Sie die Kleine belügen, falls es notwendig wird!«
Hans schaut sie überrascht an. Dann schüttelt er langsam den Kopf: »Ich hatte nie vor, ihr die Wahrheit zu sagen. Das ist Sache der Mutter.«
Frau Tarsi lässt ihn los und lehnt sich zurück. Noch immer schaut sie ihn an. »Da haben Sie recht«, sagt sie.

Hans denkt an den Satz, den Chiara zu ihm gesagt hat, während sie die Pralinen einpackten: Dass du alle verarscht hast. Er hat ihn für sich behalten, um niemanden zu beunruhigen und vielleicht, um selbst nicht darüber nachdenken zu müssen, was er bedeutet. Jetzt geht er ihm durch den Kopf, und er beschäftigt ihn noch, als er sich längst von den Tarsis verabschiedet hat und zurück in seine Wohnung gegangen ist. Es ist der Satz eines Erwachsenen, aufgeschnappt von einem Kind. Er geht ins Wohnzimmer, setzt sich auf seinen Stuhl, nimmt automatisch die Fernbedienung des Fernsehers in die Hand und starrt die blinde Mattscheibe an. Vor seinem Auge sieht er Frido, der ihm wütend die Brausepäckchen aus der Hand schlägt. Die Loyalität eines Sohnes mit seinem Vater, geht es Hans durch den Kopf. Ich kenne das, sagt er leise in den Raum hinein. Er denkt an Rolf, seinen eigenen Sohn. Dann schlägt er sich plötzlich mit der flachen Hand gegen die Stirn. Den ganzen Tag hat er immer wieder vergessen, Frau Tarsi zu erzählen, dass Rolf mit seiner Familie zu Besuch kommen will. Es wird sie freuen, ihn wiederzusehen, denkt er.

Seine Gedanken kehren zu Chiara zurück. Vor seinem inneren Auge sieht er Leo Kelber oben an der Wohnungstür stehen, während er selbst die steile Treppe mit einem Baby im Arm erklimmt. Hans seufzt. Lass die Finger von dieser Familie, denkt er, Das bringt dir nur Ärger. Aber er weiß zugleich, dass es nicht in seiner Macht liegt zu bestimmen, was als nächstes geschehen wird.

In der Nacht hat er einen wirren Traum, in dem so viele Menschen aus seinem Leben auftauchen, dass es gar nicht sein kann und er mit einem Mal weiß, dass er träumt. Doch er vergisst es immer wieder, denn die Menschen kommen ihm nah, einer nach dem anderen, sie sagen Sätze, die nur für ihn bestimmt sind, sie saugen sich an ihn heran, so dass er sich nur noch auf sie konzentriert und nicht mehr auf sich selbst, und schon hat der Traum ihn wieder gefangen und er muss von Neuem beginnen, sich zu erinnern. Plötzlich steht Leo Kelber vor ihm. Er zeigt mit dem ausgestreckten Zeigefinger auf seine Brust und ruft etwas, das er nicht versteht, etwas Wütendes. Dann schwindet der Traum und Hans erwacht in die erste Dämmerung. Viel zu früh, stöhnt er, als er auf seinen Wecker blickt. Er versucht, weiterzuschlafen. Doch es ist zu spät.

Ein paar Querstraßen weiter liegt Veronika Kelber in ihrem Krankenhausbett und kann nicht schlafen. Seit sie ihre Kinder gesehen hat, bricht sie immer wieder in Tränen aus, und zu dem Schmerz in ihrem Bauch gesellt sich ein anderer Schmerz, einer, gegen den keine Tabletten helfen, weil er nicht im Fleisch sitzt, sondern woanders. Zum ersten Mal in ihrem Leben kann Veronika sich nicht mit Schlaftabletten oder mit Fernsehen oder mit Alkohol oder mit Männern betäuben. Sie ist an ihr Bett gefesselt und muss sich selbst wahrnehmen. Und was sie wahrnimmt, erträgt sie kaum.

Ein paar Straßen in die andere Richtung von Hans' Wohnung aus gesehen liegen ihre Kinder in ihren Betten und schlafen mit der Gewissheit, dass ihre Mutter lebt.

34

ALS DER WECKER AM NÄCHSTEN MORGEN KLINGELT, schläft keines der Kinder mehr. Vielleicht liegt es an dem Wetterumschwung, der sich in der Nacht ereignet hat. Frühlingshaft warm ist es geworden, doch weil die Heizungsanlage nicht schnell genug darauf reagiert hat, sind die Bewohner des Hauses schwitzend in ihren Betten erwacht.

Während des Frühstücks beobachten die Mädchen ihren Bruder. Frido sitzt verschlossen da und isst sein Butterbrot. Seit der Begegnung mit Hans hat er nicht mehr gesprochen. Die Mädchen haben das Abendessen allein zubereitet. Anschließend haben sie zu zweit in der Küche gegessen, während Frido in seinem Zimmer hockte und online mit seinen Freunden spielte. Erst, als sie die Küche verlassen hatten, kam er heraus, um seinen Hunger zu stillen. Jetzt, am nächsten Morgen, sitzt er da und weiß, dass er keine neue Geschichte mehr erzählen kann, die glaubhaft wäre. In seiner Not hat er sich ganz in sich zurückgezogen und vermeidet jeden Blickkontakt mit seinen Schwestern.

Die Mädchen lassen ihn in Ruhe. Schweigend bereiten sie sich darauf vor, die Wohnung zu verlassen. Auch, als sie längst unterwegs sind und feststellen, dass ihre Kleider viel zu warm für das Wetter sind, sprechen sie nicht miteinander. Und als Frido allein am Lotto-Toto-Laden vorbeigehen muss, wechselt er die Straßenseite und rennt das ganze Stück bis zur Abbiegung.

So hält er es auch auf dem Heimweg. Dass Hans ihn dabei beobachtet, ist ihm gleich.

Am liebsten würde er allein nach Hause gehen. Doch sein Pflichtgefühl verbietet es ihm. Er steht vor der Schule an der

Hauptstraße und wartet auf seine Schwestern, als Arian auf ihn zukommt.
»Hallo«, sagt Arian und lächelt Frido an. Frido grüßt knapp zurück.
»Du wartest auf Mira und die Kleine, oder?«
Frido nickt.
Arian zögert einen Moment, dann sagt er: »Hat Mira irgendwas gesagt?«
Frido schüttelt den Kopf.
»Ah«, macht Arian und nickt verstehend.
»Hab' gehört, eure Mutter liegt im Krankenhaus.«
»Woher weißt du das?«, fragt Frido alarmiert.
»Ein Kumpel von mir wohnt in eurem Haus. Er hat gesehen, wie sie rausgetragen wurde. Ist es was Schlimmes?«
Frido will schon den Kopf schütteln und verneinen. Doch er hat es satt, ständig zu lügen. Unwillig nickt er. Arian lässt nicht locker. »Was hat sie denn?«, will er wissen. Frido wendet sich ihm zu und schaut ihn direkt an. Obwohl der andere fast einen Kopf größer ist als er selbst, hat er keine Angst. Eine stumme Wut breitet sich wie eine heiße Flüssigkeit in seinem Inneren aus und überlagert jedes andere Gefühl. Er sagt: »Warum willst du das wissen?«
Arian macht eine beschwichtigende Handbewegung. »Hey, bleib cool! Ich mach' mir nur Sorgen wegen Mira. Sie redet seit Tagen nicht mehr mit mir. Ich weiß nicht mal, ob sie noch meine Freundin ist.«
Frido zuckt mit den Schultern. »Frag sie doch.«
»Deshalb steh' ich hier.«
»Sie ist sowieso zu jung für dich.«
»Was geht dich das an?«

»Ich bin ihr Bruder.«
»Aber nicht ihr Vater.«
»Hältst du das auch so mit deinen Schwestern?«
»Was ist denn los mit dir? Hab ich dir was getan?«
»Es geht mir auf die Nerven, wie du versuchst, über mich an Mira 'ranzukommen.«
»Das versuch' ich überhaupt nicht! Ich steh' hier nur und warte genau wie du auf sie, das ist alles. Checkst du das nicht?«
»Und checkst du nicht, dass ich nicht mit dir reden will?«
Arian starrt Frido an. Dann tippt er sich mit dem Zeigefinger an die Schläfe und sagt: »Ihr Kelbers habt echt einen an der Waffel!«
In diesem Augenblick hört Frido auf zu denken. Er holt aus und versetzt Arian mit der Faust einen Schlag gegen die linke Wange. Doch der Schlag ist schwach und Arian erschrickt nur. Im nächsten Moment schlägt er selbst zu und trifft Fridos Auge mit einem Fausthieb. Frido schreit auf und fällt zu Boden, wo er liegenbleibt und beide Hände auf das Auge hält. Ein Schrei ertönt.
»Was hast du mit meinem Bruder gemacht?« Es ist Mira, die gemeinsam mit Chiara vor das Schulgelände gekommen ist. Arian versucht, sich zu rechtfertigen, doch sie brüllt ihn an: »Hau ab! Es ist aus zwischen uns! Verpiss dich!«
Arian lässt die Hände sinken und schaut Mira zu, die sich neben Frido gehockt hat und jetzt versucht, einen Blick auf sein Auge zu werfen. Eine Traube aus Kindern und einigen Erwachsenen hat sich um sie herum gebildet. Arians Freund Murat tritt neben ihn und will ihn wegziehen. Als Mira ihn bemerkt, schreit sie: »Geh nur mit deinem tollen Freund und heirate deine albanische Braut!«

Murat sagt laut: »Du redest nur Unsinn, kleines Mädchen!«
Mira springt auf die Beine und starrt Murat wütend an. Dann spuckt sie auf den Boden und wendet sich wieder ihrem Bruder zu, der mühsam auf die Beine kommt. Sein linkes Auge ist blutunterlaufen. Arian macht sich von Murat los und will sich bei Frido entschuldigen. Aber Mira stößt ihn weg. Dann gehen sie gefolgt von Chiara die Straße entlang nach Hause.

Arian schaut ihnen nach. Seine Gefühle purzeln durcheinander, Miras Stimme hallt durch seinen Kopf. Ihre Wut und Ablehnung sind zunächst zu laut und verletzend. Aber nach und nach hört er die Worte heraus.

In der Zwischenzeit hat sich die Menschenmenge zerstreut. Bald stehen nur noch vereinzelte Grüppchen im Eingangsbereich der Schule. Niemand schenkt ihnen mehr Beachtung.

Arian wendet sich Murat zu, der neben ihm steht und eine Zigarette raucht. Der andere missversteht seine Geste und sagt: »Die bist du los. Komm, lass uns gehen!«
Arian rührt sich nicht von der Stelle. Er sagt: »Woher weiß Mira das mit der albanischen Braut, Murat?«
Murat zuckt mit den Schultern, doch der Blick des Freundes hält ihn fest.
»Hast du es ihr gesagt?« Murat weicht Arians Blick aus.
»Sag mir die Wahrheit!«, fordert Arian lauter.
Murat weiß nicht, was er tun soll. Er fühlt sich in die Enge getrieben.
»Warst du es? Wann? Neulich im Kino?«
Murat sagt: »Du hast mir das doch selbst erzählt, Arian, erinnerst du dich nicht mehr? Ich dachte, es ist kein Problem, wenn die Kleine Bescheid weiß.«

»Das dachtest du im Ernst?«, fragt Arian und starrt Murat wütend an.
Als Murat nicht reagiert, sagt Arian verächtlich: »Und ich dachte, wir sind Freunde.« Er dreht sich weg und geht in die entgegengesetzte Richtung nach Hause. Murat schaut ihm nach. Ihm ist zum Heulen zumute, doch er wendet sich ab und tritt den Heimweg an.

Arian kommt nicht weit. Irgendjemand hat die Polizei gerufen. Ein Streifenwagen hält neben ihm, zwei Polizisten steigen aus und verlangen seine Papiere. Arian wohnt um die Ecke, er hat nie Papiere dabei, wenn er zur Schule geht. Er muss zu den Polizisten ins Auto steigen, sie bringen ihn auf die Wache. Dort muss er eine Aussage über den Hergang der Schlägerei machen, ein Beamter sitzt vor ihm und tippt seine Angaben in einen Computer. Er wird darüber aufgeklärt, dass ein blaues Auge als gefährliche Körperverletzung anzusehen ist und zum Staatsanwalt weitergeleitet wird. Seine Eltern werden informiert. Als sich herausstellt, das Arian keinen deutschen Pass besitzt, muss geklärt werden, ob er und seine Eltern sich legal in Deutschland aufhalten. Erst dann darf er nach Hause gehen.

Bei seiner Ankunft am frühen Abend wartet die ganze Familie auf ihn. Sein Vater gibt ihm eine schmerzhafte Ohrfeige. Damit ist das Thema für ihn erledigt. Doch nicht für Arian. Spätabends liegt er in seinem Bett und weint still vor sich hin. Wegen des Verrats durch den Freund, wegen des Fausthiebs auf Fridos Auge, der eine Versöhnung mit Mira unmöglich gemacht hat, wegen der Behörden, denen es gleichgültig war, dass er Deutsch wie ein Deutscher spricht. Und weil der Vater ihn vor den Geschwistern gedemütigt hat.

35

ALS SIE ZU HAUSE ANKOMMEN, nötigt Mira ihren Bruder, sich im Wohnzimmer auf die Couch zu legen. Sie geht in die Küche, öffnet das Gefrierfach des Kühlschranks und kratzt alles Eis heraus. Anschließend füllt sie es in eine Plastiktüte, die sie ihrem Bruder auf das Auge legt. Dann geht sie zurück in die Küche, wo Chiara sitzt und mit den Beinen baumelt. Sie schaut selbstvergessen aus dem Fenster und betrachtet die Bilder, die vor ihrem inneren Auge vorüberziehen. Als Mira hereinkommt, sagt sie, ohne den Kopf zu wenden: »Armer Frido. Gestern hast du ihm auf die Lippe gehauen, und heute Arian auf das Auge.« Mira erwidert nichts. Sie hat denselben Gedanken bereits früher gehabt. Sie öffnet erneut das Gefrierfach und zieht eine Fertigpizza heraus, entfernt die Verpackung und schiebt sie in den Ofen. Als sie fertig ist, schneidet sie sie in drei gleich große Teile, schiebt ein Drittel auf einen Teller und trägt diesen zu ihrem Bruder.

Frido nimmt die Pizza wortlos entgegen. Anstatt gleich wieder in die Küche zu gehen, bleibt Mira am Rand der Couch sitzen und schaut Frido beim Essen zu. Das linke Auge ist dick geschwollen, Frido kann damit kaum noch etwas sehen. Seine Unterlippe ist noch nicht ganz abgeschwollen. Mira räuspert sich. Sie will sich entschuldigen, doch es fällt ihr schwer. Sie sagt: »Frido?«
»Hm?«
»Tut es noch sehr weh?«
»Geht so.«
»Schmeckt die Pizza?«
»Ist o.k.«
»Cool.«

Frido isst weiter. Mira schaut ihm eine Weile zu. Dann sagt sie:
»Frido?«
»Hm?«
»Das mit der Lippe ...«
»Muss dir nicht leid tun.«
»Tut's aber.«
»Mir tut's leid, dass ich das zu dir gesagt hab'.«
»Was?«
»Das mit der Mama.«
»Dass ich so bin wie sie?«
»Ja, das.«
»O.k..«
»Du bist nicht wie die Mama.«
»Nicht?«
»Du bist viel schlimmer.«
Mira starrt ihren Bruder überrascht an, aber Frido grinst frech. Sie zieht eine Grimasse.
»Quatsch«, sagt Frido. »Du bist ganz anders als die Mama. Und ich mag euch beide.«
Mira spürt, wie ihr das Blut in den Kopf schießt. Noch nie hat Frido ihr so etwas gesagt. Auch Frido wird verlegen, der letzte Satz ist ihm herausgerutscht.
»Ich geh mal meine Pizza essen«, sagt Mira und steht auf. Bevor sie das Wohnzimmer verlässt, dreht sie sich noch einmal um. »Gehen wir heute ins Krankenhaus?«
Frido nickt. »Wir müssen, sonst flippt Chiara aus.«
»Würdest du gehen, wenn Chiara nicht wäre?«
Frido dreht sich um. Die Frage verwirrt ihn. »Wie meinst du das: Wenn Chiara nicht wäre?«
»Na ja: Willst du selbst auch hin?«

»Ach so.« Frido überlegt. Dann zuckt er mit den Schultern. »Keine Ahnung. Die Mama bekommt bestimmt einen Schreck, wenn sie mich so sieht.«
»Warum habt ihr euch eigentlich geprügelt, du und Arian?«
»Er hat gesagt, wir Kelbers hätten alle einen an der Waffel.«
»Das hat er gesagt?«
»Weil ich nicht mit ihm reden wollte.«
»Oh.« Mira kehrt in die Küche zurück. Während sie isst, denkt sie darüber nach, dass Arian vielleicht gar nicht versteht, warum sie nicht mehr mit ihm reden will. Und sie wundert sich darüber, dass ihr dieser Gedanke nicht früher gekommen ist. Ausgerechnet Murat hat sie Glauben geschenkt!

Kurze Zeit später machen sie sich zu dritt auf den Weg zum Krankenhaus. Frido besteht darauf, einen anderen Weg zu nehmen. Sie biegen auf der großen Straße nicht nach links Richtung Schule ab, sondern gehen geradeaus bis zur nächsten großen Kreuzung. Von dort aus führt eine Straße direkt zum Haupteingang des Krankenhauses. Der Weg ist länger, weil die Straße bis zur Abbiegung eine leichte Rechtskurve macht, doch die Mädchen beschweren sich nicht. Chiara freut sich auf ihre Mutter. »Bestimmt geht es der Mama heute schon viel besser«, sagt sie zuversichtlich.

Sie hat sich nicht getäuscht. Als die Kinder in der Station eintreffen, wissen die Krankenschwestern bereits Bescheid und lassen die Kinder gleich zu ihrer Mutter. Veronika liegt wie am Vortag in ihrem Bett, doch diesmal ist das Kopfteil etwas nach oben gefahren, so dass sie fast sitzt. Sie lächelt, als sie ihre Kinder erblickt.
»Hallo, Mama!«, ruft Chiara.

Und zu ihrem Erstaunen antwortet die Mutter: »Hallo, Chiara! Hallo, Mira! Frido! Was ist passiert?«
Die Schwestern haben drei Stühle in das Zimmer gestellt, so dass die Kinder nicht mehr stehen müssen. Frido erzählt seiner Mutter vage von der Prügelei, ohne Namen zu nennen. Veronika macht ein sorgenvolles Gesicht, doch sie sagt nichts. »Geht es dir heute, besser, Mama?«, fragt Chiara sicherheitshalber nach.
Die Mutter nickt und lächelt. Sie sagt: »Ja, es geht mir besser. Es tut immer noch sehr weh. Aber ich habe heute Nacht etwas sehr Wichtiges verstanden, und das muss ich euch unbedingt sagen.«
Die Kinder schauen ihre Mutter gespannt an. Veronika blickt in ihre erwartungsvollen Gesichter und spürt, wie ihr schon wieder die Tränen kommen wollen. Doch sie beherrscht sich. Langsam, wie jemand, der tastend mit den Füßen über unsicheres Terrain geht, sagt sie: »Ich hab' letzte Nacht sehr viel ... nun ja, nachgedacht. Und ich habe etwas sehr, sehr Wichtiges ... aber das hab ich euch ja schon gesagt.« Sie räuspert sich, jetzt kommen ihr doch die Tränen, sie lächelt tapfer dagegen an und fährt fort: »Ich wollte euch eigentlich nur sagen, dass ich euch alle drei sehr, sehr lieb habe. Und ich bin sehr froh, dass es euch gibt.« Sie lächelt, ihre Augen sind blind vor Tränen. Dann wird sie ernst und sagt: »Ich hab' mich nicht wie eine gute Mutter benommen.« Sie schluckt. Sie schüttelt den Kopf und sagt: »Ach was! Ich war eine beschissene Mutter. Das ist mir jetzt klar geworden. Es tut mir sehr, sehr leid.« Sie wischt sich die Tränen aus den Augen und schaut ihre Kinder an. Ganz still sitzen sie da und lauschen ihrer Mutter. Mira greift in ihre Manteltasche, zieht etwas heraus und legt es neben ihre Mutter

auf den Bettrand. Veronika runzelt die Stirn. »Was ist das?«, fragt sie, doch dann erkennt sie die Brausepäckchen von Ahoi.
»Woher habt ihr das?«, fragt sie überrascht.
»Von Hans«, sagt Chiara.
»Hans?« Veronika ist verwirrt.
»Mama?«, sagt Frido, »Warum machst du einen Umweg, wenn du zur Arbeit gehst? Und warum ist der Papa so wütend auf Hans?«
Veronika schaut ihren Sohn an, dann wandert ihr Blick weiter zu Chiara. Sie holt tief Luft. »Ich war auch wütend auf Hans. Aber das war falsch. Hans hat mir einmal sehr geholfen. Er ...«, sie ringt nach Worten. Sie schließt die Augen und spürt, wie die Gewohnheit, einfach abzutauchen, sich in ihrem Inneren regt. Sie öffnet ihre Augen und schaut ihre Kinder an und sagt: »Ihr könnt Hans vertrauen. Geht zu ihm, er wird euch helfen.«

36

DIE KINDER BLEIBEN DIESMAL LÄNGER bei ihrer Mutter. Als sie sich verabschieden, geht die Sonne bereits unter. Vor dem Haupteingang des Krankenhauses weigert sich Frido, an Hans' Geschäft vorbeizugehen. Er will lieber auf demselben Weg nach Hause gehen, den sie gekommen sind.
»Aber Mama hat gesagt, wir sollen zu ihm!«, beharrt Chiara.
Mira steht unschlüssig zwischen den beiden und überlegt. Frido sagt: »Wir kennen ihn doch kaum! Und wie soll er uns schon helfen? Bis die Mama wieder gesund ist, kommen wir auch alleine klar!« Es widerstrebt ihm, Hans in sein Leben zu lassen. Zu tief hat sich der Groll des Vaters in ihm verwurzelt.
»Wir könnten ihn fragen, wie er uns helfen will. Vielleicht hat er eine Idee«, schlägt Mira vor. Aber Frido bleibt stur. Endlich beugt Chiara sich dem Willen des Bruders, und sie nehmen den langen Weg nach Hause.

Mira geht vorweg, sie hat es eilig. Als sie zu Hause eintreffen, ist es dunkel. Bei der Zubereitung des Abendessens fällt den Kindern auf, dass sie es versäumt haben, einzukaufen. So fällt das Abendessen karg aus, Butterbrote, Leitungswasser und die Reste der gestohlenen Schokolade.

Nach dem Abendessen wartet Mira ungeduldig, bis Frido in seinem Zimmer verschwunden ist. Sie schlägt Chiara vor, ein wenig fernzusehen, und als die Schwester im Wohnzimmer auf dem Sofa sitzt und eine Kindersendung anschaut, ruft sie Arian an.

Während das Rufzeichen ertönt, spürt sie, wie ihr das Herz bis zum Hals pocht. Dann macht es Klick und Arians Stimme sagt: »Hallo?«

Mira schluckt. Am liebsten würde sie wieder auflegen. Doch auch das kann sie nicht tun. Arian sagt erneut: »Hallo?«

»Ich bin's.«

»Mira!« Stille. Dann fügt Arian mit gedämpfter Stimme hinzu: »Hi. Was gibt's?« So distanziert klingt er, dass Mira Angst bekommt. Sie sagt: »Wie geht's dir?«

»O.k.. Und dir?«

»Auch.«

»Na, dann …«

»Arian?«

»Ja?«

»Ist das mit der Braut in Albanien wahr?« Stille.

»Ja, es ist wahr. Meine Eltern sind total traditionell. Sie wollen nicht, dass ich mal eine Deutsche heirate.« Er macht eine Pause. »Aber mir ist das egal«, fügt er hinzu.

»Wirklich?«

»Klar! Ich hab' Murat das bloß erzählt, weil ich es so bescheuert von ihnen finde. Ich hätte nie gedacht, dass er so drauf ist.«

»Das war richtig gemein!«

»Deshalb sind wir auch keine Freunde mehr.«

»Ich glaub', er war von Anfang an eifersüchtig.«

»Meinst du? Kann schon sein. Du, Mira?«

»Ja?«

»Tut mir leid, dass ich deinem Bruder ein blaues Auge geschlagen hab'.«

»Das musst du ihm, glaub' ich, selber sagen.«

»Bist du denn noch sauer auf mich?«

»Nee, nicht mehr.«

»Puh!«

Mira muss lachen. Sie unterhalten sich noch eine Weile. Als Arian erfährt, was seit ihrem gemeinsamen Kinobesuch alles geschehen ist, verabschiedet er sich eilig von Mira und steht eine halbe Stunde später vor der Tür, bepackt mit Obst, Gemüse und allem, was er sonst noch aus dem elterlichen Haushalt entwenden konnte, ohne dass es allzu sehr auffällt.

Bevor er wieder geht, entschuldigt er sich bei Frido für den Faustschlag. Aber Frido winkt ab. »Ich hab' doch angefangen«, sagt er. Sie geben sich die Hand, dann muss Arian wieder nach Hause. Als er fort ist, gehen Frido und Mira zurück in die Küche. Etwas ratlos stehen sie vor den vielen Lebensmitteln, die Arian zurückgelassen hat. Brot, Butter, Marmelade, Käse, Schinken, Eier, Milch und Äpfel können sie gut gebrauchen.
»Aber was sollen wir damit?«, fragt Mira und macht eine Handbewegung, die all das Gemüse umfasst, das sie nicht zubereiten können: ein Körbchen voller Champignons, frischen Spargel, Lauch, Blattspinat, einen Sack Kartoffeln, Rhabarber. Frido schaut eine Weile nachdenklich auf die Lebensmittel. »Wir googeln das«, sagt er dann und beginnt, alles in den Kühlschrank zu räumen. Mira sagt nichts dazu. Sie hat eine Idee, die ihr besser gefällt.

Als sie ins Bett gehen wollen, ruft der Vater an und erkundigt sich, ob alles in Ordnung sei. »Alles in Ordnung«, sagt Frido und wundert sich, dass es diesmal sogar der Wahrheit entspricht.

37

AM NÄCHSTEN MORGEN werden die Kinder von der Sonne geweckt, die bereits aufgegangen ist, bevor der Wecker klingelt. Es ist noch wärmer geworden, und nun besteht kein Zweifel mehr, dass der Frühling begonnen hat. Die Kinder stehen auf und ziehen die Kleider vom Vortag an. Dann frühstücken sie gemeinsam, putzen sich die Zähne und machen sich auf den Weg.

Als Frido seine Schwestern an deren Schule zurücklässt, gehen sie gemeinsam zum Grundschultrakt und trennen sich dort. Mira geht weiter Richtung Realschule, sie will Arian noch schnell sehen. Chiara schaut ihr nach und wartet, bis ihre Schwester außer Sicht ist. Sie steht gleich neben dem Eingang. Kinder strömen an ihr vorbei, Kinder aus den höheren Klassen, die sie nicht beachten, aber auch Kinder aus ihrer Klasse, die sie grüßen und sich vielleicht wundern, warum ihre Mitschülerin vor dem Gebäude steht, anstatt es zu betreten.

Langsam kehrt Chiara zur Straße zurück, dabei schaut sie aufmerksam in die Gesichter all derer, die ihr entgegen kommen. Die großen Ranzen auf ihren Rücken sind ihr noch nie so aufgefallen wie jetzt. Sie hat ein seltsames Gefühl, als sie zwischen den Säulen der Einfriedung hindurch auf den Bürgersteig tritt, wo Mütter ihre Kinder verabschieden, wo Passanten sich durch die Menge der Schüler manövrieren, während dahinter die Autos gleichmütig vorbeifahren. Chiara bleibt stehen und schaut den Verabschiedungen eine Weile zu. Sie sieht winkende Erwachsene und Kinder, die sich immer wieder umdrehen, um noch einmal einen Blick auf ihre Eltern zu erhaschen.

Als sie genug gesehen hat, wendet sie sich kurz entschlossen nach rechts und geht Richtung Lotto-Toto-Geschäft. Sie betrachtet die Häuser, die Menschen, den blauen Himmel, und alles wirkt anders als sonst. So also sieht die Welt aus, wenn sie in der Schule ist. Eigentlich ganz normal. Und doch fühlt sich alles anders an. Mit jedem Schritt, der Chiara weiter von der Schule fort bringt, scheint sie in eine andere Wirklichkeit hineinzugehen, eine Wirklichkeit, in der es nur Erwachsene gibt, und in der auch sie selbst ein wenig erwachsener wird.

Als sie vor dem Lotto-Toto-Geschäft ankommt, bleibt sie stehen und späht durch das große Schaufenster. Der Laden ist ziemlich voll, eine lange Schlange von Menschen zieht sich von der Kasse bis fast zum Eingang am anderen Ende. Ganz links sieht sie Hans, der Menschen anlächelt, Preise in seine Kasse eintippt, Geldnoten entgegennimmt und Wechselgeld herausgibt. Als ein Kunde die Tür öffnet, und das Geschäft verlässt, schlüpft Chiara hinein. Ihr Blick fällt auf das Regal, das die gesamte rechte Wand bedeckt. Es ist vollgestellt mit Zeitschriften aller Art. Ganz unten entdeckt sie Zeitschriften für Kinder, eingeschweißt in Plastikfolien. Auf einer dieser Zeitschriften klebt ein weißes Einhorn aus Plastik. Sein Horn und seine winzigen Hufe sind goldfarben. Chiara greift danach und betrachtet es eingehend. Das Cover der Zeitschrift zeigt dasselbe Einhorn. Jetzt sieht sie, dass es hinter dieser Zeitschrift noch andere mit anderen Einhörnern in anderen Farben gibt. Bald hat sie vier oder fünf in der Hand, ihr Blick wandert unablässig zwischen ihnen hin und her, sie vergisst alles um sich herum und bemerkt gar nicht, dass das Geschäft sich schnell geleert hat.

Plötzlich sagt eine Stimme in ihrem Rücken: »Na, kleines Fräulein, solltest du nicht in der Schule sein?« Es ist Hans, der sie noch nicht erkannt hat. Chiara dreht sich um und schaut ihn an.

Hans bleibt abrupt stehen. Bevor er etwas sagen kann, erwidert Chiara: »Meine Mama hat gestern gesagt, wir sollen zu dir kommen. Aber der Frido wollte nicht.« Hans nickt, er braucht eine Weile, bis er versteht. Dann sagt er: »Und jetzt bist du hergekommen, anstatt zur Schule zu gehen?«
Chiara nickt und grinst frech.
»Aha«, macht Hans und kratzt sich am Hinterkopf. »Dann müssen wir jetzt in der Schule anrufen und dich entschuldigen, sonst sucht dich bald die Polizei.« Er kehrt an den Tresen zurück. Dort liegt sein Handy. Nachdem er die Telefonnummer der Schule herausgefunden hat, wählt er die Nummer. Chiara ist ihm gefolgt, jetzt steht sie vor ihm und schaut ihn gespannt an. Die Zeitschriften hält sie noch in den Händen.
Als die Sekretärin sich meldet, sagt Hans: »Guten Tag, ich bin der Großvater von Chiara Kelber«, er zwinkert Chiara zu, das Mädchen zieht den Kopf zwischen die Schultern und kichert, »und wollte Ihnen mitteilen, dass meine Enkelin heute nicht zur Schule kommen kann. Es geht ihr nicht gut.«
Die Sekretärin wirkt überrascht, noch nie hat sich ein Großvater von Chiara gemeldet. Sie fragt ihn nach seinem Namen, und Hans nennt ihn. Dann fragt sie nach der Klasse. Schnell drückt Hans die flache Hand auf die Sprechmuschel und sagt: »In welche Klasse gehst du, Chiara?«
»1b.«
»1b«, sagt Hans zur Sekretärin. Damit gibt sie sich zufrieden. Hans legt auf und schaut Chiara an. »So, dann erzähl mal: Deine Mama hat also gesagt, ihr sollt zu mir kommen.«
Chiara nickt. »Sie hat gesagt, wir können dir trauen.«

Hans zieht die Augenbrauen hoch. »Das ist ja allerhand.« Er überlegt kurz. Dann sagt er: »Weißt du was? Wir könnten doch deine Mutter besuchen gehen. Was hältst du davon?«
»Au ja!«, ruft Chiara und macht einen kleinen Luftsprung. Dabei rutschen ihr zwei der Zeitschriften aus den Händen und fallen zu Boden. Hans bückt sich und hebt sie auf. Er sagt: »Gefallen sie dir? Du kannst sie behalten.«
»Wirklich?«
»Natürlich! Die sind doch für Kinder. Was soll ich denn damit?«
Chiara muss wieder kichern.
»Du kannst sie ja in deinen Ranzen stecken, und den lassen wir dann im Nebenraum.«
Chiara nickt, sie zieht ihren Ranzen aus. Plötzlich runzelt sie die Stirn. »Musst du nicht hier sein und Leute bedienen?«
Hans lächelt und sagt: »Müsstest du nicht in der Schule sein und still sitzen?«
Chiara ruft: »Doch, müsste ich! Tu ich aber nicht!« Dann lacht sie. Hans lacht mit. Er zeigt auf die Ladentür. »Ich hab' da ein ganz tolles Schild hängen. Wenn man das herumdreht, hat man frei. Das kannst du jetzt schon mal machen.«
Chiara rennt zur Tür. Während sie langsam das Schild entziffert, bringt Hans ihren Ranzen nach nebenan und zieht sich eine Jacke an.
»Geschlossen!«, ruft Chiara triumphierend und dreht das Schild um. Sie verlassen das Geschäft. Hans schließt ab.
»Ich zeige dir den Weg«, sagt Chiara eifrig und nimmt Hans an der Hand. Sie merkt nicht, dass dem alten Mann Tränen der Rührung kommen, während sie gemeinsam die Straße Richtung Krankenhaus entlanggehen. Sein Blick bleibt kurz an den sechs großen Mülltcontainern auf der anderen Straßenseite hängen.

Sechseinhalb Jahre, denkt er und schluckt mühsam den Kloß herunter, der sich in seinem Hals gebildet hat.

Er beobachtet heimlich das Mädchen, das an seiner Hand geht. Sehr zufrieden wirkt Chiara. Und wie hübsch sie ist, denkt er schwärmerisch. Seine eigenen Enkelkinder fallen ihm ein und er bekommt fast ein schlechtes Gewissen. So vieles hat sich geändert, seit ich dich gefunden habe, kleine Chiara, sagt er stumm zu ihr. Ich bin nicht mehr der einsame verwahrloste Mann. Und das habe ich alles dir zu verdanken, kleine Chiara. Das Mädchen wendet sich ihm zu und sagt: »Kennst du meine Mama schon lange?« Hans wiegt den Kopf. »Ungefähr seit deiner Geburt.«
»So lange?«, ruft sie. »Aber das wusste ich ja gar nicht!«
»Na ja, sie war wohl sehr beschäftigt«, sagt Hans vage. Plötzlich zeigt Chiara nach links. »Da arbeitet die Mama! Aber sie hat immer einen Bogen gemacht, damit sie nicht bei dir vorbei musste. Findest du das auch komisch?«
Wieder wiegt Hans den Kopf. »Ja, schon. Aber vielleicht wollte sie mich einfach nicht sehen.«
»Ganz bestimmt nicht!«, sagt Chiara entschieden. »Ich glaube, ihr hat die Geschichte mit dem Baby, das du gerettet hast, nicht gefallen. Vielleicht glaubt sie wie mein Papa, dass du es entführt hast. Der glaubt nämlich, dass du alle verarscht hast, genau so hat er es gesagt. Kennst du meinen Papa auch?«
Hans sagt: »Ja ... ja ... auch.«
»Aha. Aber mein Papa ist immer noch sauer auf dich, das weiß ich. Hast du denn irgendwas falsch gemacht?« Sie sieht Hans scharf an. Hans zuckt mit den Schultern. »Ich glaube ... eigentlich nicht. Aber manchmal denken andere Leute über dasselbe

ganz andere Sachen. Vor allem, wenn sie nicht alles von dieser Sache wissen.« Chiara denkt nach. »Dann gibt es ein Geheimnis?« Hans fühlt sich unwohl, er spürt, wie er zu schwitzen beginnt. Vorsichtig sagt er: »Nein, eigentlich nicht. Manchmal hat man einfach nicht alles erfahren, weil man nicht dabei war.« Wieder denkt Chiara nach. »Na gut«, sagt sie plötzlich, als hätte sie das Interesse an der Angelegenheit verloren. Sie hüpft ein paar Schritte neben ihm her. Hans atmet erleichtert auf. Was für ein scharfsinniges kleines Persönchen du doch geworden bist, denkt er.

Sie erreichen die hohe Ziegelmauer.
»Da vorn ist der Eingang!«, ruft Chiara, die ganz stolz ist, dass sie einem Erwachsenen den Weg zeigen kann.
»Sag mal, Chiara: Was hat deine Mutter denn nun?«, fragt Hans, während sie an der Schranke vorbeigehen und das Krankenhausgelände betreten. Chiara bleibt stehen. Sie blickt sehr ernst zu Hans auf und sagt: »Du darfst es keinem weitersagen, versprichst du es?« Hans nickt, aber Chiara sagt: »Nein! Du musst die rechte Hand heben!« Hans hebt die rechte Hand. »Ich verspreche, dass ich es keinem weitersage.« Chiara wirkt zufrieden. Sie sagt: »Die Mama ist im Badezimmer gewesen. Da drinnen ist sie furchtbar wütend geworden und hat alles kaputt gemacht. Und dann hat sie eine Scherbe vom Spiegel genommen und hat sie sich tief in den Bauch gestoßen, so:«, sie ballt ihre Hände um eine gedachte Glasscherbe und führt sie mit einer schnellen Bewegung gegen ihren Bauch. Dann verzieht sie das Gesicht, schreit leise auf und tut, als falle sie seitlich um. Hans stockt der Atem. Aber Chiara fängt sich ab und geht weiter. »Oh je«, sagt er unwillkürlich. Chiara schaut ihn an und

nickt bestätigend. Sie sagt: »Das hat mit Papa zu tun. Sie wird immer sauer, wenn sie ihn gesehen hat. Aber so sauer ist sie noch nie geworden.«

Nach einer Weile, in der sie schweigend nebeneinander hergegangen sind, weist Chiara voraus. »Da ist das Haus, wo die Mama ist!«, sagt sie. Hans nickt, es ist das Hauptgebäude, er kennt es. Sie umrunden es und betreten das Foyer. An der Information sitzt dieselbe Frau wie bei Chiaras erstem Besuch mit ihren Geschwistern. Chiara zieht Hans hinter sich her, bis sie direkt vor der Frau stehen. Dann verkündet sie: »Heute komme ich mit meinem Großvater!« Hans reißt überrascht die Augen auf. Er grüßt die Frau, die keine Regung gezeigt hat. Sie sagt: »Erster Stock, Zimmer 05.«
»Weiß ich schon!«, ruft Chiara.
Hans bedankt sich und schiebt Chiara zum Treppenhaus. Er will sie darum bitten, so etwas nicht mehr zu behaupten, doch Chiara steigt so vergnügt die Stufen hinauf, dass er es unterlässt.

Die Schwestern sind einigermaßen überrascht, dass Chiara um diese Uhrzeit zu ihrer Mutter kommt. Und jetzt ist die Lüge vom Großvater Hans, der seine Enkeltochter von der Schule befreit, doch wieder nützlich. So ist das mit den Lügen, denkt Hans, während sie den Korridor entlang zum Zimmer der Mutter gehen. Sie schaffen ihre eigene Wirklichkeit.

Als sie zur Tür mit der Nummer 05 kommen, atmet Hans tief durch. Mehr Zeit hat er nicht, denn Chiara öffnet sie ohne Umschweife und zieht ihn hinein.

Die Vorhänge sind zurückgezogen, helles Tageslicht durchflutet den Raum. Zu Chiaras Überraschung steht auf der anderen Seite ein neues Bett, und darin liegt eine Frau, die zu schlafen scheint. Veronika Kelber lässt ein Buch, in dem sie gelesen hat, sinken und schaut ihnen entgegen. Zuerst sieht sie ihre Tochter erstaunt an, die auf sie zugestürmt kommt. Sie sagt leise: »Solltest du nicht in der Schule sein?« Dann erkennt sie Hans und erstarrt. Chiara, die sich wegen der Verletzung der Mutter beherrschen muss, um sie nicht zu umarmen, bleibt aufgeregt vor ihr stehen und sagt: »Schau mal, wen ich mitgebracht hab', Mama! Den Hans!«

Hans ist an der Tür stehen geblieben. Jetzt kommt er langsam näher. Veronika sagt leise: »Ja, Schatz, das seh' ich.« Sie hat es gesagt, als wäre sie in Trance, alle ihre Sinne sind auf den alten Mann gerichtet, der nun näher tritt. Chiara strahlt ihre Mutter an. Das Wort ›Schatz‹ tönt durch ihren ganzen Körper und macht ihre eine Gänsehaut, die gar nicht mehr aufhören will. Hans räuspert sich. Er sagt: »Entschuldigen Sie, Ihre Tochter kam heute Morgen zu mir ...«

Chiara unterbricht ihn: »Hans hat mich entschuldigt, er hat gesagt ...«

»Ich hab' gelogen«, fällt Hans dem Mädchen ins Wort.«

Chiara kichert erneut. »Er hat gesagt, er ist mein Großvater!«

Veronika lächelt ihre Tochter flüchtig an, sie wirft Hans einen Blick zu, den er nicht deuten kann. »Aha«, sagt sie vage. »Und jetzt seid ihr hier.«

»Ja, es war Hans' Idee, er wollte dich auch besuchen!«

Die Mutter legt einen Zeigefinger senkrecht über ihre Lippen. »Du musst etwas leiser sprechen, Chiara, die Frau da«, sie weist auf das andere Bett, »ist gerade operiert worden.«

Chiara schaut mit großen Augen hinüber. »So wie du?«, fragt sie leise.
»Ein bisschen anders.« Sie blickt erneut zu Hans und weist auf einen der drei Stühle, die an ihrem Bett stehen. »Setzen Sie sich, bitte.«
Hans gehorcht. Chiara setzt sich neben ihn und baumelt mit den Beinen. Veronika betrachtet die beiden. Sechseinhalb Jahre lang hat sie versucht, die Verbindung zwischen Hans und Chiara zu leugnen. Und wenn Frido nicht plötzlich diese seltsame Gute-Nacht-Geschichte erzählt hätte, wer weiß, vielleicht täte sie es immer noch. Veronika seufzt. Sie spürt Chiaras erwartungsvollen Blick auf sich, sie spürt die Unsicherheit des alten Mannes, der schon wieder schuldlos in ihr Leben gezogen wurde. Oder ist es anders, ist er nie aus ihrem Leben verschwunden, sondern war nur verborgen? Noch vor einer Woche hätte sie ihm eine Szene gemacht, wenn er ihr über den Weg gelaufen wäre. Sie hätte ihm vorgeworfen, ihr dieses Leben aufgezwungen zu haben mit seinem Meineid. Sie hätte es aus dem Gefühl heraus getan, dass er sie um ihre verdiente Strafe gebracht hat. Und jetzt? Sie sagt: »Danke, dass Sie gekommen sind. Ich bin froh, dass wir uns endlich wiedersehen. Auch wenn alles so ... plötzlich passiert.«
Hans nickt erleichtert. »Ich bin auch froh«, sagt er mit rauer Stimme.
»Und ich erst!«, meldet sich Chiara.
Hans lacht.

Epilog

IN DIESER NACHT hat Hans einen seltsamen Traum. Er läuft auf einer langen schwarzen Straße durch eine schemenhafte Landschaft. Während er geht, schaut er sich um, doch es gelingt ihm nicht, irgendetwas genauer zu erkennen. Manchmal glaubt er, einen hohen Berg zu erblicken, doch es könnte auch eine Wolke sein. Ein anderes Mal ist ihm, als blicke er über ein weites Meer, aber vielleicht ist es nur eine Luftspiegelung. Er blickt zurück und voraus und fragt sich, wo die Menschen sind, die er vermisst. Denn es ist niemand zu sehen. Das einzig Gewisse ist die Sonne, die grell und unbeweglich über ihm steht. Und die schwarze Straße unter seinen Füßen. Sie verliert sich fern am Horizont, und er fragt sich, ob ihm genügend Zeit bleibt, bis dorthin zu gehen, wo sie endet.

In dieser Nacht hat Chiara einen seltsamen Traum. Sie träumt, dass Hans beim Schein der Nachttischlampe neben ihrem Bett sitzt und ein Märchen vorliest. Es ist Frau Holle. Und während sie zuhört, ist ihr, als falle sie in den Brunnen und wache auf der Wiese auf, als schüttele sie das Bäumchen mit den reifen Äpfeln, als hole sie das Brot aus dem Ofen, als diene sie im Haus der Frau Holle und schlage die Kissen aus, dass es auf der Erde schneit. Als gehe sie endlich durch eines der beiden Tore und komme als Goldmarie zurück auf die Erde. Doch dann erzählt Hans weiter und plötzlich ist sie selbst die Stiefschwester, sie selbst springt in den Brunnen, sie selbst lässt die Äpfel am Baum hängen und das Brot im Ofen verbrennen, sie selbst ist zu faul, die Kissen zu schütteln, sie selbst geht am Ende durch das andere Tor, über sie selbst ergießt sich das schwarze Pech, und als sie wieder auf der Erde ist, schaut sie an sich herab und sieht, wie alles Gold überdeckt ist und nur sie selbst noch weiß, dass Goldmarie und Pechmarie ein und dasselbe Mädchen sind. Sie selbst.

In dieser Nacht schreibt Veronika einen Brief an sich selbst. Noch nie hat sie etwas Derartiges getan, und der Gedanke wäre ihr vielleicht nicht gekommen, hätte sie nicht ihre Mutter vermisst. Sie liegt in ihrem Bett und hat das Gefühl, ein verschlossenes Gefäß in ihrem Inneren sei nach vielen Jahren leckgeschlagen und ausgelaufen. Nun verheilt die äußere Wunde, Veronika spürt den Juckreiz. Doch sie ist viel mehr als die Folge eines grauenvollen Zwischenfalls, und deshalb schaltet Veronika mitten in der Nacht ihre Tischlampe ein, nimmt den Notizblock, den ihr die Therapeutin dagelassen hat, und schreibt: Liebe Veronika.